KB079160

완벽한 아이

DERRIÈRE LA GRILLE

by Maude Julien & Ursula Gauthier

Copyright © ÉDITIONS STOCK, Paris, 2014
International Right Management : Susanna Lea Associates
Korean Translation Copyright © Bokbokseoga. Co. Ltd., 2020
All Rights Reserved.

This Korean edition was published by arrangement with
ÉDITIONS STOCK(Paris) through Bestun Korea Agency Co., Seoul

이 도서의 국립중앙도서관 출판예정도서목록(CIP)은
서지정보유통지원시스템 홈페이지(http://seoji.nl.go.kr)와
국가자료종합목록 구축시스템(http://kolis-net.nl.go.kr)에서 이용하실 수 있습니다.
(CIP제어번호: CIP2020048434)

무엇으로도 가둘 수 없었던
소녀의 이야기

완벽한 아이

모드 쥘리앵 지음

윤진 옮김

복복서가

일러두기

1. 주석은 모두 옮긴이주이다.

2. 인명, 지명 등 외래어는 국립국어원의 외래어표기법을 따랐으나 일부는 관습 표기를
   존중했다.

3. 장편 문학작품과 기타 단행본은 『 』, 단편소설과 시는 「 」, 미술 작품, 라디오프로그
   램과 곡명 등은 〈 〉로 구분했다.

모드 쥘리앵의 길 위를 지나간 이들의 익명성을 지키기 위해

일부 인물들의 이름을 바꾸었다.

추천의 말 1

내 영혼의 주인은 누구인가

김영하(소설가)

간힌 자의 영혼은 누구의 것인가? 가둔 자의 것인가, 간힌 자의 것인가. 가둔 자는 간힌 자의 영혼을 원한다. 아니, 영혼을 원하기에 가둔 것이다. 자기에게는 없는 감정, 자기에게는 없는 다정함, 자기에게는 없는 생의 의지, 자기에게는 없는 생명력을 간절히 원하기 때문이다. 하지만 동시에 가둔 자는 간힌 자가 감정과 연민을 표현하고, 분출하는 생명력으로 생의 의지를 드러낼 때, 그것을 억압한다. 그것들을 너무나 강렬히 원하기 때문에 그것을 가진 자를 시기한다. 감정적으로 무능력한 이 독재자들, '식인귀'들은 간힌 자의 이 능력이 오직 자기만을 위해 발휘되기를 원하고, 이를 독점하고자 한다. 따라서 가둘 수밖에 없다. 때로 그들은 성공한다. 그러나 성공과 동시에 실패한다. 왜냐하면 간힌 자들은 자신의 상태를 받아들이기 위해 자연스러운 감정을 억누르지 않으면 안 되기 때문이다. 그들은 자신을 가둔 자와 비슷해져간다. 무표정한 얼굴로 아무것도 바라는 것이 없는 것처럼 가장하고, 그러다보면 어느 순간 정말 자신이 뭘 원하는지조차 모르게 된다. 그러나 그것은 가둔 자가 마음속 깊

추천의 말 1   007

이 탐내던 특성이 아니다. 그래서 그들은 실패한다. 아름다운 소리로 노래하는 새를 가두었더니 죽어버리고 만 것이다.

그러나 아주 드물게, 너무나 강력한 생의 의지를 가진 존재들이 있고, 어느 순간, 이들은 자신을 가둔 자를 이해하려는 노력을 그만두고, 진지하게 탈출에 대해 생각하게 된다. 가둔 자들이 심어준 죄책감의 굴레도 벗어던지고, 남겨두고 가게 될 다른 피해자에 대한 연민의 마음까지 내려놓아야 이 탈출은 성공할 수 있다. 탈출을 꿈꾸는 갇힌 존재에게는 그러므로 모순적인 행동이 요구된다. 자기 안에 남아 있는 인간성을 지켜내면서, 동시에 자신을 구속하는 윤리적 굴레를 과감하게 벗어던질 만큼 비정해야 한다.

여기, 터무니없는 계획을 가진 한 남자가 있다. 그는 '완벽한 아이'를 만들기 위해 우선 그 아이의 어머니가 될 여자를 선택하여 '가두'고, 그 여자로 하여금 아이를 낳아 교육시키게 한다. 명분은 험한 세상에서 아이가 스스로의 힘으로 살아남을 수 있도록 모든 것을 가르치려는 것이다. 그러나 그것은 망상에 불과하며, 아이가 느끼는 것은 오직 박탈감과 무력감뿐이다. 감정을 억압당하고, 마음을 나눌 존재들을 빼앗긴다. 말도 안 되는 것들이 훈련이라는 이름으로 강제되고, 연민과 동정은 나약함으로 치부된다. 이 모든 고통이 자기의 미래를 위한 것이라는 말을 아이는 점점 믿지 않게 된다. 아이는 쥘 베른과 도스토옙스키를 읽고, 피아노와 콘트라베이스를 배우며, 자기보다 더 약자인 동물과 소통하고, 몰래 글을 쓰면서 자기 내면을 지켜낸다. 오직 힘만을 숭배하는 아버지가 나약함의 징표로 치부하는 이 모든 일들을 해내면서 아이는 자신이 강해지고 있다는 것을 느낀다.

『완벽한 아이』를 읽으면서 여러 번 놀랐다. 가둔 자가 실행으로 옮긴 망상의 집요함에 처음 놀라고, 작고 어린 여자아이가 전기가 통하는 철책으로 둘러친 수용소와도 같은 집에서 너무나도 강력한 존재에게 맞서 자신만의 방식으로 자기를 지켜나가는 용기에 놀라고, 이 모든 일이 20세기의 프랑스에서 실제로 일어난 일이라는 데 새삼 놀라고, 이토록 충격적인 이야기를 이렇게 담담하고 냉철하게, 그러면서도 우아한 문장으로 함축적으로 말할 수 있다는 것에 마지막으로 놀랐다. 내가 놀라지 않은 것은 이토록 고통스러운 유년을 글로 써내기까지 40년이나 걸렸다는 것이다. 마음의 병을 치유하기 위해 화자인 모드 쥘리앵은 뒤늦게 정신의학을 공부하고 자신과 같은 고통을 겪는 수많은 사람들을 상담하며 살았지만, 정작 자신이 겪은 무시무시한 유년을 돌아보고 그것을 글로 기록하는 것만은 쉽지 않았던 것이다. 그러나 모드 쥘리앵의 용기 덕분에 우리는 자유로운 영혼을 탈취하고 그것을 전유하려는 압제자의 생생한 초상을 볼 수 있으며, 또한, 인간이 인간에게 행하는 정신적 폭력의 심각성에 다시금 주목할 수 있게 되었다. 내 영혼은 누구의 것도 아닌 나의 것이며, 그 어떤 완벽한 계획을 가진 이도 이를 가져가 자신의 미성숙한 자아의 먹이로 만들 수는 없다는 것을 모드 쥘리앵은 자신의 삶을 통해 감동적으로 증거했다.

이런 일이 나에게는 실제로 일어날 수 없다는 것을 알면서도 나는 책을 잡자마자 빠져들어 끝까지 읽을 수밖에 없었는데, 그것은 아마도 인생을 살아오면서 겪었던 어떤 경험들, 물리적으로, 또는 정신적으로 나를 가두고, 나에게 자신들의 생각을 주입하고, 그것과 다른 생각은 모두 죄로 여기도록 만들었던 사람, 상황, 집단이 떠올랐기 때문일 것이다. 모드 쥘리앵 같은 극단적 상황은 아니더라도 우리는 우리의 영혼을 노리는 존재들 사이에서 위태롭게 살아가고 있을지도 모른다. 어떻게 그들의 의도를 알아내고 내 안에 남아 있는 인간적인 면을 지킬 것인가? 『완벽한 아이』 안에 일말의 단서가 들어 있다. 모드는 철저하게 짜여 있는 일정 속에서도 문학과 음악을 통해 감정을 살피고 고양시키면서, 동물을 마음속 깊이 사랑하고 그들의 약함을 보살피고자 한다. 저자가 책 말미 '감사의 말'에서 "마지막으로 나의 유년기를 함께해준 동물들"에게 "특별한 감사"를 바치는 이유를 책을 다 읽은 독자들은 이해할 것이다. 우리는 다른 인간이 없이 생존할 수 없지만, 그 어떤 인간에게도 도움을 바랄 수 없을 때 말 못하는 동물들이 얼마나 큰 위로를 주는지 알고 있기 때문이다.

그 어떤 출구도 보이지 않는 곳에서, 철저히 혼자가 되어 갇혀 있다고 느끼는 모든 이들에게 이 책을 권하고 싶다.

완벽한 아이

식인귀의 첫 희생자였던

나의 어머니에게

프롤로그

　1936년, 루이 디디에는 서른네 살이다. 그는 사회적으로 대단한 성공을 거둔 사람으로, 프랑스 북부 릴에서 사업을 하는 부자이다. 프리메이슨 비교秘敎의 교리를 받아들인 그는 이 세상이 타락했고 어두운 힘의 먹이가 되어버렸다는 영적 관점을 지니고 있다.

　그해에 루이 디디에는 릴의 피브 지역에 사는 한 광부를 만난다. 그리고 많은 자식을 힘들게 부양하는 가장에게 아마 빛깔의 머리카락을 가진 여섯 살짜리 막내딸을 자기에게 '맡기라고' 제안한다. "자닌은 부족한 것 없이 살게 될 거요. 제대로 교육받고, 아주 안락한 삶을 누리면서. 단 하나, 당신이 다시는 그 아이와 만나지 않는다는 약속만 지켜준다면 말이오."

　둘 사이에 거래가 있었는지는 알 길이 없다. 피브의 광부는 제안을 받아들였다. 자닌은 루이 디디에를 따라 릴로 가서 그의 보호 아래 지냈고, 가족은 단 한 번도 다시 만나지 못했다.

　루이 디디에는 약속을 지켰다. 자닌은 기숙학교에 들어갔고, 훌륭한 교육을 받았다. 그리고 법적 연령에 이르렀을 때 보호자의 집에 들어가서 함께 살기 시작했다. 루이 디디에는 자닌이 릴 대학에서 철학과 라틴어를 배우게 했고, 학사학위를 받을 때까지 챙겼다.

루이 디디에가 자신의 원대한 계획을 언제 자닌에게 밝혔는지는 모르겠다. 아직 소녀이던 자닌이 방학을 보내러 집에 왔을 때 이미 얘기했을까? 아니면 다 자라서 자신의 아내가 될 때까지 기다렸을까? 아마도 자닌은 자신의 임무를 '처음부터' 알고 있었을 것이다. 자기를 닮은 금발의 딸을 루이 디디에에게 낳아주고 또 그 아이의 교육을 책임지는 것.

자닌이 세상에 내놓을 아이는 제 아버지처럼 '선택받은' 인간으로, 훗날 '인류를 일으켜 세우라는' 부름을 받게 될 것이다. 교육에 필요한 자격증들을 가진 어머니 덕에 아이는 외부의 오염을 피해 안전한 곳에서 자라날 수 있을 것이다. 루이 디디에는 딸을 육체적으로 또 정신적으로 단련시켜 장차 어렵지만 중요한 과업을 완수해낼 수 있는 우월한 존재로 키워낼 것이다.

자닌을 처음 데려오고 스물두 해가 지난 뒤, 루이 디디에는 그녀가 자기에게 딸을 낳아줄 때가 되었다고, 그 딸은 1957년 11월 23일에 태어날 것이라고 정했다.

자닌은 1957년 11월 23일에 짙은 금발의 여자아이를 낳았다.

삼 년 뒤, 쉰아홉 살의 루이 디디에는 사업을 정리하고 릴과 됭케르크의 중간 지점에 위치한 카셀 근처에 넓은 집을 한 채 구입했고, 1936년에 처음 품었던 계획, 즉 자신의 아이를 초인^{超人}으로 키

완벽한 아이

우겠다는 계획에 전념하기 위해 가족을 데리고 그곳에 들어가 칩거하기 시작했다.

그 아이가 바로 나였다.

차례

린다

이 집에 처음 들어오던 날, 나는 채 네 살이 안 되었다. 나는 빨간색 외투를 입고 있다. 두꺼운 펠트 옷감의 감촉이 지금도 손가락 끝에 느껴진다. 나는 그 누구의 손도 잡지 않았고, 내 옆에는 아무도 없다. 주머니에 넣은 주먹 쥔 양손이 마치 매달리듯 힘주어 옷감을 쥐고 있을 뿐이다.

바닥에는 갈색 돌멩이들이 깔려 있다. 나는 이곳이 싫다. 끝이 보이지 않는 넓은 정원이 날 삼켜버릴 것 같다. 그리고 음침한 형체 하나가 불안한 기운을 풍기고 있다. 내 오른쪽에 서 있는 거대한 집이다.

등 뒤에서 육중한 철책 문이 바닥의 자갈을 긁는다. 끼익 끼익, 요란한 소리와 함께 양쪽 문이 맞닿는다. 이어서 절그럭, 열쇠 돌아가는 소리. 그러곤 철컹, 완전히 잠기는 소리. 나는 차마 돌아보지 못한다. 머리 위로 뚜껑이 덮인 것 같다.

나와 둘이 있을 때면 어머니는 늘 우리가 릴을 떠나 이 집에 처박히게 된 것이 전부 나 때문이라고 말한다. 나는 정상이 아니라고.

나를 숨겨야 한다고. 안 그러면 나는 곧바로 바이윌에 갇힐 수 있다. 바이윌에 있는 정신병원 얘기다. 나도 한 번 가본 적 있다. 그곳에서 지내던 여자 하나를 우리집 하녀로 고용할 때였다. 바이윌은 사방에서 사람들이 소리를 질러대고 흥분해서 날뛰는 끔찍한 곳이다.

맞는 말이다. 나는 아주 정상적이지는 않다. 릴에서 살 때 나는 화가 나고 흥분하면 벽에 머리를 찧어댔다. 기쁨 혹은 분노로 가득차서, 무조건 내 뜻대로 해야만 했다. 우툴두툴한 벽의 석회 조각이 머리에 박힐 때, 어머니가 내 손을 세게 움켜쥐거나 팔을 잡아당길 때 아팠지만, 그래도 무섭지는 않았다. 나는 스스로 용감하다고 느꼈다. 그 무엇도 나를 막을 수 없었다.

나를 '길들이기' 위해 아버지는 벽을 더 우툴두툴하게 만들었다. 소용없었다. 흥분한 나는 그 벽에도 머리를 찧었다. 머리를 자주 꿰맨 탓에 내 두피에는 봉합 흔적들이 남아 있다. 나 때문에 어머니까지 긁히거나 옷이 찢어지는 일도 있었다. 그러면 어머니는 나한테 화를 쏟아냈다.

이 집에 와서 살고부터 나는 약해졌다. 나는 혼자다. 이제는 유치원에도 안 간다. 어머니가 삼층에서 직접 나를 가르친다. 릴에 살 때는 아버지가 운영하던 정비 공장 인부들이 나를 웃게 해주었는데, 이제는 그 사람들도 볼 수 없다. 우리는 집 밖으로 거의 나가지 않고, 찾아오는 사람도 없다.

나는 학교에 가고 싶다. 담임선생님이 있고 친구들이 있는 진짜

학교 말이다. 그래서 두려움을 무릅쓰고 아버지한테 묻는다. "나중에 다시 학교에 다닐 수 있나요?" 아버지 어머니는 말도 안 되는 얘기를 듣기라도 한 표정으로 나를 쳐다본다. 어머니의 얼굴에 혐오감이 어른거린다. 아버지의 냉혹한 눈길이 내 눈을 파고든다. "내가 네 어머니를 그렇게 오랫동안 공부시킨 이유가 뭔데? 전부 널 위해서 했다는 걸 모른단 말이냐? 어머니가 그 공부를 해내느라 얼마나 힘들었는데! 자신 없다는 걸 내가 끝까지 시켰다. 네 어머니가 가진 자격증들이면 한 학급 전체를 가르칠 수도 있어. 대학입학시험 칠 때까지 그런 선생님을 독차지할 텐데, 그런 행운을 누리면서 어떻게 불평할 생각을 한단 말이냐?"

그 순간 알 수 없는 악마가 나에게 사악한 생각을 불어넣는다. "학급 전체를 가르칠 수 있으면, 학생들을 모으면 되잖아요." 찬바람 도는 침묵이 이어진다. 나는 온몸이 마비된다. 그리고 깨닫는다. 이 얘기를 다시는 꺼내지 말아야 한다. 앞으로도 나는 학교에 갈 수 없다.

다행히 나에게는 린다가 있다. 린다는 우리가 이사 오고 나서 거의 곧바로 우리집에 왔다. 린다와 나는 함께 자랐다. 내가 기억하는 린다의 첫 모습은 아직 성견이 되기 전이다. 린다는 꼬리를 흔들어 비질하듯 내 코를 문지른다. 간지럽다. 나는 웃는다. 린다의 털 냄새가 좋다.

강아지 린다는 노르 지방의 추운 밤을 피해 부엌에서 잔다. 하지만 부엌을 뺀 다른 방에는 절대 들어갈 수 없다. 우리가 식당에서 밥을 먹을 때면 복도 끝에서 린다가 낑낑거리는 소리가 들린다. 린다는 이내 부엌보다 더 외지고 난방이 안 되는 세탁실로 밀려난다.

아버지는 한시바삐 린다를 집 바깥에서 키우고 싶어한다. 결국 색칠된 나무판으로 만든 개집을 주문한다. 린다의 집은 부엌 뒤편 정원에 놓인다. 이제 린다는 그곳에서 자야 한다. 집 안에는 절대로 들어올 수 없다. 하지만 강추위가 닥치는 바람에 불쌍한 린다는 털이 얼어붙은 채로 바들바들 떨면서 세탁장으로 돌아온다.

아버지는 못마땅하다. "개들은 집을 지켜야지. 밖에서 살아야 해." 추위가 물러가고부터 린다는 바깥 계단 난간에 묶인다. 나는 틈만 나면 린다에게 가본다. 어린 나에게는 린다가 엄청나게 크다. 나는 린다의 목을 잡고 내 얼굴을 린다의 털 속에 파묻는다. 린다는 늘 고함을 지르며 명령하는 아버지를 무서워한다. 어머니 말은 잘 듣지만 애정이 담기지 않은 복종이다. 어머니는 역정을 내며 나에게 말한다. "린다는 내 개야. 넌 뭐든지 네 것으로 만들어야 직성이 풀리지? 마치 린다가 네 개인 것처럼 굴잖니. 결국 이 멍청한 개도 그렇게 믿게 됐고."

나는 부끄럽다. 하지만 누가 누구의 것이라는 말인지 잘 이해되지 않는다. 정작 린다는 아무 생각도 없다. 린다는 나만 보면 좋아서 달려든다.

어느 날 일꾼들이 온다. 아버지는 린다에게 궁궐 같은 집을 만

완벽한 아이

들어주겠다고 한다. 그런데 완성된 린다의 궁궐이 좀 이상하다. 앞쪽은 어른이 들어가 서 있을 수 있을 만큼 높고, 낮은 뒤쪽에는 유리 섬유 바닥재가 깔려 있다. 아버지는 이제 린다가 따뜻하게 지낼 수 있다고, 앞으로는 날씨가 어떻든 밖에서 지낼 수 있다고 설명한다.

그런데 이상하게도 린다는 자기 집에 들어가려 하지 않는다. 린다가 그 집에 익숙해져야 한다며 아버지가 내게 명한다. "네가 린다의 집 안쪽에 들어가 있거라." 정말로 린다가 곧바로 나를 따라 들어온다. 며칠 동안 린다와 나는 그 좁은 침실에 들어가 서로 부둥켜안고 신나게 논다.

일주일 뒤 한낮에 아버지가 나를 불러 린다와 함께 개집에 들어가라고 한다. 야호! 갑자기 놀이 시간이 생겼다! 린다도 좋아서 달려와, 작은 안식처에서 우리는 부둥켜안는다. 그런데 일꾼들이 다가오는 발소리가 들리는 것 같다. 이유도 모른 채 가슴이 죄어든다. 일꾼들은 흰색과 검은색으로 칠해진 철책 문을 들고 개집에 들어오더니, 무거운 문을 세워 철컥! 경첩에 끼운다.

아버지가 고함친다. "모드! 어서 나와!" 나는 아버지의 말에 따른다. 나는 아버지의 말을 어길 수 없다. 그렇게 린다를 철책 뒤에 남겨두고 나온다. 린다의 눈에는 당혹감과 슬픔이 가득하다. 아버지가 내 눈을 똑바로 쳐다보며 말한다. "잘 봐둬라. 린다는 널 믿었다. 그리고 이게 그 결과지. 절대로, 그 누구도 믿어선 안 된다는 사실을 이제 알겠느냐."

린다는 이제 죽을 때까지 아침 8시에서 저녁 8시 사이에는 저 안에 갇혀 지낼 것이다. 린다는 나를 믿었는데, 나는 아무것도 눈치채지 못했다. 린다는 나 때문에 함정에 걸렸다.

린다는 울고, 철책을 긁고, 내가 지나가면 발을 내민다. 하지만 나는 걸음을 멈출 수 없다. 린다를 바라보며 말없이 용서를 빌 뿐이다. 몇 주가 지나자 린다는 철책 뒤에 조용히 앉아 있는다. 눈빛의 광채도 사라졌다. 나를 보고도 잠시 꼬리를 흔드는 게 전부다.

린다의 성격도 달라진다. 이유는 알 수 없지만, 미친듯이 공격적으로 변한다. 발소리가 들리면 이빨을 드러내며 으르렁거린다. 저녁 8시가 지나서 집 밖에 풀어놓으면 어머니를 뒤쫓기도 한다. 린다는 독일산 셰퍼드다. 언제든 위험해질 수 있다. 어머니는 린다를 쫓느라 양동이의 물을 끼얹는다. 그날 이후 린다는 빈 양동이만 봐도 몸을 떤다.

아버지는 린다가 제법 쓸 만한 경비견이 되었다며 만족스러워한다. 마지막 조련이 남아 있다. 이따금 아버지는 린다를 감옥에서 꺼내 아버지의 자전거를 지키라고 명령한다. 린다는 자전거 옆에 앉아 있어야 한다. 아버지는 나에게 다가가보라고 하고, 린다가 꼬리를 흔들면 곧바로 고함을 친다. 그러면 린다는 얼른 꼬리를 내린다. 마침내 린다가 자전거 지키는 법을 익히자, 아버지는 린다에게 칭찬과 함께 상으로 한두 시간 자유를 준다.

몇 달 동안 훈련한 뒤 드디어 시험해보기로 한다. 린다가 자전

완벽한 아이

거 옆에 꼿꼿이 몸을 세우고 앉아 지켜볼 때, 아버지가 나를 부른다. "뛰어가서 자전거를 가져가려고 해보거라." 나는 아버지의 말대로 한다. 내가 다가가자 화들짝 놀란 린다가 몸을 던져 내 허벅지 위쪽을 깨문다. 나는 놀라고 아파서 비명을 지른다. 린다는 곧바로 날 놔주고 내 발밑에 길게 드러누워 절망적인 눈길로 쳐다본다. 아버지가 의기양양하게 말한다. "명령을 받으면, 그 명령이 아무리 어처구니 없는 것이라 해도 사람들은 망설임 없이 널 공격할 거다. 너한테 충성한다고 믿고 있는 이 개까지도 그러지 않느냐."

그래도 나는 여전히 린다를 사랑한다. 린다는 나를 물고 싶어서 문 게 아니다. 나는 영원히 그렇게 믿을 것이다. 린다가 나를 문 것은 사고였다. 아버지는 나중에도 종종 이 일을 언급한다. 오직 자기만이 나를 사랑하고 지켜준다는 사실을 깨닫기 바라는 것이다. 내가 믿어도 되는 사람은 오직 자기뿐이라고 말이다.

피투

매일 저녁 8시에 내가 나가서 린다를 감옥에서 꺼내준다. 밤 동안 정원에서 지내도록 풀어주기에 앞서, 나는 린다에게 나지막한 목소리로 이야기를 들려준다. 린다는 가만히 귀를 기울인다. 나는 린다 말고는 아무도 듣지 못하도록 귀에 대고 속삭인다. 그러면 간지러운지, 린다가 귀를 내 뺨에 문지르기도 한다. 나는 아버지가 정원 구석에 만든 연못에 사는 오리들 이야기를 자주 해준다.

철새들이 이동하는 시기다. 날아가던 야생 오리떼의 몇 마리가 우리 정원에 내려앉기도 한다. 아버지는 정원의 동물들이 외부 침입자들 때문에 '오염'될까봐 불안하다. 결국 사냥총을 꺼내 와 방아쇠를 당긴다. 오리들을 쫓아내려고 어머니가 틀어놓는 송풍기에서는 참기 힘든 이상한 소리가 쏟아져나온다.

우리집 오리들이 도망갈 생각을 해서도 안 된다. 그래서 아버지는 오리들의 한쪽 날개에 난 깃털을 전부 자르게 한다. 오리를 잡고 있는 것은 내 일이다. 이유는 알 수 없지만 나한테는 오리들이 쉽게 다가온다. 부르면 아무것도 모르고 오는 오리들 때문에 나는 마음이

완벽한 아이

아프다. 내가 한 마리씩 잡아서 건네주면 어머니가 커다란 가위로 깃털을 자른다. 오리의 깃털은 억세다. 바짝 자르다보면 살이 집혀 피가 나기도 한다. 결국 우리집 오리들은 깃털이 남지 않은 한쪽 날개에 비해 엄청나게 커 보이는 멀쩡한 날개 하나를 우스꽝스럽게 흔들어대며 뒤뚱거린다.

나는 린다에게 오리 깃털을 자르는 끔찍한 가위질 소리, 겁에 질린 오리가 똥을 지릴 때 나는 냄새 얘기를 해준다. 사실 나 역시 우리집 연못의 오리와 다름없는 신세다. 아버지와 어머니가 내 한쪽 날개의 깃털을 피가 나도록 바짝 깎아버리고 나머지 한 날개는 길고 아름다운 깃털을 지니게 만들었다.

다행히 린다에게 들려줄 재미있는 이야기들도 있다. 죽음 직전에서 구해낼 수 있었던 아기 집오리 피투 이야기다. 피투는 애처롭게 찍찍거리며 울고 있었다. 아버지 어머니와 함께 달려가보니, 커다란 수컷 오리 한 마리가 겨우 깃털 뭉치만한 가련한 새끼 오리의 머리를 배로 밀고 부리로 쳐서 물속에 밀어넣고 있었다. 자기 새끼를 물에 빠뜨려 죽이려는 것이다. 어머니가 막대기를 주워 들어 수컷이 새끼를 놓아주도록 따라가면서 휘두른다. 하지만 오리는 만만치 않다. 어머니의 공격을 피해 도망치면서도 여전히 부리에 문 새끼를 놓아주지 않는다. 어머니는 결국 연못 위에 놓인 좁은 다리 위를 뛰어다닌다. 그러다 풍덩, 물에 빠진다. 나는 몸을 숙여 어머니에게 손을 내밀고, 그러다 나까지 빠진다. 화가 난 아버지가 소리친다.

"쌍으로 멍청하군!" 어머니와 나는 냄새나는 흙탕물 속에서 절벅대고, 어머니의 묶은 머리가 풀리면서 긴 금발이 진흙 속에 끌린다. 어머니는 간신히 내 목을 잡아 나를 연못 다리 위로 올려준다.

나는 진흙 범벅이다. 그래도 피투를 포기할 수는 없다. 자기를 죽이려는 아비에게서 겨우 벗어난 피투는 물속에서 발버둥치고 있다. 빠지기 직전이다. 나는 다시 연못으로 몸을 숙이고, 겨우 피투를 잡는 데 성공한다. 하지만 곧 발이 미끄러져 다시 물에 빠진다. 간신히 연못 위의 다리를 붙잡은 나는 피투를 끝까지 놓지 않은 채 물 밖으로 나온다.

내 두 손 안에서 진흙으로 깃털이 끈적이는 가엾은 오리가 오들오들 떨고 있다. "몸이 얼었어요! 얼어죽으면 어떡해요!" 조금 전까지 화가 나서 고함치던 아버지의 표정이 갑자기 부드러워진다. 아버지가 좋아하던 토끼를 냉정한 할아버지가 어느 날 저녁 가족의 식탁에 올려버린 어릴 적 일이 기억난 걸까? 아버지가 퉁명스러운 말투로 대답한다. "화덕에 잠시 넣어주면 몸이 따뜻해질 게다."

나는 좋아서 어쩔 줄 모르며 부엌으로 달려간다. 피투의 몸이 다 마른 뒤에도 나는 계속 옆에 붙어 있다. 아버지도 피투에게 연민을 느끼는 게 분명하다. 면직물을 깐 상자에 피투를 넣어 집 안에서 마음대로 데리고 다녀도 좋다고 허락한다.

느슨해졌던 훈육의 혜택은 며칠 뒤에 끝난다. 피투를 오리들의 거처로 데려다주어야 한다. 하지만 피투의 아비가 여전히 난리 친

다. 피투를 보자마자 다시 부리로 쪼아댄다. 나는 피투를 연못 끝의
철책 밖에 있게 해달라고 아버지에게 간청한다. "마음대로 하거라.
하지만 린다가 물든가 해도 난 모른다." 정작 피투는 린다를 보고도
전혀 겁먹지 않는다. 연못 쪽만 마치 못 볼 것을 본 것처럼 피할 뿐,
정원 어디나 자유롭게 돌아다닌다. 내가 수영을 가르쳐주려 했지만
피투는 물가에 다가가기만 해도 애절한 비명을 내지르며 미친듯이
몸을 비튼다.

피투는 머리가 붉고 몸이 검은 아름다운 오리로 자라난다. 내
가 보이면 뒤뚱거리며 다가온다. 내가 정원에서 일하는 몇 시간 내
내 곁에 바짝 붙어서는 신이 나 꽥꽥거리며 나를 웃게 해준다. 피투
는 다행히도 집오리라서 날지 않는다. 털이 깎이는 수모를 피할 수
있다. 그보다 더 큰 기쁨도 있다. 피투는 린다와 사이가 좋다. 린다
가 집에 갇혀 있는 동안 피투가 철책 사이로 들어가 린다와 함께 있
는다.

린다와 피투는 나의 사랑이다. 그 둘을 위해 나는 무슨 일이든
할 수 있다. 아버지와 어머니도 알아차린다. 나에게 무언가를 원할
때면 "조심해! 말 안 들으면 한 달 동안 린다를 두 시간씩 더 가둬둘
거야" 혹은 "피투한테 음식도 주지 말고 궤짝 밑에 넣어둬야겠다" 이
런 말로 충분하다. 심지어 이런 말도 한다. "피투를 자기 자리에 데
려다 놓아야겠구나." 피투의 자리는 바로 연못이다. 그곳에서 피투
는 살아남을 수 없다. 나의 작은 반항은 단번에 꺾인다.

아버지는 인간의 본성에 대해 가르칠 때 피투를 자주 들먹인다. "나중에 다른 사람들과 함께 지낼 때 잘 기억하거라. 사람들은 너를 연못의 다른 오리들이 피투를 대하듯 할 거다. 이유가 뭐든, 심지어 아무 이유 없이도, 망설임 없이 죽일 수도 있다. 인간들은 자기들이 정직하다고 주장하지만, 사실은 잡혀갈까 무서워서 참을 뿐이다."

린드버그

아버지는 내가 아무 일도 하지 않는 것을 싫어한다. 더 어릴 땐 공부를 마친 뒤에 정원에 나가서 놀 수 있었다. 하지만 나는 곧 다섯 살이 되고, 놀이 시간도 줄었다. 아버지가 말한다. "시간을 허비해선 안 된다. 해야 할 일에 집중하도록 해라."

아무리 애써도 정신이 흐트러질 때가, 허공을 바라보며 멍해질 때가 있다. 혹은 정원에서 일하다가 피곤해져서 숨을 몰아쉬며 멍하니 서 있기도 한다. 그러면 어김없다. 한순간 주변에 정적이 깔린다. 내 심장이 쿵쾅대기 시작한다. 살며시 돌아보면, 등 뒤에 아버지가 태산처럼 버티고 서 있다. 그리고 불호령이 떨어진다. "지금 뭐하는 거냐?" 대답을 하지 못하면 죄인처럼 보인다는 사실을 알지만, 나는 입을 열지 못한다. 겁에 질린 채 다시 열심히 일하기 시작할 뿐이다.

어떻게 그럴 수 있는지 모르겠지만, 아무튼 아버지는 내가 잠시라도 약해지면 곧바로 알아채는 육감을 지니고 있다. 내가 일하다 조금 느슨해질 때면, 어김없이 아버지가 노려보고 있다. 심지어 아버지가 그 자리에 있지 않을 때라도 목덜미에 꽂히는 아버지의 눈길이 느껴진다.

어머니와 함께 정원의 가시덤불을 쳐내다가 나는 곁눈질로 멋진 나무 한 그루를 쳐다본다. 가장 크지도 무성하지도 않지만, 그래도 제일 아름다운 나무다. 줄기 아래쪽에서 수평으로 자란 굵은 가지 하나가 고리처럼 휘어져 하늘을 향해 뻗어 있다. 나는 아이들더러 와서 놀라고 부르는 것 같은 그 휘어진 자리에 앉아보고 싶다. 어느 날 어머니가 멀리 있을 때 정말로 앉아본다. 너무도 행복하다. 얼마 동안 그러고 있었는지 모르겠다. 뒤에서 아버지의 손이 내 머리카락을 움켜쥐더니 힘껏 내 몸을 내동댕이친다. 나는 숨이 멎을 것 같다. 아버지가 다가오는 소리도 듣지 못했는데. 그날 이후 나는 행복의 나무를 멀리서 바라보는 것으로 만족하기로 한다.

어차피 시간도 없다. 교과 수업, 솔페지오,• 그리고 내 몫으로 주어진 집안일과 아버지 시중까지 나의 하루는 빈틈없이 짜여 있다. 거리 쪽으로 창문이 난 큰 방에 가끔 들어가 겨우 몇 분 동안 거리를 지나는 사람들을 관찰할 수 있을 뿐이다. 나는 가능하면 어머니가 수업을 시작하기 전, 오전 8시쯤 그 방에 들어가려고 한다. 우리 집 정원 맞은편에 있는 카틀랭•• 공장으로 출근하는 노동자들이 도시락을 들고 빠른 걸음으로 지나가는 시간이다. 가끔은 저녁 6시쯤

• 곡의 음표를 계이름으로 읽으며 노래를 부르는 방법.
•• 볼트류를 생산하는 프랑스의 회사.

완벽한 아이

다시 그 노동자들을 볼 수 있다. 집으로 돌아가는 그들은 피곤에 지쳤는데도 명랑해 보인다. 때로 아내가, 혹은 아이가 마중나와 있다가 달려간다. 나는 그 얼굴들을 가만히 바라본다. 그러곤 밤에 침대에 누워서 나중에 카틀랭 공장의 노동자와 결혼한 내 모습을 상상한다. 내 남편은 매일 내가 준비한 음식이 가득 담긴 도시락을 들고 일하러 갈 것이다.

아침마다 무리 지어 혹은 둘씩 짝을 지어 학교에 가는 아이들도 볼 수 있다. 집 밖에 나와 길을 걸어 학교에 간다니, 너무도 멋진 일이다. 나도 그렇게 하고 싶다. 물론 나의 '학교'는 우리집 삼층에 있다. 나는 용기를 내서 어머니에게 말을 꺼낸다. 정원의 문을 통해 집 밖 거리로 나갔다가 철책 담을 따라 걸어와서 다시 대문으로 들어오고 싶다고. 어머니는 조용히 듣기만 한다.

얼마 후 아버지가 나를 식당으로 부른다. 언제나처럼 아버지와 어머니의 표정이 심각하다. 아버지는 젊을 때 만난 적이 있다는 미국의 유명한 비행사 찰스 린드버그의 이름을 꺼낸다. 살아 있는 사람 중에서 드물게 아버지가 존경하는 인물이다. 아버지는 그 사람과 공통점이 많다. 우선 둘 다 1902년에 태어났다. 아버지도 린드버그처럼 비행사였다. 그리고 린드버그처럼 아버지도 높은 등급의 프리메이슨이다. 찰스 린드버그에게는 아들이 하나 있었는데, 아기 때 납치당해서 죽었다. 아버지에게 큰 영향을 끼친 '세기의 범죄'다. 아버지가 그 일이 오래전에, 전쟁 이전에 일어난 일이라고 말했던가?

린드버그

아무튼 아버지의 너무도 엄숙한 어조 탓에, 나는 그것이 최근에 일어난 사건이라고 믿어버린다. 찰스 린드버그의 불행 때문에 마음도 아프다.

어머니도 거든다. "푸조의 아들도 납치당했어." 이번에도 언제 일어난 일인지 잘 모르지만 나는 최근의 일이라고 받아들인다. 다행히 아이가 무사히 돌아오기는 했어도 상당히 위험한 상황이었다. 아버지는 릴에서 가장 큰 푸조 자동차 대리점을 운영했으니, 푸조 가문하고도 인연이 있는 셈이다.

아버지가 내 눈을 뚫어져라 바라본다. "너도 위험해. 널 납치하려는 사람들도 있을 수 있다. 그러니 집 밖에 나가선 안 된다. 자동차가, 어린 에리크 푸조를 납치한 검은색 푸조 403이 다가와서 널 데리고 사라질 수 있어."

이어 아버지는 내가 익히 알고 있는 또다른 안전수칙을 들먹인다. 덧창이 열려 있을 때는 절대 불을 켜지 말 것. 불을 켜놓았다가는 길 건너편에서 총을 들고 매복중인 자에게 손쉬운 표적이 될 수 있다. 반드시 크랭크를 돌려 덧창부터 내린 뒤 불을 켜야 한다.

나는 요즈음 아동 납치가 급증하고 있는 것으로 이해한다. 납치 대상 아이들 명단에, 린드버그의 아들과 푸조의 아들에 이어 내 이름이 세번째로 올라가 있나보다! 두려움이 얼굴에 드러났는지 아버지가 애써 나를 안심시킨다. 아버지의 설명에 따르면, 다행히 나는 몸 양쪽에 눈에 잘 띄는 흉터가 있다. 그래서 '백인 노예'를 찾는 노

완벽한 아이

예상을 피할 수 있다. 무엇보다 그 상처 덕분에 아버지가 나를 쉽게 찾을 수 있고, 무슨 일이 있어도 나를 알아볼 수 있다. 나는 흔들림 없이 아버지만 믿으면 된다.

어머니가 못을 박는다. "디디에 선생께선 뭐든지 할 수 있고 전부 다 보고 계셔." 이 말을 들은 나는 마음이 놓이는지 반대로 더 무서워지는지 알 수가 없다.

아버지는 자신이 무엇을 하든 전부 다 나를 위해서라고 되풀이해 말한다. 자신의 삶을 온전히 나를 위해, 예외적 존재가 될 운명을 제대로 수행할 수 있도록 나를 키워내는 일에, 나의 형체를 빚고 조각하는 일에 바치고 있다고 말한다. 내가 태어나기 전부터 나를 사랑했다고도 한다. 아버지는 처음부터 모드라는 이름의 딸을 가지고 싶었다고 한다. 'Maud'가 아니라 로빈 후드 이야기에 나오는 윌 스칼렛의 아내, 전사이자 아마조네스이며 죽을 때까지 남편에게 충실했던 경이로운 여인의 이름처럼 뒤에 'e'가 붙은 'Maude'다. 아버지는 젊을 때부터 나를 원했고, 여건이 주어지자마자 나를 세상에 내어놓기 위한 일들을 실천에 옮겼다. 오랜 기간에 걸친 과업이었다. 우선 아버지는 나를 낳을 여자부터 구해야 했다. 그렇게 내 어머니를 골랐다. 아버지의 선택을 받았을 때 어머니는 겨우 대여섯 살이었다. 어머니는 노르 지방에 사는 광부 가족의 막내딸이었다. 이미 돈 많은 부자였던 아버지가 어머니의 부모에게 딸을 맡겨달라고 설득하는 일은 그리 어렵지 않았다. 그 뒤로 아버지는 외부의 영향이 개입하지 못하도록 어린 소녀를 가족과 떨어뜨려놓았다. 그리고 신경써서 가르치며 훌륭하게 학업을 마치기를 기다렸다. 드디어 때가 왔고, 어머니가 나를 낳았다.

나는 깨달아야 한다. 나는 아버지의 원대한 계획으로 태어났고, 아버지가 나에게 맡길 임무들을 완수해야 한다. 내가 아버지의 계획만큼 해내지 못할까봐 두렵다. 나는 너무 허약하고 너무 서툴고 너무 어리석다. 나는 아버지가 너무 무섭다. 거인 같은 몸집, 커다란 머리, 가늘고 긴 두 손, 강철도 뚫을 듯한 눈길을 가진 아버지 앞에 서면 오금이 저리고 다리가 후들거린다.

나의 공포감은 그 거인을 오로지 혼자서 마주해야 한다는 사실 때문에 더 커진다. 어머니에게서는 그 어떤 도움도 보호도 기대할 수 없다. 어머니에게 '디디에 선생'은 신적인 존재다. 어머니는 아버지를 숭배하고, 동시에 증오한다. 하지만 결코 아버지에게 맞서지는 못한다. 나는 두 눈을 질끈 감고 공포에 떨면서 내 창조주의 날개 아래 설 수밖에 없다.

정신의 힘만 굳건하면 무엇이든 할 수 있다는 게 아버지의 철석같은 믿음이다. 절대적으로 뭐든지 가능하다. 모든 위험을 극복하고 모든 장애물을 부술 수 있다. 하지만 그렇게 되기 위해서는 부패한 세상의 오염을 피해가며 길고 가혹한 훈련을 이겨내야 한다. 아버지는 말하고 또 말한다. "인간은 더없이 사악하고, 세상은 더없이 위험하다. 이 땅은 나약함과 비겁함으로 인해 쉽게 배신자가 되는 나약

완벽한 아이

하고 비겁한 자들로 가득차 있다." 실제로 아버지는 세상에 여러 번 실망했고, 여러 번 배신당했다. "오염된 인간들이 너를 절대로 건드릴 수 없다는 게 얼마나 큰 행운인지 알아야 한다." 아버지는 이 집이 외부의 부패한 기운을 물리치는 역할을 한다고 믿는다.

이따금씩 아버지는 절대 집 밖으로 나가면 안 된다고, 아버지가 죽고 난 뒤에도 안 된다고 잘라 말한다. 아버지의 기억이 이 집 안에 계속 살아갈 테니 그것을 지키면서 살면 나는 안전할 수 있다. 하지만 어떨 때는 다른 소리도 한다. 나중에 나는 원하는 것을 할 수 있다. 나는 프랑스의 대통령이 되고 세상의 주인이 될 수 있다. '평범한 여자'의 삶을 살기 위해 집을 떠나는 어리석은 짓을 해선 안 된다. 내가 집을 떠나게 된다면 그것은 온 세상을 손에 넣고 '위대한 계획'을 실현하기 위해서다. 그렇게 떠난 뒤에도 때때로 '근원'으로 돌아와 힘을 충전해야 한다. 나의 근원은 바로 아버지의 힘이 매일매일 배어드는 이 집이다.

세번째 가능성도 있다. 그냥 집에 남아 내가 태어난 뒤로 줄곧 아버지가 주입시켜온 가르침을 실천하는 것이다. 즉, '인류를 재건'하라는 부름을 기다리며 준비하는 것이다. 인류를 재건해야 하는 때를 어떻게 알 수 있느냐고 물으면 아버지는 대답한다. "내가 말해줄 거다. 설사 내가 이 세상에 없을 때라도."

그런데 겨우 도시락을 들고 공장에 일하러 가는 남편을 갖고 싶다는 꿈이나 꾸다니. 나는 창피해진다.

나는 아버지를 실망시키지 않기 위해서 수없이 많은 나 자신의 결점들과 싸운다. 한 가지, 일 년이 넘도록 이겨내지 못한 결점은 바로 나도 모르게 코와 입과 눈을 움직이는 버릇이다. "얼굴 좀 그만 찡그려." 어머니가 자주 하는 말이다. 아버지도 질색한다. 내가 아주 어렸을 때부터 아버지는 내게 자기 앞에서 절대 아무것도 움직이지 말고 서 있으라고 했다.

처음에는 몇 분만 버티면 되었다. 이제는 십오 분이다. 다섯 살이 된 나는 아버지가 '무표정 훈련'이라고 부르는 그 일을 하루에 한 번씩 해야 한다. 그 훈련은 나의 일과에 더해 별도로 주어진다. 저녁 8시부터 8시 15분까지. 그러다 훈련 시간이 더 길어지고, 하루 중 아무 때나, 연달아 몇 시간 동안 이어지기도 한다. 그 훈련 때문에 지체되는 수업과 숙제는 어떻게든 전부 따라잡아야 한다. 지금은 어머니도 나와 함께 무표정 훈련을 해야 한다. 나와 단둘이 있을 때 어머니는 이 역시 내 탓이라고 비난한다.

"얼굴에서든 몸에서든 그 어떤 것도 다른 사람이 읽어낼 수 있게 해서는 안 된다. 그랬다가는 잡아먹히고 만다. 나약한 인간들이나 바깥으로 표정을 드러내는 법이다. 훌륭한 포커꾼이 되고 싶으면 스스로를 통제할 줄 알아야 한다." 아버지가 깊은 동굴에서 울리는 것 같은 목소리로 말한다.

내가 정말 훌륭한 포커꾼이 되고 싶은가? 잘 모르겠다. 나는 포커를 한 번도 쳐보지 않았다. 하지만 나중에 필요할 때 준비되어 있

완벽한 아이

어야 한다. 아버지는 그동안 살면서 몇 차례 닥친 난관을 포커 덕분에 헤쳐나올 수 있었다고 말한다. 속내를 조금도 드러내지 않으면서 적들의 자세와 표정을 읽어낼 수 있었다는 것이다.

무표정 훈련에서 가장 힘든 것은 가려움이다. 처음부터 가렵고, 어디나 가렵다. 조금 지나면 멈춘다. 그러다가 다시 시작되면 더 심해진다. 고통스럽다. 특히 어머니는 잘 참지 못한다. 매번 팔이나 다리 하나가 용수철처럼 튀어오른다. 나는 웃음을 간신히 참는다. 아버지는 내 앞에 거울을 놓고 속눈썹 한 올까지 움직임을 확인하면서, 더없이 심한 경멸을 드러내어 말한다. "네 어머니는 무도병*이다." 아버지에게 무도병은 나약하고 무능한 인간들의 속성이다.

나 역시 나약하고 무능한 인간일까봐 두렵다. 아버지와 함께 체스를 두는 시간은 고문에 가깝다. 의자 끄트머리에 허리를 세우고 앉아 다음번 수를 생각하면서 무표정 규칙을 철저히 지켜야 한다. 아버지의 눈길 앞에서 나는 온몸이 후들거린다. 내가 폰 하나를 옮기면 아버지가 빈정거리듯 묻는다. "잘 생각하고 하는 거냐?" 그러면 나는 어쩔 줄 몰라 하고, 되돌리고 싶어진다. 아버지는 안 된다고 한다. "말을 만졌으면 그걸로 끝이다. 행동하기 전에 생각했어야지. 미리 잘 생각하란 말이다."

•　얼굴, 손, 발 등의 근육에 불수의적 운동장애가 일어나는 증상.

케네디

나는 잠옷 바람으로 어머니 방에 있다. 어머니가 불러주는 대로 편지를 쓰고 있다. "사랑하는 아빠"로 시작하고 "사랑해요"가 여러 번 나오는 이상한 편지다. 내가 글을 익힌 뒤로 어머니는 해마다 '어머니의 날'과 '아버지의 날' 편지를 불러준다. 어머니도 정확한 날짜는 모르기 때문에 마음대로 5월 셋째 주 일요일을 어머니의 날로, 6월 셋째 주 일요일을 아버지의 날로 정했다.

나는 군말 없이 하지만, 매번 이 일이 정말 이상하다! 우리집에서는 나약하고 물러터진 인간들이나 하는 그런 다정한 말을 아무도 쓰지 않는다. 예를 들어 그 누구도 '사랑하는' 같은 말을 입에 올리는 적이 없다. 더구나 '사랑하는 엄마'라니. 안 그래도 낯선 말이 그 말을 불러주는 어머니의 어조 때문에 기이하기까지 하다. 원래 어머니는 내 이름을 싫어해서 꼭 불러야 하는 상황을 최대한 피하려 애쓰고, 나 역시 "엄마"라는 말을 입에 올려야 하는 상황을 만들지 않는다.

이상한 편지를 쓰는 시간은 일종의 '선물'이기 때문에 나는 자는 시간을 줄일 수밖에 없다. 원래대로라면 침대에 누워야 할 시간에 화장대 의자에 앉는다. 당연히 글씨가 제대로 써지지 않는다. 보통 때 어머니는 글을 쓰다가 잉크가 번지면 마구 신경질을 내면서 열 번이라도 새 종이에 새로 쓰게 하지만, 어머니의 날과 아버지의 날 편지를 쓸 때만큼은 글씨에 전혀 신경쓰지 않는다. "그냥 마음대로 쓰렴." 정말 이상하다. 평소에는 철자를 틀릴 때마다 자를 들고 내 머리를 때린다.

어머니가 불러주는 말을 쓰면서 마음속으로 웃음이 터지는 순간도 있다. 예를 들어 오늘 편지는 이렇게 끝난다. "나중에 아버지 같은 남편을 얻고 싶어요." 새빨간 거짓말이다! 나는 아버지 같은 사람 말고 카틀랭 공장에서 일하는 남자와 결혼하고 싶다! 작년에는 이렇게 써야 했다. "아버지 말고 다른 아버지는 정말 싫어요." 아버지를 고를 수 있다는 뜻일까?

편지 쓰기가 끝나면 어머니는 입맞춤도 없이 나를 내보낸다. 우리 식구들은 절대로, 설령 어머니의 날이라 해도, 서로 살이 닿는 일이 없다. 나는 방으로 돌아가서 어머니가 잠들기를 기다렸다가 방문 밑으로 편지를 밀어넣는다. 그러면 다음날 아침에 어머니가 아버지에게 편지를 보여주면서 이렇게 말한다. "아침에 일어나보니 이게 있네요." 아버지의 날 편지도 디데이 전날 밤에 아버지 방문 아래로 밀어넣어 그날을 잊지 않고 있음을 증명해야 한다.

하지만 정작 편지를 쓰는 나는 아무것도 이해하지 못한다. 물론 그런 경우는 아주 흔하다. 나는 절대 질문을 하지 않는다. 묻는다 해도 어차피 대답은 뻔하다. "규칙으로 정해진 일이니 그냥 지켜. 바보 같은 질문 하지 말고."

예를 들어, 기상 규칙이 있다. 어머니 방에서 화장실 건너가 바로 내 방이다. 어머니는 매일 아침 6시 30분에 내 방의 문을 휙! 열어젖힌 뒤 곧바로 불을 켜면서 소리친다. "일어나!" 어머니에게 7시에 일어나는 사람은 '게으름뱅이'다. 나는 어머니가 지켜보는 동안 곧바로 일어나서 이 분 안에 옷을 입어야 한다. 그러고 나면 어머니가 말한다. "가서 아버지 깨워드리고 어디 불편하시지 않은지 확인해."

매일 아침 6시 30분에 모든 일이 정확히 똑같은 방식으로 반복된다. 때로 "가서 아버지 깨워드리고 기분 괜찮으신지 확인해"로 바뀔 뿐이다.

그런데 오늘 아침은 다르다. 무슨 문제가 있는 게 틀림없다. 어머니가 내 방의 불을 켜고는 곧바로 돌아간다. 나는 추워지기 전에 최대한 빨리 옷부터 입지만, 이어 무슨 일을 해야 할지 알 수가 없다. 아버지를 깨우러 가지 않으면 어머니한테 혼날 것이다. 하지만 어머니가 아무 말도 안 했는데 마음대로 가도 혼날 수 있다. 나는 혹시 어젯밤에 무슨 지시 사항을 들은 게 있는지 기억해내느라 머리를 쥐어짜본다. 결국 아버지 방에 일단 노크해보기로 한다.

오늘이 내 생일이라서 다른 날과 다른 걸까? 아버지에게 생일

완벽한 아이

은 기념할 날이 아니다. 그런 마음가짐이 변하지 않도록 내겐 훈련이 필요하다. 그래서 해마다 11월 23일에는 휴식시간이 없고, 교과 수업도 늘어난다. 나는 여섯 살 생일을 맞아 새로 시작될 '가르침'을 초조하게 기다린다.

우리는 식당에 있다. 어머니와 나는 서 있고, 아버지가 당장이라도 잡아먹을 듯한 무서운 눈길로 우리를 쳐다본다. 어머니가 저 정도로 겁먹은 표정은 처음 본다. 어머니는 무언가 더듬거리며 말한다. 한 남자가 죽었고, 그 남자의 아내가 그에게 몸을 던졌다. '세상의 종말'이 다가온다. 아버지가 쩡쩡 울리는 목소리로 고함친다. "네어머니가 어떻게 알았지? 어디서 들었지?" 나는 겁에 질린다. 무슨 얘기인지 하나도 모르겠다. 어머니가 뭘 알았다는 거지? 목구멍이 죄어오고, 입 밖으로 한 마디도 꺼내지 못한다. 아버지는 내가 어머니를 '비호'한다고 비난한다. 그러고는 어머니를 쳐다보며 질문들을 쏟아낸다. "어떻게 알았지? 누가 케네디 얘기를 해준 거야? 케네디가 암살당한 얘기를 도대체 어떻게 알고 있냐고! 당장 대답해! 멍청한 여자 같으니! 어서 대답해봐!"

누가 암살당했지? 누구지? 시체가 우리집에서 발견됐나? 그래서 어머니가 자꾸 3차 세계대전 얘기를 하는 걸까?

어머니는 결국 체념하고, 몰래 라디오를 들었다고 털어놓는다. 아버지는 대노한다. 그리고 나를 향해 고함친다. "라디오는 어디다 뒀어? 가서 찾아와!" 나는 꼼짝하지 못한다. 내가 아는 것은 하나뿐이다. 지금 울면 안 된다. 어머니가 내 뒤로 지나가면서 무릎으로 내 등을 치더니 이를 악물고 말한다. "네 생일이라 이 사달이 난 거야!" 위층으로 올라간 어머니가 커다란 스위치들이 달린 낡은 라디오를 들고 내려온다. 아버지는 나에게 지하실에 가서 망치를 가져오게 한다. 그러곤 어머니에게 명령한다. "세게 내리쳐서 부숴버려."

밤에 어머니 방에서 우는 소리가 들린다. 나는 죄책감에 휩싸인다. 내가 무언가 끔찍한 짓을 저질렀고, 나 때문에 누가 죽은 것 같다. 아버지는 정말 내 아버지일까, 어쩌면 어머니의 아버지가 아닐까. 죽었다는 남자가 어머니의 진짜 남편인가보다. 그러니까 내 진짜 아버지다. 그 사람이 어머니와 나를 도우려다가 죽었나보다. 나는 마음이 무겁다. 침대에 누워 있는데 추위로 몸이 떨린다.

질문이 머릿속을 떠나지 않는다. 어머니의 진짜 부모는 누구일까? 그러고 보니 아는 게 전혀 없다. 어머니는 절대 그 이야기를 하지 않는다. 아버지 역시 말을 많이 하는 사람은 아니지만, 그래도 나를 가르치다가 가난했던 어린 시절 이야기를 꺼내기도 한다. 아버지는 어릴 때 창살 사이로 혹은 환기창으로 몰래 들어가서 물건을 훔쳐야 했고, 아버지의 아버지가 식료품점에서 그것을 되팔았다. 나의 할아버지는 툭하면 아이를 혼내는 몰인정한 사람이었다. 아버지는 폭격이 이어지던 1차 세계대전 때의 이야기도 해주었다. 1914년에 열두 살이었던 아버지는 배가 너무 고파서 쥐까지 잡아먹었다. 아버지의 어머니 얘기를 듣는 일은 그보다 드물다. 아주 가끔 할머니를

완벽한 아이

떠올릴 때 아버지는 목소리가 떨린다.

어머니는 어린 시절에 대해 얘기할 게 없다고 한다. "어머니의 어머니는 누구예요? 어디 살아요?" 내가 물으면 어머니는 더듬거린다. 조금씩 알게 된 바에 따르면, 어머니는 피브에 사는 한 광부의 딸로 태어났다. 그 집에는 아이가 일고여덟 명 있었는데, 한 명만 아들이고 나머지는 전부 딸이었다. "모두 학교도 안 다니고 똑똑하지도 않아." 어머니가 말한다.

나는 어머니에게 왜 가족과 헤어졌냐고 묻는다. "어느 날 큰언니 앙리에트가 네 아버지를 데려왔어. 처음 본 내 눈에는 아주 크고 무서운 어른이었지. 둘이서 나를 네 아버지 집으로 데려갔어. 그때만 해도 진짜 집에 돌아오지 못할 줄은 몰랐지. 알게 된 뒤에도 별로 그립지는 않았지만." 곧 어머니는 기숙학교에 들어갔고, 그곳 생활은 행복했다. 그런 뒤에는 나중에 내가 태어나면 학교에 보내지 않고 직접 가르치기 위해서 대학에 다녔다.

"네 아버지가 처음 찾아왔을 때 난 여섯 살이었어. 지금 네 나이지. 네 아버지한테 나도 너 못지않게 중요한 존재라는 걸 알아두렴." 그 순간, 어두운 터널 끝에 갑자기 한줄기 빛이 들이친다. "그럼 나도 여섯 살이니까 누가 날 찾으러 오나요?" 어머니가 냉랭한 표정으로 대답한다. "이 모든 게 다 널 위해 한 일인데, 어떻게 그렇게 몰라주니? 집을 떠나고 싶어만 하는구나. 아버지한테 한번 말해봐. 아버지는 죽고 말걸? 혹시라도 아버지가 잘못되면 전부 네 탓이야."

데콩브 선생님

아버지는 다른 어떤 과목보다 음악을 중시한다. 하지만 아버지도 어머니도 음악에는 문외한이기에 나를 에콜 위니베르셸*에 등록시킨다. 다섯 살에 나는 솔페지오를 익히고 음자리표를 읽는다. 이어 샤프와 플랫, 장조와 단조를 배운다. 이제 악기를 익혀야 할 때다. 아버지와 어머니는 처음에는 피아노도 통신교육으로 가르치려 했지만, 결국 그것이 실용적인 방법이 아님을 받아들이게 된다.

그렇게 데콩브 부인이 나의 삶에 들어온다. 아버지와 어머니는 데콩브 부인이 릴의 콩세르바투아르**에서 피아노를 가르치고 있고 이전에는 연주도 했었다는 이유로 내 피아노 선생님으로 골랐다. 그녀는 마르고 자그마한 체구에 짧은 머리가 희끗거리는 나이 든 부인이다. 나는 머리를 기르지 않은 여자를 난생처음 본다. 데콩브 부인은 나에게 피아노 칠 줄 아느냐고 묻는다. 나는 수줍어하며 대답한

* 1907년 프랑스에서 창설된 초기 형태의 개방형 교육기관으로, 통신을 통해 교과과정을 이수할 수 있다. '누구나 다닐 수 있는 학교'라는 뜻이다.
** 음악, 연극 등을 가르치는 프랑스의 예술학교.

완벽한 아이

다. "음계는 칠 줄 알아요."

"그렇구나. 다장조 음계 한번 쳐보겠니?"

나는 오른손으로는 제대로 음계를 치고, 왼손으로는 반대 방향으로 친다. 선생님의 눈이 휘둥그레진다. "세상에! 누가 그렇게 가르쳤지?" 첫 수업이라 어머니도 방에 들어와 앉아 있었기 때문에 나는 에콜 위니베르셀에서 보내온 교재로 어머니가 '설명'해주었다는 말을 차마 하지 못한다. 그냥 더듬거린다. "교재 보면서 혼자 익혔어요." 선생님이 굳은 목소리로 말한다. "모르면 물어야지! 엄마한테 물어보기만 해도 됐을 텐데 왜 그랬니?"

앞으로 한 달에 두 번 릴 근처에 있는 데콩브 선생님 집까지 아버지와 어머니가 나를 데려다주기로 한다. 차를 타고 가는 동안 나는 마음이 너무 불안하다. 우선 몸 둘 바 모르도록 창피했던 첫 수업의 기억 때문에 괴롭다. 피아노를 칠 줄도 모르면서 칠 줄 안다고 말하다니. 게다가 첫 수업에서 배운 내용도 제대로 이해 못 한 게 아닐까, 연습도 잘못한 게 아닐까도 걱정된다. 그래도 선생님을 다시 만날 수 있다는 사실이 정말 기쁘다. 데콩브 선생님은 곧 음계 치는 방법을 바로잡아준다. 음자리표 읽는 법도 알려준다.

선생님이 시범을 보이느라 어떤 곡을 칠 때면 너무도 훌륭한 연주에 내 심장이 쿵쾅거린다. 데콩브 부인은 엄격하고 까다로운 선생님이지만, 무엇보다 공정하다. 선생님은 피아노를 치는 동안 손등을 구부리면 안 된다면서 내 양쪽 손등에 5프랑짜리 동전을 얹어둔다.

내가 치다가 틀리면 들고 있던 자로 손을 살짝 때리기도 한다. 하지만 마음에 상처를 주는 일은 단 한 번도 없다. 틀린 것을 바로잡기 위해서 때릴 뿐이다. 나는 규율을 알고, 선생님도 나도 똑같이 규율을 지킨다. 선생님은 나에게 속내 이야기도 칭찬도 하지 않는다. 하지만 나는 선생님이 정말 좋다. 선생님은 나날이 느는 내 실력을 지켜보며 흐뭇해한다.

수업을 하는 중형 그랜드피아노 위쪽 벽에 선생님의 딸이 그린 그림이 걸려 있다. 선생님 말로는 딸이 한 번도 음악에 흥미를 느낀 적이 없다고, 음악보다는 미술을 좋아해서 화가의 길을 선택했다고 한다. 그림을 쳐다보면서 나는 선생님의 딸이 '선택'했다는 말이 이해되지 않는다. 선택이라니, 하라면 그냥 하는 것 아닌가?

데콩브 선생님은 감정을 표현하는 연주자를 용납하지 못한다. 어쩌다 내가 눈썹을 찌푸리거나 입술을 깨물면 곧바로 가방에서 거울을 꺼내든다. "여긴 서커스장이 아니고, 넌 얼굴을 찌푸려가며 사람들을 즐겁게 만드는 원숭이가 아니야. 넌 지금 작품을 해석하고 있고, 표현은 네 얼굴이 아니라 네 음악에 담겨야 해."

데콩브 선생님이 용납하지 못하는 또다른 것은 바로 내 손의 상처들이다. 어느 날 크게 긁힌 상처를 본 선생님은 화를 낸다. 나는 고개를 숙인다. 아버지가 또 정원 공사를 시작했기 때문이라고 차마 말하지 못한다. 올해는 지하실 바닥에 콘크리트를 간다. 늘 그래왔듯이 아버지는 우리집에 일하러 오는 알베르와 레미에게 하루 두 번

완벽한 아이

두 시간씩 나를 '일꾼'으로 쓰게 한다. 세상살이가 얼마나 힘겨운지 알게 하기 위해서다. 나는 정원용 손수레로 모래를 실어나르고, 콘크리트믹서를 돌리고, 손으로 벽돌을 옮긴다. 손을 보호하는 정원용 장갑은 낄 수 없다.

어느 날 손가락 끝에 피가 나고 내가 아파하자 선생님이 참지 못한다. "안 되겠다. 가서 네 부모님과 얘기해봐야겠구나. 더는 안 돼." 선생님은 어떻게 알아차렸을까? 수업이 끝난 뒤 선생님이 어머니에게 말한다. "피아노 치는 사람한테 손이 얼마나 중요한지 모르시나요? 그게 아니라도 어린애의 손가락이 이런 상태라니, 정상이 아니에요." 선생님은 차 안에서 기다리는 아버지와 얘기하겠다고 나선다. 어머니가 극구 말린다. "제 남편 몸이 안 좋아서요. 이제 그만 가봐야 합니다. 하신 말씀은 제가 꼭 전할게요." 선생님이 덧붙인다. "이애는 피아노를 아주 잘 쳐요. 재능 있는 아이죠. 콩세르바투아르에 등록해서 제대로 콩쿠르 준비를 시켜야 합니다." 그 말을 듣는 순간 나는 데콩브 선생님과 함께 콩세르바투아르에 가 다른 아이들과 함께 피아노를 배우는, 신이 나서 열심히 연습하는 내 모습을 상상해본다. 나는 선생님이 자랑스러워하도록 뭐든지 할 준비가 되어 있다.

데콩브 선생님이 콩세르바투아르 얘기를 꺼낸 게 처음은 아니다. 하지만 어머니는 아버지에게 한마디도 전하지 않는다. 차를 출발시키기 전에 아버지가 묻는다. "별일 없었지?" 어머니는 이번에도 그렇다고만 대답한다. 내가 콩세르바투아르 얘기를 꺼내려 하자 어머니가 가로막는다. "입 다물어. 전부 헛소리야." 아버지가 묻는다. "무슨 얘기야?" 어머니가 대답한다. "아무것도 아니에요, 좀 있다가 설명드릴게요."

그날 이후 오랫동안, 나는 누군가가 우리집 초인종을 누르는 상상을 한다. 데콩브 선생님이 나를 콩세르바투아르에 데려가겠다고 아버지를 찾아오는 것이다. 하지만 실제로는 그 뒤로 아무도 선생님 이야기를 꺼내지 않는다. 아버지도 어머니도 아무 말 안 하고, 나는 물어볼 용기를 내지 못한다. 선생님은 아예 존재한 적이 없는 사람이 된다.

피아노를 그만둘 수는 없다. 아버지는 내 아코디언 선생님인 이브더러 피아노도 가르치라고 한다. 이브는 시골 무도회들을 돌아다니는 작은 오케스트라를 이끌고 있다. 리스트와 쇼팽을 멋지게 연주하는 훌륭한 음악가이지만, 종잡을 수 없이 변덕스러워서 나는 이브가 무섭다.

이브의 아버지는 어린 아들을 열두 시간 동안 의자에 묶어놓고 아코디언을 배우게 했다고 한다. 그런 엄격한 훈련 덕에 이브는 훌륭한 솜씨를 지니게 되었지만, 끔찍하도록 무서운 선생님이 되었다. 내가 아코디언을 연주하는 동안, 비쩍 마른 이브는 쉬지 않고 담배를 피워대면서 주변을 번잡하게 돌아다니고, 아주 작은 실수만 나와도 욕을 퍼붓고 따귀를 날린다. 어찌나 고래고래 소리를 지르는지,

나는 내가 뭘 틀렸는지조차 알아차릴 틈이 없다.

이따금 이브의 신경질이 조금 수그러들기도 하는데, 그럴 때면 더 불안해진다. 이브는 나를 야단치면서 마시던 맥주를 내 얼굴에 뿌린다. 혹은 피우던 담배를 내 허벅지에 대고 끈다. 나는 너무 긴장해서 점점 더 연주를 못하게 되고, 그러면 다시 온갖 처벌이 쏟아진다. 피아노 첫 수업 때, 데콩브 선생님의 가르침을 받은 내 실력에 이브는 놀라는 기색이 역력하다. "어떻게 그렇게 잘 치지? 나하고 아코디언 배우는 건 엉망진창이면서!" 놀라움은 분노로 바뀐다. 이브는 내 따귀를 두 번 날리고, 내가 좋아하는 악보들을 갈기갈기 찢어버린 뒤에야 분이 풀린 듯 보인다.

아버지가 종을 세 번 친다. 베란다로 오라는 뜻이다. "곧 일곱 살이 될 테니, 이제 너도 내 말을 알아들을 수 있을 거다. 전쟁 중에 독일 수용소가 어땠는지는 이미 설명했다. 수용소에 처음 들어가면, 우선 네가 가진 걸 전부 빼앗는다. 혹시 금니가 있으면 그것도 빼버리지. 부자에 잘생겼든, 반대로 가난뱅이에 못생겼든, 똑같이 수의를 입고 머리를 밀어야 한단 말이다. 네가 제아무리 능력 있는 사람이라도 전혀 눈에 띄지 않아. 하기야, 어차피 간수들은 하나같이 멍청하고 사악한 놈들이기 때문에 똑똑하다는 게 드러나면 오히려 위험해질 수 있지."

아버지가 말을 이어간다. "유일하게 수용소에서 살아남은 사람들이 바로 음악가였다. 오케스트라는 언제나 있어왔고 앞으로도 그럴 테니까. 원래 양들은 차분히 생각하기보다 흥분하길 좋아하는 법이지. 간수들은 파뉘르주*의 양떼라서 음악 소리에 맞춰 들썩거리기를 좋아한단 말이다. 그러니 음악가들을 우선적으로 보살피고 먹을 것도 챙겨주는 거다. 모든 형태의 음악을 알아야 하지만, 협주곡보다는 무도회용 왈츠를 잘 연주해야 수용소에서 무사히 살아나올 확률이 더 높다. 어떤 악기가 제일 필요할지는 미리 알 수 없으니 여러 악기를 익혀두는 수밖에 없고. 악기 익히는 데 시간이 필요하기 때문에 네 일과표를 조정할 거다. 우선 이브한테 어떤 악기들이 좋을지 추천해달라고 할 생각이다.”

이브가 얼마나 폭력적인 선생인지는 단 일 초도 고려되지 않는다. 그렇게 이브는 몇 해 동안 나의 전담 음악 선생님이 된다. 아버지가 이브를 좋아하는 이유는 많은 악기를 다룰 줄 알기 때문이다. 그가 퍼부어대는 욕을 듣고 그가 날리는 따귀를 맞아가면서 나는 아코디언과 피아노 외에도 기타, 클라리넷, 바이올린, 테너색소폰 그리고 트럼펫을 배운다. 여덟 살이 될 때면 나치의 수용소에서 살아남기에 충분한 무기를 갖추게 될 것이다.

---

* 프랑스 르네상스기의 작가 프랑수아 라블레의 소설 『가르강튀아와 팡타그뤼엘』에 등장하는 인물로, 파뉘르주가 양 한 마리를 바다에 던지자 다른 양들이 같이 바다로 달려드는 장면에서 나온 '파뉘르주의 양떼'라는 표현은 군중심리에 휘둘려 행동하는 사람들을 지칭한다.

완벽한 아이

우리, 궁수자리 태생들

아버지의 서재에는 내 몸보다 큰 금고가 두 개 있다. 널찍하고
육중한 그 금고들이 내 눈에는 아름답기까지 하고, 쳐다보고 있으면
마음이 든든해진다. 두 개 중 하나는 비밀번호를 조합해서 여는 방
식이다. 아버지는 가끔씩 나를 서재로 불러서 비밀번호를 모를 때
금고를 여는 방법을 알려준다. 아버지의 설명에 따르면, 혹시라도
나중에 돈이 필요할 때 유용한 기술이다. 만일 그런 상황이 닥치면
우선 카지노가 어디 있는지 파악해야 한다. 카지노 금고들에는 늘
돈이 가득 들어 있고, 그러면서도 프랑스 중앙은행의 금고에 비해
보안이 허술하다는 장점이 있다. 금고를 연 뒤에는 절대적으로 지켜
야 할 규칙이 있다. 꼭 현금만 챙길 것. 보석이나 다른 유가증권에는
손대지 말아야 한다. 장물아비들은 경찰과 한통속일 때가 많아서 보
석을 팔다가 붙잡힐 위험이 크다.

아버지의 지시대로 나는 바닥에 앉아 귀를 금고에 가져다댄다.
아버지가 눈금으로 표시된 다이얼을 한쪽으로, 이어 다른 쪽으로 돌
리는 동안, 나는 다이얼 판이 돌아가는 소리에 귀를 기울인다. 아버

지는 평소의 거친 모습과 전혀 다르게 놀라운 인내심을 발휘하며 나지막한 목소리로 침착하고 자세하게 설명한다. 나는 깊은 정적 속에서 아버지와 함께 철제문 뒤에 숨겨진 기계장치의 미세한 끼릭끼릭 소리에 귀를 기울이고 있는 순간이 좋다.

이 훈련은 언제나 금세 끝난다. "자, 이제 다시 가서 수업 듣거라." 서재를 나서기 전에 나는 아버지의 마음에 들 만한 말을 찾아본다. 한번은 이렇게 물었다. "저도 아버지처럼 금고를 잘 열게 될까요?" "넌 내 딸이니까 세상의 모든 금고를 열게 될 거다." 아버지의 입에서 진지한 칭찬이 나오는 순간 마음이 편안해진다. 아무리 사소한 것이라도 아버지의 인정을 받으면 기분이 좋다.

때로 아버지는 나를 넓은 당구실로 부른다. 받침대 위 둥근 나무틀에 꽂힌 지구본으로 세상을 설명해주려는 것이다. 지구본은 나를 꿈꾸게 만드는 경이로운 물건이다. 재료는 정확히 알 수 없지만, 손가락 끝에 닿는 표면은 매끄럽다. 당구실에 혼자 있을 때면 나는 지구를 어루만진다. 이 안에 수많은 마법의 장소들이 있다! 나는 눈을 감고 지구본을 돌리다가 아무 데나 손가락으로 짚어본다. 그런 다음 눈을 뜨고 나지막한 목소리로 다짐한다. "나중에 여기 가볼 거야!" 둥근 테두리에는 황도십이궁 표시가 새겨져 있다. 켄타우로스가 활시위를 당기는 궁수자리 표시는 이미 아버지한테 배웠다. "여기가 우리 자리다. 우리, 궁수자리 태생들의 자리지." 아버지는 점성술은 어리석다며 믿지 않으면서 우리가 태어난 궁수자리는 좋아한다. 나는 틈이 날 때마다 그 방에 들어가 반은 인간이고 반은 말인 전설적인 존재를 바라본다. 나는 켄타우로스의 힘을, 그의 손에 들린 활을, 그가 당기고 있는, 아버지 말마따나 "방향을 제대로 겨누고 있는" 화살을 바라보며 경탄한다. 아버지는 그 말 뒤에 늘 "분별력 있게 행동할 것!"이라고 덧붙인다. 분별력 있는 행동과 화살의 방향이 무슨 관계인지 솔직히 나는 알지 못한다.

어느 날 내가 어머니의 별자리를 묻자, 아버지는 경멸이 담긴 손가락을 뻗어 바닥을 기고 있는 초라한 전갈을 가리킨다. 나는 어머니 때문에 마음이 아프다. 그래도 전갈자리는 아버지와 나의 궁수자리 바로 앞이니까 말의 특성을 조금은 지녔으리라 생각한다.

아버지는 가장 훌륭한 동반자였던 앙리에트 고모와 함께 기구를 타고 하늘을 날아본 나라들을 지구본 위에서 짚어나간다. 고모는 아버지처럼 조종사이자 기구 애호가였고, 아버지 말에 따르면 아주 특별한 사람이다. 나는 앙리에트 고모를 한 번밖에 못 보았다. 우리가 이 집에 이사 오고 얼마 안 되었을 때 고모가 멋진 콜리 두 마리를 데리고 온 적이 있다. 나는 너무 어렸을 때라 희미한 기억밖에 없다.

전쟁 전에, 그러니까 어머니가 아직 아기였을 때, 아버지는 고모와 함께 비행을 즐겼다. 기구 대회에서 우승도 했다. 착륙 직전 근처에 있던 황소가 눈에 띄는 바람에 착륙을 중단하기 위해 망설임 없이 모래주머니를 던져버린 일을 얘기할 때면 아버지는 언제나 황홀하리만치 흡족한 표정이 된다. 언제 어디서 다시 착륙할 수 있을지 알지 못한 채, 아버지와 고모는 그렇게 다시 하늘로 올라갔다고 한다.

또 한번은 엄청난 조종 실수로 독일의 도시 란츠베르크 안 데어 바르테*에 내린 적도 있는데, 하필이면 그곳에서 히틀러가 연설중이었다! 독일 장교 넷과 사복 차림의 남자 두 명, 아버지와 고모가 함께 서 있는 사진을 본 적이 있다. 남성복 체크무늬 셔츠에 승마바지를 입은 자그마한 여자를 매혹당한 눈길로 바라보는 남자들 틈에서 고모는 경직된 미소를 띠고 있었다.

아버지의 눈에는 앙리에트 고모의 두려움도 실수도 전부 재미있기만 하다. 아버지 얘기를 들으며 나는 고모가 정말로 좋은 사람인가보다고, 어머니와 내가 고모의 발뒤꿈치라도 따라갈 수 있다면 아버지가 우리에게도 너그럽게 대해주고 칭송까지 해줄 거라고 생각한다.

전쟁이 나자 고모는 간호병으로 전선에 나갔고, 그때 군병원에서 만난 의사와 결혼했다. 아버지는 릴에서 레지스탕스에 참여했다. 아버지는 유대인들이 벨기에로 탈출할 수 있도록 지하통로를 파는가 하면, 암시장 거래로 돈을 마련해 식량을 조달하고 신분증을 사

•   1945년까지 독일 영토였던 폴란드 도시 고주프 비엘코폴스키의 독일식 이름.

고 브로커를 구해주었다.

젊은 시절을 얘기할 때면 아버지의 얼굴이 환해지고 목소리도 부드러워진다. 나는 아버지가 들려주는 얘기 못지않게 평소에 그토록 뻣뻣하게 굳어 있는 아버지의 얼굴이 갑자기 밝아지는 게 좋다. 아버지는 영웅이었다. 내가 좀더 일찍 태어나서 혈기왕성하고 열정적이던 아버지를 볼 수 있었으면 얼마나 좋았을까. 아버지는 진로를 잘못 설정하는 바람에 유럽을 횡단하게 된 날개 달린 켄타우로스였고, 나치의 발톱에 붙잡힌 이들을 구하기 위해 목숨을 건 로빈 후드였다. 아버지는 또한 높은 계급의 프리메이슨이어서, 예를 들어 영국 여왕 앞에 빨간색 구두를 신고 나서는 것까지 뭐든 마음대로 할 수 있다. 그리고 아버지는 인류의 안녕을 위해 비밀리에 활동하는 '성도聖都를 지키는 기사'*였다. 한번은 아버지가 가슴에 커다란 십자가가 달린 기사 복장을 갖추고 검을 찬 모습으로 내 방에 들어오는 바람에 깜짝 놀랐던 기억이 난다. 하지만 모두 지난 일이다. 어머니와 나를 데리고 끔찍한 세상을 떠나 이 집에 칩거하기 전의 일이다.

지난번에 아버지가 나를 데리고 수영장 뒤편의 작업장으로 가

---

* 전통적인 프리메이슨 등급은 도제-숙련공-장인의 세 단계로 이루어지고, 이후 프리메이슨이 본격적으로 체계를 갖춘 스코틀랜드 의식에서 세분된 등급이 정해졌다. 우선 '완성의 지부'의 여러 등급을 거친 뒤 '장미 십자가 지부'에 이르러 시험을 통과하면 중세의 템플기사단을 이어가는 '성도를 지키는 기사'가 될 수 있다.

서 짐꾸러미 하나를 꺼내주며 풀어보라고 했다. 연노란색의 알 수 없는 천이 가득 말려 있었다. 기구를 만드는 특수섬유였다. 전쟁이 끝난 뒤 아버지가 봉뒤* 비행장에서 띄운 가스 기구를 만든 천이다. 그때 아버지와 고모는 직접 만든 기구를 띄워 전쟁 후에 제일 먼저 하늘에 오른 사람이 되었다. 때로 나는 아무도 몰래 그곳에 가서 마법의 천을 어루만진다. 그리고 기구를 만들어 린다와 피투를 태우고 하늘로 날아오르는 꿈을 꾼다.

* 프랑스 노르 지방의 도시로, 벨기에 접경 지역이다.

완벽한 아이

수영장

데콩브 선생님의 피아노 수업을 그만둔 뒤로 우리 식구는 집 밖에 거의 나가지 않는다. 모든 것이 외출을 최소화할 수 있도록 갖추어져 있다. 예를 들어 집에 제빵용 반죽과 화덕이 있어서 빵을 사러 나갈 필요가 없다. 어머니와 내가 한 달에 두 번 집에서 빵을 만든다. 식료품도 마찬가지다. 일 년에 네 번, 전화로 대량을 주문하면 트럭으로 배달되어 온다.

그래도 아주 가끔 외출할 일이 생긴다. 그럴 때면 늘 셋이 같이, 평소에는 차고에서 잠자고 있는 푸조를 타고 간다. 그 과정이 아주 복잡한 탓에 우리는 매번 잔뜩 긴장한다. 우선 차의 배터리가 나가 있을 때가 많다. 그럴 경우 충전을 해야 하고, 결국 외출을 미루거나 아예 취소할 수밖에 없다. 다행히 무사히 시동이 걸리면 재빨리 다음 단계로 넘어가야 한다. 어머니가 철책 문을 열 때 나는 이미 앞자리에 앉아 있고, 아버지는 차를 뒤로 빼고 있다. 이어 어머니가 순식간에 문을 닫고 뒷좌석에 뛰어오른다. 커다란 푸조는 마치 누군가의 생사가 달린 중요한 임무를 수행하러 가는 양 돌풍처럼 달려나간다.

하지만 우리의 목적지는 아즈브루크 시장이다. 닭 사육장에 채워넣을 병아리를 사러 가는 것이다.

가는 동안 나는 운전석 옆자리에 앉아 최대한 몸을 사린다. 외출할 때마다 아버지는 나에게 앞에 타라고 명령한다. 사이드미러로 보면 뒷자리에서 어머니가 나를 노려보고 있다. 나는 뒤에 앉고 싶다. 어머니는 내 마음을 알까? 나중에 아버지가 우리 말소리를 듣지 못할 만큼 멀리 떨어져 있을 때 어머니가 넌지시 말한다. "그거 아니? 운전석 옆자리가 제일 위험한 자리야. 조금 세게 브레이크를 밟으면 넌 앞유리창을 깨고 튕겨나갈걸? 만일 교통사고 나면 아버지가 죽을 때 너도 같이 데려가려는 거야. 그래서 널 앞자리에 태우는 거라고. 난 보호하고."

어머니가 원망하는 이유를 알지 못하는 나는 그냥 아무 말도 하지 않는다. 어차피 외출할 때마다 극도로 긴장한 탓에 다른 생각을 할 틈이 없기도 하다. 밖에서는 아버지 어머니가 나를 평소보다 더 바짝 감시한다. 나는 숨이 막힌다. 그래도 곁눈질로 훔쳐본다. 더 다가가서 자세히 보면 얼마나 좋을까! 하지만 아버지는 집으로 출발할 시간을 정해둔다. 아버지가 차 안에서 기다리는 동안 어머니와 나는 계속 시계를 확인하면서 필요한 물건을 사러 뛰어다닌다.

마지막 외출은 석 달 전이었다. 병아리를 사러 아즈브루크 시장에 갔을 때다. 돌아오는 길에 아버지가 중앙 광장에 차를 세웠고, 어머니와 나는 재빨리 서점으로 달려갔다. 책을 좀 봐도 되느냐고 묻는 나에게 주인이 친절하게 대답했다. "아이들 책은 저쪽이란다."

"서둘러, 아버지가 기다려." 나는 손에 잡히는 대로 '로즈 총서' 한 권과 '베르트 총서'• 한 권을 집어든다. 어머니는 재빨리 계산한 뒤 책들을 핸드백에 숨긴다. 절대 아버지한테 책 얘기를 하지 말라는 말은 굳이 할 필요도 없다. 아버지는 내가 중요한 책들만 읽기를 바란다. 이 책들은 분명 못 읽게 할 테고, 보나마나 이런 걸 왜 사주었냐며 어머니에게 호통을 칠 것이다. 돌아오는 내내 나는 피가 마를 듯이 불안하다. 집에 도착한 뒤 어머니가 책을 안 주고 가져가버리면 어떡하지?

그런데 그날은 기적이 일어난다. 나와 단둘이 남게 된 어머니가 아무 말 없이 책을 건네준 것이다. 나는 책을 침대 밑판과 매트리스 사이에 숨긴다. 그러곤 저녁에, 다른 방에서 아무 소리도 들리지 않을 때까지 기다렸다가 꺼낸다. 나는 새로 접하는 경이를 응시한다. 빛나는 표지 위에 컬러로 그림이 인쇄된 양장본 책들이다. 어린이책은 처음 읽는다. 서점에서 이 책들을 집어들 때만 해도 여러 가지 도서관••이야기인 줄 알았는데,『5인 클럽』•••과『형사 알리스

• '로즈 총서(Bibliothèque Rose)' 즉 '분홍색 총서'는 프랑스의 아셰트 출판사에서 19세기 중반부터 출간한 여섯 살에서 열두 살까지의 아동을 대상으로 한 도서 시리즈다. 이후 1923년에 처음 출간된 '베르트 총서(Bibliothèque Verte)' 즉 '초록색 총서'는 고학년 아동과 청소년을 대상으로 한다.

•• '총서' 혹은 '서가'의 뜻으로 사용된 '비블리오테크(bibliothèque)'에는 '도서관'이라는 뜻도 있다.

루아』••••라는 책이다.

매일 교과, 음악, 그리고 육체노동 시간이 끝나면, 저녁에 삼십
분 동안 침대에서 책을 읽을 수 있다. 나는 우선 아버지가 잠들었는
지 확인한 뒤, 어머니가 지극히 드문 관용으로 베풀어준 기회를 누
리며 영웅들의 이야기에 빠져든다. 황홀한 기쁨에 젖어 끝없이 읽고
또 읽는다. 알리스와 5인 클럽은 나에게 진정한 위안을 준다. 아버지
가 금지시킨 경이로운 세상 쪽으로 창을 열어준다.

어느 날 내가 피아노로 익히고 있는 곡을 흥얼거리자 어머니가
화를 낸다. 어머니는 문제의 책 두 권을 기억해내고 당장 가져오게
한다. "요즘 네 행동이 이상해. 분명 이 책들 때문이야. 사주는 게 아
니었어. 이제 몰수야." 나는 평소 야단맞을 때처럼 당황한 표정을 짓
는다. 하지만 사실은 별 상관 없다. 이미 나는 머릿속 생각만으로도
푹 빠져들 수 있을 만큼 내 주인공들의 이야기를 너무 잘 알고 있다.

가끔 어머니는 내가 규율을 어겨도 눈감아줄 때가 있다. 하지만
평소에는 대체로 아버지보다 더 엄하다. 특히 셋이 같이 있을 때면
어머니는 그야말로 신경과민 상태가 된다. 무엇보다 아버지의 눈에

••• 영국의 동화작가 에니드 블라이턴이 쓴 모험 시리즈로, 네 명의 아이들
과 개 한 마리가 함께 떠나는 이야기다.
•••• 미국의 탐정 시리즈 『낸시 드루』의 프랑스어판으로, 주인공의 이름이 알
리스 루아로 바뀌어 출간되었다.

나를 제대로 가르치지 못한 무능하고 나약한 교사로 보일까 두려운 것이다. 삼층에서 교과 수업을 하는 동안 어머니는 '우수'보다 더 뛰어난 최고의 결과를 얻기 위해서 나를 마구 몰아세운다.

어머니가 처음 가르쳐야 했던 것 중에 읽기와 쓰기가 있다. 어머니는 내 진도가 너무 더디다며 유난스럽게 난리를 쳤다. 하루는 아버지가 나에게 종이 한 장을 건네주고 큰 소리로 읽어보라고 시켰는데 내가 도중에 틀렸다. 곁눈질로 보니 어머니는 수치심과 분노로 얼굴이 벌겋게 달아올라 있었다. 쓰기를 배울 땐 더 심했다. 무엇 때문에 펜에 잉크를 찍어가며 글씨 쓰는 법을 배워야 할까? 어머니는 내가 펜으로 굵은 선과 가는 선을 다 잘 긋는지 지켜보다가 조금만 잉크가 번져도 마구 화를 냈다. 아예 내가 써놓은 페이지를 찢어버리고 처음부터 다시 쓰게 하기도 했다. 그때 나는 너무 어려서 어떻게 해야 눈물을 참을 수 있는지 알지 못했다. 잉크는 금방 번지고, 그러면 어머니는 더욱 짜증을 냈다. 쓰기 수업이 끝나면 나는 잉크 범벅이 되어 시커메진 손으로 방을 나서곤 했다.

어머니 눈에 나는 음흉한 아이, 바닥 없는 우물처럼 사악한 생각이 가득한 아이다. 글을 쓰면서 일부러 얼룩을 만들고, 식탁 유리도 일부러 금가게 한다. 발을 헛디디는 것도, 정원에서 풀을 뽑다가 살갗이 벗겨지는 것도 일부러 하는 짓이다. 나는 일부러 넘어지고, 일부러 긁힌다. 밥 먹듯이 속이는 '협잡꾼'에, 뭐든 늘 거짓으로 꾸며대는 '가식덩어리'다. 나는 관심을 끌기 위해서라면 무슨 짓이든 다하는 아이다.

읽기와 쓰기를 배울 즈음 나는 자전거 타는 법도 배웠다. 넘어지지 않도록 뒤쪽에 작은 보조바퀴 두 개가 달려 있는 어린이용 자전거였다. 어느 날 어머니가 말했다. "이제 작은 바퀴를 떼어낼 거야." 아버지는 뒤에 서서 말없이 어머니와 나를 지켜보고 있었다. 당장이라도 넘어질 것 같은 자전거에 나를 오르게 한 뒤 어머니는 처음에는 두 손으로 잡아주다가, 곧 휙! 하고 경사진 좁은 길로 자전거를 밀어버렸다. 나는 넘어지면서 바닥 돌멩이에 다리가 까졌다. 아프고 속상하고 창피해서 울음이 터졌다. 하지만 아버지와 어머니의 굳은 표정을 보는 순간 눈물이 저절로 들어가버렸다. 어머니는 말없이 나를 다시 자전거에 태우고, 균형을 잡을 수 있게 될 때까지 수없이 밀고 또 밀었다.

다리에 난 상처는 아버지가 즉시 치료해주었다. 어머니가 내 무릎을 붙잡고 있는 동안 아버지가 90도나 되는 알코올을 상처에 부었다. 절대 울거나 찡그려서는 안 된다. '이를 악물고' 버텨야 한다.

수영도 같은 방식으로 배웠다. 물론 시립 수영장에 가지는 않는다. 내가 네 살이 되던 해 여름에 아버지가 특별히 나를 위해 정원 구석에 수영장을 만들었다. 당연히 수반 속에 담긴 파란 물과는 거리가 멀다. 나의 수영장은 콘크리트 벽 사이에 낀 좁고 기다란 공간이다. 어두컴컴한 물은 얼음처럼 차갑고, 바닥이 보이지 않는다.

자전거를 배울 때처럼 첫 수영 수업은 단순하고 간략했다. 어머

완벽한 아이

니는 그냥 나를 물속에 빠뜨렸다. 나는 발버둥치고 비명을 지르며 물을 먹는다. 내 몸이 정말로 물속으로 가라앉으려는 순간 어머니가 뛰어들어 건져주었다. 그런 뒤에 다시 시작된다. 나는 다시 소리치고 운다. 숨이 막힌다. 어머니가 다시 나를 건져냈다. "바보같이 계속 울어댈 거야? 혼날래?" 어머니는 나를 다시 물속에 밀어넣었다. 나의 몸은 물속에 가라앉지 않기 위해 버둥거린다. 하지만 한번 더 빠질 때마다 정신이 점점 더 움츠러든다.

물이 튀기지 않는 자리에 떨어져 서서 지켜보던 아버지가 단호하게 말한다. "강한 사람은 울지 않는다. 수영을 할 줄 알아야지. 다리에서 떨어지거나 탈출할 때 꼭 필요한 능력이다." 서서히 나는 머리를 물 위로 내민 채 버티는 법을 익힌다. 심지어 수영을 아주 잘하게 된다. 하지만 나는 물을 싫어하고, 이후에도 계속 수영 연습을 해야 하는 우리집 수영장을 싫어한다.

이제 나는 '물에 젖은 암탉' 같은 겁쟁이가 아니라는 사실을 증명하기 위해서 찬물에 단호하게 뛰어들어야 한다. 매번 숨이 멎을 것 같다. 하지만 아버지는 인내력 '강화'를 위한 좋은 기회라며 내가 반드시 해내기를 요구한다.

그리네곶

아버지와 친하게 지내는 지네트와 프랑수아 부부가 며칠째 우리집에 머물고 있다. 나는 프랑수아가 참 좋다. 거의 민머리에 몸집이 작은 프랑수아는 늘 한결같은 사람이다. 나한테 친절하게 말을 건네고, 재미있고, 장난도 좋아한다. 하루는 갑자기 소풍을 가기로 한다. 그야말로 예외적인 일이다. 목적지는 영국 해안과 마주보는 그리네곶※• 이다. "와, 재미있겠는걸!" 프랑수아의 흥분이 나에게 전염된다. 프랑수아와 같이 가는 소풍은 아즈브루크 시장보다 훨씬 재미있을 것이다. 소풍이 너무도 쉽게 결정되었다. 앞으로 다른 소풍도 가게 될 것 같다. 내 마음은 나비처럼 가볍다.

하지만 곶에 도착하자마자 아버지는 나를 '단련'시키기 위한 새로운 훈련에 돌입한다. 절벽 끝까지 가서 아래를 내려다보라는 것이다. 싫어요, 싫어, 싫어. 안 할래요, 안 할래! 사실 아무리 겁이 나

• 영불해협에 면한 프랑스 파드칼레 지역의 곶으로, 영국과 가장 가까운 프랑스 땅이다.

완벽한 아이

도 공포를 감추는 것쯤은 그리 어렵지 않다. 하지만 여기서는 아니다! 나는 온몸이 마비되어 한 걸음도 떼지 못한다. 화가 치민 아버지가 어머니와 지네트를 불러 함께 나를 잡아끈다. 그렇게 억지로 절벽 끝으로 나를 데려가 고개를 숙여 허공을 바라보게 한다. 나는 질겁하며 버틴다. 눈을 질끈 감는다. 허공이 나를 집어삼키는 것 같다. 현기증이 밀려온다.

발버둥을 치는데, 멀리 프랑수아의 파란색 스웨터와 밝은색 바지가 보인다. 프랑수아는 산책하는 척한다. 주머니에 손을 넣고 걷는 표정이 무척 거북해 보인다. 나는 그가 지금 나를 붙잡고 있는 손들, 내가 무력하게 붙잡혀 있을 수밖에 없는 손들로부터 떨어져 있다는 사실이 고맙다. 나는 아버지와 어머니의 소유물이다. 내 안에도 주위에도 더이상 살아 있는 공간이 없다. 마구 울부짖었던 것 같다. 마구 흐느꼈던 것 같다. 분명한 건 내가 차 뒷자리에 던져지고 문이 잠겼다는 사실뿐이다.

어떻게든 밖에 나가기만을 꿈꾸던 내가 이제는 제발 날 그대로 가둬달라고 온 힘을 다해 빈다. 절벽 꼭대기에 다가간다는 생각만으로 이렇게까지 히스테리 상태에 빠지다니, 나는 너무 어리석고 너무 게으르고 너무 형편없다. 어머니 말이 옳다. 아버지 어머니가 없었더라면 나는 바이윌에 가야 했을 것이다.

이튿날 아버지가 종을 세 번 친다. 나를 부르는 신호다. 심장이 두근거린다. 즉시 읽기를 중단하고 부엌 옆 식품창고로 가서 아버지가 호출한 장소를 확인한다. 아버지 방이다. 나는 겁에 질린 채로 다시 계단을 올라간다. 노크를 하고서 들어와도 좋다는 허락을 기다린다. 이어 의자에 앉으며 '집중 자세'를 유지하려고 애쓴다. 너무 앞으로 나와 앉으면 안 되고, 그렇다고 뒤로 들어가 앉아도 안 된다. 등받이에 기대앉는 사람은 게으르고, 앞쪽에 걸터앉는 사람은 우유부단하다. 아버지는 주먹 쥔 손을 내 등 뒤에 넣고 움직여 등받이에 닿지 않는지 확인해본다. 그런 다음에는 의자 다리 하나를 세게 차본다. 내가 의자 끄트머리에 걸터앉았다면 넘어지게 된다. 가운데 '잘 앉은' 내 몸은 움직이지 않는다.

이어 앞에 앉은 아버지는 내 눈을 응시한다. 그럴 땐 무슨 일이 있어도 시선을 피하지 말아야 한다.

아버지의 '가르침'이 시작된다. "독일 제3제국은 세상에서 가장 강한, 스파르타보다 강한 나라였다. 이제 제3제국이 되살아나서 세계를 지배하게 될 거다. 독일제국을 다른 어느 나라보다 우월한 나라로 만드는 힘은 바로 젊은이들에 대한 가르침과 훈련이다. 나약함을 용납하지 않는 혹독한 교육 덕분이란 말이다." 아버지는 목소리를 높이지 않고 한 단어씩 끊어가며 분명하게 말한다. "혹독한, 인정사정없는, 강한, 두려움을 모르는, 흔들림 없는 젊은이들. 바로 그게 내 가르침이다. 절대 나약해서는 안 된다. 우선 체력단련을 해야 한다. 그래도 싸워 이기는 건 네 정신이다. 네 정신이 네 몸보다 강하다.

그다음 단계가 되면 너의 정신은 물질을 지배할 수 있게 된다."

여전히 내 눈을 응시한 채, 아버지는 말을 멈춘다. 그러더니 잠시 후 지시한다. "그만 나가보거라."

나는 의자가 삐걱대지 않도록 조심해서 일어선다. 가르침을 받은 뒤 일어설 때 의자 소리를 내서는 안 된다.

그리네곶에서 형편없이 처신한 대가로 나에게는 가장 심한 처벌이 주어진다. 석 주 동안 수업시간을 제외하고는 아무도 나에게 말을 걸지 않을 것이다. 지네트와 프랑수아도 마찬가지다. 그다음 석 주 동안은 모두 나를 '당신'이라 칭하며 거리를 둔 존대어를 쓸 것이다. 그 여섯 주 동안 나는 질문에 대답할 때 말고는 아무 말도 할 수 없고, 그 대답 역시 존대어로 해야 한다.

사실 우리 식구는 평상시에도 거의 말을 주고받지 않는다. 아버지에게 '대화' 혹은 '담소'는 존재하지 않는다. 가르침을 주거나 명령을 내릴 뿐이다. 아버지가 말을 시작하면 나는 온 신경을 집중해서 듣는다. 무슨 말인지 전혀 알아듣지 못할 때도 많은데, 그럴 때면 공포가 내 마음을 잡아먹는다. 내 눈이 아버지의 눈을 피하지 않고 버티는 동안에도, 내 정신은 겁에 질려 벽에 부딪치는 새처럼 내 뇌의 벽에 부딪쳐댄다. 식탁에서 내가 힘들게 용기를 내어 질문하면 아버지는 버럭 고함을 친다. "뭔가 현명한 말이거든 하고, 아니면 입 다물거라." 나는 '현명하다'는 게 무슨 뜻인지 알지 못한다. 결국 거의 언제나 아무 말도 하지 않는다. 대신 어머니가 나에 대해 말한다. 어머니는 '이 아이'라는 말로 시작한다. 가끔 내 이름을 입에 올리기도 하지만, 그럴 때면 설사 "오늘 아침에 모드가 라틴어 제2격 변화를 공부했어요"처럼 전혀 부정적이지 않은 내용이라 해도 나는 잔뜩 몸을 사린다. 기분이 너무 이상하다. 어머니가 내 이름을 입에 올리는 건 딱 두 가지 경우다. 아버지에게 내 얘기를 할 때, 혹은 나한테 소리 지르며 화낼 때.

말을 금지하는 벌은 생각보다 훨씬 힘겹다. 침묵의 성채에 갇힌 기분이고, 그 성채가 매일매일 더 좁아지는 것 같다. 나는 반발해서도 안 되고, 감정을 느껴서도 안 된다. 나의 존재가 내 안으로 완전히 사라지는 기분이다. 제일 힘든 때는 식사 시간이다. 우리는 죽음 같은 침묵 속에서 식사를 한다. 나는 너무 긴장하고, 그 탓에 더 서툴러진다. 잔을 엎고, 포크나 나이프가 접시에 부딪치는 소리를 낸다. 아버지가 무서운 눈빛으로 노려본다. 나는 음식을 넘기지 못해서 계속 씹는다. "나약한 인간들이나 오래 씹는다. 큰 덩어리째 씹으면 필요한 때를 위해 위장을 단련할 수 있다. 의연해지고 강해질 수 있단 말이다." 아버지는 자신이 젊을 때 정오를 알리는 열두 번의 종이 다 울리기 전에 삶은달걀 여섯 개를 먹는 내기에서 이겼다는 얘기도 한다. 하지만 나는 아무리 애써도 안 된다. 결국 어머니가 소리를 지른다. "그만둬! 나가! 가서 공부나 해!"

내가 죽음의 유혹에 빠지지 않고 버틸 수 있었던 것은 그런 텅 빈 침묵 앞에서 찾은 놀라운 위안, 동물들과의 대화 덕분이다. 고개를 숙인 채 숙제를 하거나 육체노동을 하면서, 나는 정원에서 쉼없이 이어지는 새들의 수다에 몰래 귀를 기울인다. 새 한 마리가 질문을 하면 다른 새가 대답하고, 또다른 새가 끼어든다. 그렇게 셋이 함께 이야기를 이어간다. 어떨 땐 개 한 마리가 멀리서 부른다. 그러면 다른 개가 응답하고, 이어 세번째, 또 네번째…… 그러다 한순간, 마을과 근방의 개들이 동시에 짖어댄다.

속삭임과 밀담으로 시작해 이내 강렬한 와글거림으로 터지는, 모두가 신나게 말을 쏟아내는 저 열정적인 대화는 무엇에 관한 이야기일까? 사육장에 새로 들어오는 동물을 맞이하는 중일까? 마구간에서 암말이 잃어버렸던 망아지를 되찾아 신이 났나? 그 순간 나는 창살에 갇혀 지내는 린다를 떠올린다. 린다 역시 저 소리에 귀를 기울이고 있을 텐데…… 하지만 아무리 귀를 쫑긋 세워보아도 개들의 합창 중에 린다의 목소리는 들리지 않는다. 린다도 나처럼 절대 입을 열지 말라는 명령을 받았을까?

바흐의 〈2성부와 3성부 인벤션〉*을 익히면서 나는 더욱 놀라운 사실을 발견한다. 그러니까, 음악도 대화를 한다. 오른손이 한 악절을 시작하면 왼손이 응답하고, 오른손이 다시 시작하면 왼손이 따라간다. 동물들처럼 마지막에는 두 손이 함께 연주한다. 피아노의 대

---

* 바흐의 기악곡으로, 모방적 대위법에 따라 쓴 서른 편의 소곡. 교육용으로 작곡된 연주 교본이다.

화를 들으면서 나는 황홀해진다. 나는 지치지 않고 연주하고 또 연주한다. 점차 나만의 즉흥 연주를 덧붙인다. 정원에서 들려오는 지저귐을 그대로 흉내내본다. 내 오른손은 조금 전에 새 한 마리가 만들어낸 악절을 그대로 치고, 왼손은 다른 새의 응답을 따라 한다. 그렇게 나는 동물들의 대화를 최대한 그대로 옮겨놓는다. 악보를 따라가는 척하지만 사실은 내 두 손이 자유롭게 건반 위를 돌아다닌다. 계략이 발각되지 않도록, 아버지와 어머니는 모르는 곡을 연습하는 척한다. 어차피 두 사람 다 악보를 못 읽기 때문에 알아챌 수 없다.

침묵의 시간 이후 몇 달이 지났는데도, 내 입에서는 소리가 잘 나오지 않는다. 나는 더듬거리고, 얼굴을 붉히고, 입속에서 말을 웅얼거린다. 같이 계단을 내려가다가 어머니가 작은 목소리로 경고할 때가 최악이다. "실수하지 마. 아버지가 질문하실 거야." 나는 떨면서 아버지 앞으로 간다. 아버지는 질문 하나를 할 때마다 말한다. "대답하기 전에 잘 생각하거라." 그 순간 나는 어김없이 목소리를 떨고, 처참하게 우물거린다. 아버지가 고함을 지른다. "제대로 발음하거라! 제 - 대 - 로!" 내 목에서는 아예 알아들을 수 없는 소리가 꾸르륵댄다. 화를 참지 못한 아버지가 나를 내쫓는다. "나가! 대답할 수 있을 때 다시 와!" 나는 눈물을 참으며 방을 나선다. 나는 정답을 알고 있다. 하지만 말이 입 밖으로 나오지 않는다.

아버지 어머니는 내가 공부를 제대로 하지 않고서 혼날까봐 일부러 더듬거린다고 믿는다. 둘 다 나 때문에 몹시 못마땅하다. 어머

완벽한 아이

니는 내가 제대로 공부하지 못한 책임이 자기한테 떨어질까봐 두렵다. 아버지는 그토록 노력하고 훈련시킨 딸이 자신이 세상에서 제일 싫어하는 '나약한 인간'일지 모른다는 생각에 몸서리를 친다.

"내 말 잘 듣거라. 우리는 평범한 다른 사람들과 다르다. 우린 파뉘르주의 양떼가 아니란 말이다. 우린 결단력 있는 사람들이지. 넌 나처럼 결단력 있는 강한 사람이 되어야 한다. 나를 실망시켜선 안 돼. 네 어머니처럼 약한 사람이 되어선 안 돼." 아버지는 거인처럼 큰 몸을 숙인 채 줄곧 나를 빤히 쳐다보면서 한 음절 한 음절 힘주어 말한다. 나는 아버지가 올림포스의 신처럼 무섭다. 그리스신화를 배운 뒤로 내 눈에는 아버지의 얼굴 뒤에 벼락과 번개와 천둥의 신 제우스가 보인다.

지하실

한밤중이다. 셋이 함께 지하실 계단을 내려간다. 나는 잠옷 위에 스웨터를 걸쳤지만, 발은 맨발이다. 평소에는 감기 때문에 맨발로 다녀서는 안 된다. 내려가는 동안 오한이 느껴진다. 뭔가 날카로운 것에 발이 찔릴까봐 무섭다. 내 앞에는 아버지의 육중한 몸이 있다. 뒤에서는 어머니가 지하실 문을 닫는다. 왜 열쇠로 잠그지? 무슨 일인지 알 수가 없다. 몸이 떨리기 시작한다. 한 걸음씩 옮길 때마다 지하실 냄새, 습기와 곰팡이 악취가 심해진다. 욕지기가 인다.

아버지가 나를 지하실 한가운데 놓인 의자에 앉힌다. 아버지의 숨소리가 조금 무겁고, 어제 아침에 면도한 턱에는 뻣뻣한 회색 수염이 자라나 있다. 나는 혹시라도 쥐가 있을까봐 몰래 주변을 살핀다. 멀지 않은 곳에 탄炭이 쌓여 있다. 아마도 저 뒤에 쥐들이 숨어 있을 것이다. 쥐를 생각하는 것만으로 나는 기절하기 직전이다.

아버지가 말한다. "여기 꼼짝 말고 있어야 한다. 죽음에 대해 명상하도록 해라. 네 뇌를 열어보거라." 무슨 뜻일까? 모르겠다. 나는 알려고 애쓰지도 않는다. 오로지 앞으로 일어날 일에 대한 생각뿐

완벽한 아이

이다. 나더러 뭘 하라는 거지? 뭘 어쩌라는 거지? 설마 나를 여기 혼자 남겨두진 않겠지? 하지만 내가 생각하는 최악의 일이 진짜로 벌어진다. 아버지와 어머니가 멀어지는 소리가 들리고, 지하실의 불이 꺼진다. 아직은 계단 쪽의 희미한 빛이 남아 있다. 그러다가 순식간에 암흑이 찾아온다.

아버지와 어머니가 불을 끄고 나간 것이다.

내 눈앞은 암흑이다. 귀만이 무언가를 지각한다. 그 소리가 나를 공포의 구렁텅이로 밀어넣는다. 불길한 소리들이 작게 들려온다. 어둠 속에서 활동하는 작은 짐승들이 찍찍거리고 뛰어다니고 멈추고 뒤적거리다가 이내 사라진다. 내 안에서 절규가 솟구친다. 하지만 그 어떤 소리도 입 밖으로 나오지 않는다. 내가 경련하듯 떨리는 입술을 꽉 다물고 버티기 때문이다. 아버지는 만일 내가 소리를 내면 쥐들이 알아채고 내 몸에 기어오를 거라고, 내 입으로 들어가 내 몸속 살을 파먹을 거라고 말했다. 1차 세계대전 중 폭격을 피해 지하실에 들어가 있을 때 정말로 그렇게 죽은 사람을 보았다고도 했다. 나는 쥐들이 내 귀로 들어올까봐 겁에 질린다. 그렇다고 두 손으로 귀를 막아버리면 아무 소리도 들을 수 없다. 눈도 멀고 귀도 먹어버리는 것이다.

나는 그야말로 가련한 공포덩어리다. 최소한으로 움직이고, 숨도 최소한으로 쉰다. 떨림을 억제하고, 이 부딪치는 소리가 나지 않도록 볼 안쪽을 물고 있다. 쥐들이 내 존재를 잊도록 나는 사라지려고, 투명해지려고, 존재하지 않으려고 애쓴다. 하지만 배가 너무 아프다. 이러다 방광이 더 견디지 못하게 될까봐, 내 냄새 때문에 쥐들이 몰려들까봐 겁이 난다. 쥐들이 가까이서 분주하게 움직이는 소리가 들린다. 발소리가 내 옆으로 다가오기도 한다. 쥐가 멈춰선 채 내가 앉아 있는 의자 다리를 더듬거리는 소리도 들린다. 그 순간 내 안의 모든 것이 액체로 변한다. 나는 나도 모르게 두 발을 들어올린다. 하지만 계속 발을 들고 있기 힘들다. 중간에 몇 번은 다시 내려야 한다. 그럴 때 혹시라도 발이 쥐의 등에 혹은 이빨에 닿을까봐 신경이 곤두선다.

마침내 다시 불이 켜진다. 어머니가 날 데리러 온 것이다. 나는 걷는 게 아니라 거의 날다시피 계단 쪽으로 달려가 허겁지겁 기어오른다. 최대한 빨리, 무슨 일이 있어도 저 문이 다시 닫히기 전에 나가야 한다. 물론 나를 안에 둔 채로 문이 다시 닫히지는 않을 것이다. 나도 알지만, 그럼에도 마음속에서 절규가 터진다. '서둘러, 최대한 빨리 나가, 안 그러면 영원히 이 안에 갇히게 돼' 등 뒤에서 어머니가 말한다. "세상에! 왜 그렇게 겁쟁이니?" 상관없다. 어서 나가야 한다.

그날 밤 나는 정말로 극한의 체험을 했고, 공포가 내 몸속에 새겨졌다. 끝났을 때의 안도감 같은 것은 기억에 없다. 그날 밤의 나머지 일들, 어떻게 잠들었고, 어떤 상태로 일어났는지 전혀 기억나지 않는다. 하지만 이튿날도 평소와 똑같이 일과가 진행된다. 그런 테

완벽한 아이

스트의 후유증, 부족한 잠과 요동치는 감정에 대한 아무런 보상도 없다. 아버지가 말한다. "그런 걸 일일이 신경쓰면, 그게 무슨 테스트란 말이냐!"

한 달 뒤, 다시 한밤중에 아버지와 어머니가 나를 깨운다. 그 순간 나는 깨닫는다. 한 번으로 끝나는 테스트가 아니었다. 앞으로 매달 반복될 훈련이다. 나는 걸음을 옮기면서도 정신이 멍하다. 자동인형처럼 발이 저절로 계단을 내려간다. 도망치려는 시도도 하지 않는다. 나는 지금 내 몸을 슬라이스로 잘라버릴 절단기로 데려가는 컨베이어벨트에 묶여 있다. 곧 역겨운 지하실 냄새가 나를 덮친다. 절대적 어둠과 절대적 침묵의 공포가 숨막히도록 나를 짓누른다. 제발 그만 멈춰달라고, 차라리 사라지게 해달라고 온 힘을 다해 간절히 빌어본다. 죽음을 부르면서, 제발 어서 와서 날 데려가라고 애원한다. 그래서 '죽음에 대한 명상'인 걸까?

한번은 지하실 계단을 내려가던 중 키 큰 아버지가 허리 숙이는 것을 잊는 바람에 이마를 철근 장선에 세게 부딪친다. 그날의 훈련이 즉시 중단된다. 아버지가 다치거나 아프면 회복될 때까지 모든 게 멈춘다. 아버지의 상처를 치료하기 위해 우리는 서둘러 다시 올라간다. 나는 안도감을 감춘다. 동시에 죄책감이 밀려온다. 나는 아버지가 다쳤다고 좋아하는 나쁜 딸이다. 나쁜 생각을 했으니 조만간 대가를 치르게 될 것이다.

오래 기다릴 필요도 없다. 다음 달부터 아버지는 지하실에 같이 내려가지 않는다. 다시 계단을 내려가다보니, 지난번에 아버지가 머리를 부딪친 자리에 노란 이끼가 끼어 있다. 아주 짧은 한순간의 기억이, 예기치 못하게 맛보았던 기쁨이 되살아난다. 나는 진짜로 나쁜 딸이다. 그래서 벌이 주어진다. 나는 어머니가 실로 방울들을 꿰매달아놓은 조끼를 입고서 등받이 없는 의자에 앉아야 한다. 이제는 등을 기댈 수 없다. 발을 위로 들고 있을 수 없다는 뜻이다. 내가 움직이면 부엌 창고에서 방울 소리가 들릴 것이다. 나는 그러든가 말든가 상관없다고, 이제 뭐든 상관없다고 생각한다.

하지만 어머니가 나를 남겨두고 계단을 오르는 동안 그 발소리와 함께 심장박동이 빨라진다. 갑자기 불이 꺼지고 열쇠 돌아가는 소리가 난다. 암흑이 다시 나를 삼킨다. 나는 다시 소리들의 노예가 된다. 이번에는 신발을 신고 있다. 이따금씩 나는 조끼의 방울이 울리지 않도록 조심조심 양쪽 신발을 부딪쳐본다. 효과적인 것 같다. 신발 바닥이 부딪치면 도망치는 발소리가 들린다.

왜 나에게 죽음에 대한 명상이 필요한지, 그 이유를 아버지는 이렇게 설명한다. 나는 죽은 자들의 왕국에 익숙해져서 편안한 마음으로 죽은 자들과 함께 있을 수 있어야 한다. 죽은 자들 역시 나와 함께 있을 때 편안해야 한다. 암흑은 죽은 사람들과 소통할 수 있게 해준다. 훗날 나는 산 자들의 왕국과 죽은 자들의 왕국을 오가야 한다. 아버지가 모르고 있는 사실이 있으니, 내가 무서워하는 건 죽은 자들이 아니라 쥐들이다. 나는 아버지에게 아무 말도 하지 않는다. 괜히 알게 되면 분명 내 두려움을 없애야 한다며 쥐들 옆에 바짝 다가가게 할 것이다.

아르튀르

자전거와 수영을 배운 뒤 승마를 배울 차례다. 아버지는 내가 월 스칼렛의 아내 모드처럼 말을 잘 타길 바란다. 좀더 실용적인 이유들도 있다. 첫째, 탈출해야 하는 상황이 닥치면 수영과 마찬가지로 승마가 유용하다. 두번째, 내가 나중에 아버지처럼 기사단의 일원이 되려면(물론 나는 남자 행세를 해야 한다) 승마는 필수다. 그런데 아무리 아버지의 설명을 머릿속으로 되씹어보아도 나는 계속 어리둥절하다. 아버지가 기사인 건 맞지만, 말을 탄 적은 한 번도 없었다.

세번째, 보다 확고한 이유가 있다. 나중에 혹시라도 몸을 숨기거나 신분을 감추고 지내야 할 일이 생기면 서커스단에 일자리를 구해야 한다. 서커스단에서 신분증은 필요하지 않다. 말을 탈 줄 아는지, 물구나무를 설 줄 아는지, 공중제비를 할 줄 아는지만 묻는다. "이 능력들을 모두 익혀야 한다. 우선 말 타는 것부터 시작하자."

그렇다고 승마 클럽에 가서 배울 수는 없다. 정원 연못 쪽에 마구간이 있으니, 말을 사서 어머니가 직접 가르치기로 한다. 아버지가 마을 사람에게서 말을 사 온다. 검은색과 흰색 얼룩이 있는 사랑스러운 조랑말로, 이름은 아르튀르다. 아르튀르와 나는 서로 첫눈에 반한다. 내가 다가가면 아르튀르는 환하게 미소 짓는다. 머리를 내밀어 나를 툭 치고, 그런 다음엔 내가 올라탈 수 있도록 고개를 숙인다. 나는 아르튀르의 갈기를 붙잡고 목 쪽으로 올라타는데, 그러면 뒤돌아서 앉게 된다. 내가 앞쪽으로 돌아앉는 동안 아르튀르는 가만히 기다려주고, 그다음에 우리는 정원 안을 여기저기 돌아다닌다.

나는 안장 없이 올라타고 양손으로 갈기를 움켜쥔다. 더없이 행복하다. 아르튀르의 냄새가 좋고, 붉은 자갈 위를 밟는 발굽 소리가 좋다. 잔디 깔린 곳에서 아르튀르가 달리기 시작한다. 하지만 너무 빨리 달리지는 않는다. 아르튀르는 내 몸이 흔들리지 않게 해주고, 나는 그 발걸음의 리듬에 맞춰 아르튀르의 등 위에서 튀어오른다. 내 심장도 기쁨으로 함께 튀어오른다.

얼마 후 마뉘프랑스*에 우편으로 주문한 진한 밤색 안장이 도착한다. 가죽 냄새가 많이 나는 2만 프랑짜리다. 어머니는 그게 얼마나 비싼 물건인지 나에게 계속 일깨운다. 내가 보기에는 아르튀르처럼 작은 말에 얹기에는 지나치게 무거운 안장이다. 어머니가 말에 마구馬具 다는 법을 보여준다. 목끈과 굴레부터 씌우고, 이어 안장

---

* 프랑스 최초의 우편 판매업체로, 사냥이나 낚시, 캠핑 용품 등 다양한 상품을 판매했다.

아르튀르

을 얹고 고삐를 단다. 그러는 동안 아르튀르가 배를 내밀어 부풀리고 있는 것은 알아채지 못한다. 잠시 후 어머니가 등자에 한 발을 얹고 다른 발을 반대편으로 보내기 위해 말 등 위로 들어올릴 때, 아르튀르가 내밀고 있던 배를 갑자기 꺼뜨린다. 그 바람에 안장이 흘러내리고, 결국 꽈당! 어머니는 아르튀르의 발밑에 나자빠진다. 묶은 머리가 흐트러지고 머리에 꽂았던 핀들이 자갈 위에 흐트러진다. 어머니는 분해서 어쩔 줄 모른다. 정작 아르튀르는 눈앞에서 벌어진 일이 대수롭지 않다는 듯 의젓한 자태로 고개를 세운 채 태연하게 서 있다.

어머니가 일어나 아르튀르의 배를 발로 찬다. 아르튀르는 절대 흥분하지 않고 짜증내거나 달려가 물지도 않는다. 나는 웃음을 참기 힘들다. 어머니는 결국 하려던 일을 버려두고 집으로 들어가버린다. 어머니가 옆을 지나면서 나의 따귀를 때리지만, 그래도 나는 즐겁기만 하다. 나는 딸꾹질을 하면서 고삐를 풀고 안장을 떼어낸다. 너무 무거워서 들다가 비틀거린다. 목끈도 풀고 재갈도 빼낸다. 등 뒤에서 말없이 지켜보는 아버지의 힐책 어린 눈길이 느껴지지만, 생각하지 않으려 애쓴다. 혹시라도 다시 웃음이 터질까봐 조심한다.

보름 후 마뉘프랑스의 소포로 승마용 채찍이 온다. 어머니는 다시 아르튀르에게 안장을 얹는다. 이번에는 채찍을 휘둘러 배를 부풀리지 못하게 한다. 어머니는 드디어 마구를 달고 아르튀르의 등에 올라앉는 데 성공한다. 아르튀르의 몸이 흔들린다. 하지만 달리지는

완벽한 아이

않고 고개를 숙인 채 걷기만 한다. 어머니가 말한다. "잘 봐둬, 너같이 천둥벌거숭이로 아무렇게나 타는 게 아니라 이렇게 타는 거야." 나는 '천둥벌거숭이'라는 말이 무슨 뜻인지 모르지만, 왠지 그 말이 마음에 든다. 무엇보다 아르튀르와 내가 함께하는 모든 것이 그 말에 담겨 있다면, 나는 천둥벌거숭이가 돼도 좋다.

아르튀르의 애정이 향하는 곳이 하나 더 있다. 바로 린다다. 낮 동안에 아르튀르는 린다의 집 철책 앞에 가 있기도 한다. 아침이 되어 린다를 개집에 가둘 때면 아르튀르도 같이 들어가려고 한다. 물론 그럴 수 없다. 밤이 되어야 린다와 아르튀르가 함께 있을 수 있다. 린다가 아르튀르의 마구간으로 간다. 침대에 누운 나는 린다와 아르튀르가 서로의 품에 안긴 모습을 상상한다. 그리고 그 둘의 온기 속에 나도 몸을 웅크린다.

동물들이 우리에게 기쁨을 가르쳐주기도 하는 걸까? 혼란스러운 중에도 나에게는 그런 커다란 행복의 샘이 있다. 놀라운 행운이다. 아르튀르를 보러 간다는 생각만으로 내 가슴은 애정과 즐거움에 부풀어오른다. 혹은 아르튀르 곁을 지나간다는, 재빠르게 지나가며 행복에 젖은 아르튀르의 눈길을 받는다는 생각만으로도 그렇다. 밤마다 나는 발길질을 당하면서도 참을성 있게 버티던 아르튀르의 흔들림 없는 표정을 떠올린다. 나는 아르튀르를 사랑하고, 린다를 사랑한다. 린다는 아르튀르를 사랑하고, 아르튀르는 린다를 사랑한다. 함께 있을 때 우리는 강하고 아름답다. 물론 힘겹기는 하다. 그래도 함께하는 사랑의 순간을 위해서라면 그 어떤 것도 견뎌낼 수 있다.

그런데 견뎌야 할 것이 점점 많아진다. 아버지는 '혹독한 교수법'이 필요하다며 나에게 엄격한 삶의 조건들에 익숙해지기를 요구한다. 긴장이 풀리게 만드는 것들은 일절 없어야 한다. 수면은 곧 시간 낭비이기에 잠자는 시간을 최대한 줄이는 법을 익혀야 한다. 또한 모든 종류의 즐거움을 버릴 줄 알아야 한다. 우선 사람을 무르게 만드는 가장 확실한 것, 미각의 즐거움부터 버려야 한다. 어머니는 버터, 밀가루, 설탕, 식용유, 효모 등을 수십 킬로그램씩 주문한다. 하지만 과일과 야구르트, 초콜릿, 단 과자들은 절대 먹을 수 없다. 나의 경우는 훈련을 위한 특별 규칙들이 추가된다. 예를 들면, 나는 갓 구운 빵을 먹을 수 없다. 보름에 한 번 빵을 굽는데, 내 몫은 언제나 따로 눅눅해지게 둔다.

즐거움을 누리는 것은 중대한 과오다. 아버지에게 축일이나 명절은 모두 쓸데없는 행사다. 특히 온 세상에 타락의 기쁨이 휘날리는 연말연시 분위기가 가장 나쁘다. 나는 그런 과오에 빠지지 않기 위해 단련해야 한다. 그래서 우리집에서 크리스마스와 새해 첫날은 보충수업과 동의어다. 저녁식사 후 어머니와 나는 다시 교실로 올라가서 새벽 2시까지 여섯 시간 동안 보충수업을 한다. 보충수업의 내용은 라틴어, 독일어, 수학처럼 제일 힘들고 어려운 과목들이다. 이튿날은 전날 수면 시간이 적었음에도 평소와 똑같은 일과표를 지켜야 한다.

작년 크리스마스에 우체부가 우체국 달력을 들고 찾아왔다.* 아버지는 우체부를 들이게 하고 코냑 한 잔을 내오게 했다. 그런 다음 말했다. "자, 모드, 달력 하나 고르거라." 나는 하나씩 들여다보았다. 전부 아름다웠다! 나는 망설이다가 마침내 어미 개가 낳은 사랑스러운 강아지들이 나오는 달력을 골랐다. 고개를 드는 순간, 아버지의 눈길이 벼락처럼 나에게 내리꽂혔다.

결국 어머니가 우체부에게 슬그머니 돈을 쥐여주며 문까지 배웅을 했다. 아버지가 나를 향해 돌아서면서 천둥 같은 목소리로 고함쳤다. "모드, 내가 너더러 고르라고 한 건 정말 고르라는 뜻이 아니지 않느냐. 상대가 네 망설임을 알아채지 못하도록 단호하게 앞에 놓인 것을 취해야지. 고르는 건 즐거움이 아니다. 나약한 자들만이 고르느라 망설이고, 그렇게 즐거움을 찾는다. 인생은 오락이 아니라 가차없는 전투임을 잊지 말거라. 네가 무언가에서 즐거움을 얻는다는 사실을 남 앞에 드러내는 순간 상대는 네 약점을 알게 되고, 그걸 이용해서 널 무너뜨릴 수 있게 된다. 네가 방금 했던 식으로 하다가는 너로 인해 우리 모두가 위험에 빠질 수 있단 말이다."

아버지 말이 틀린 것 같지는 않다. 하지만 내가 즐거움을 찾는다니, 그런 비난은 말이 안 된다. 즐거움이 뭔지는 나도 안다. 책 속

* 프랑스에서는 연말연시에 소방서 혹은 우체국에서 제작한 달력을 파는 형식으로 기부금을 모은다.

에 나온다. 아이스크림, 과자, 파티, 무도회, 크리스마스트리…… 모두 내가 아직까지 단 한 번도 본 적 없고 맛본 적 없는 것들이다. 그러니 솔직히 아쉽지도 않다. 도대체 아버지는 왜 계속 나를 의심할까? 나는 단 한 번도 크리스마스트리를 꿈꿔본 적이 없는데.

나를 꿈꾸게 만드는 것들은 따로 있다. 나비, 무당벌레, 클로버…… 나는 금붕어의 작은 입을 닮은 금어초와 대화하는 상상을 한다. 복화술을 할 줄 몰라 그 입술의 움직임에 말소리를 얹어주지 못하는 게 아쉽다. 아르튀르와 함께 몰래 따서 그 씁쓸한 맛을 즐기곤 하는 까치밥나무 열매도 나를 꿈꾸게 한다. 하늘을 나는, 우리집 철책에 막히지 않고 날아가는 새들도 나를 꿈꾸게 한다. 그리고 멧비둘기도. 특히 서로 입맞추는 모습이 그렇다.

달력 사건으로 나는 좋은 것을 보거나 흥분했을 때 내 마음을 감춰야 한다는 사실을 확실히 깨달았다. 그날 이후 나는 무언가 경이로운 것이 눈에 띄어도 아무 관심 없는 척한다.

완벽한 아이

도축꾼

아버지에게 안락함은 무찔러야 할 '해로운' 즐거움이다. 침대가 폭신하면 안 되고, 시트의 촉감이 좋아서도 안 되고, 의자도 편하면 안 된다. 피아노 앞에 오래 앉아 있는 나를 위해 데콩브 선생님이 피아노 의자를 등받이 달린 의자로 바꾸자고 몇 번 제안하기도 했다. 물론, 소용없었다.

마찬가지로, 프랑스 북부의 추운 겨울 동안에도 이렇게 큰 우리 집에서는 난방을 최소한으로 가동한다. 내 경우엔 '혹독한' 훈련이 필요하기 때문에 아예 방에 난방이 없다. 날씨가 추울 때는 유리창 안쪽에 얼음이 얼기도 한다. 일 년 중 절반은 잠자리에 들 때와 아침에 일어날 때가 너무 고통스럽다. 그 고통을 조금이라도 줄이기 위해 나는 최대한 빨리 옷을 입고 벗는다.

역시 같은 이유에서, 씻는 것도 찬물로 해야 한다. "더운물은 나약한 인간들을 위한 거다. 나중에 혹시라도 감옥에 갇히게 되면 얼음처럼 차가운 물도 겁내지 않는 모습을 보여야 한다. 물 대신 찬 눈™으로도 눈썹 하나 꿈쩍 않고 씻을 수 있어야 한단 말이다." 물론 아버지와 어머니는, 특히 '의지의 현현'이라서 더이상 아무것도 증명할 필요가 없는 아버지는 따뜻한 물을 쓴다.

목욕은 일주일에 한 번 한다. 아버지는 매일 씻는 것이 몸에 나쁘다고 믿는다. "몸에서 분비되는 항체들이 막을 이루어 균이 공격하지 못하도록 막아주기 때문에, 목욕하는 동안에는 면역력을 잃고 병에 걸릴 위험이 크다." 아버지가 덧붙인다. "그걸 피하기 위해서 넌 내가 씻은 물을 그대로 써야 한다. 그래야 외부의 오염이 너를 공격하지 못한다." 그래서 나는 아버지와 어머니가 씻고 난 물에 들어간다. 아버지는 매번 말한다. "목욕물을 남겨준다는 건 너에게 경의를 표하는 셈이다. 내 에너지가 너에게 옮겨가는 거다." 나에게 올때쯤이면 목욕물이 이미 다 식어버린 건 물론이고, 욕조에는 '럭스' 비누의 끔찍한 회색 거품이 가득하다. 나는 입을 꽉 다물고 눈도 질끈 감은 채로 최대한 숨을 참아가며 서둘러 씻는다.

네다섯 달에 한 번 고기를 주문할 때도, 사람이 우리집에 와서 직접 도축을 한다. 그럴 땐 어머니와 내가 도축꾼을 거들어야 한다. 역시나 나를 강인하게 만들기 위한 훈련이다. 그 끔찍한 일은 매번 이틀 혹은 사흘 동안 이어진다. 첫날은 새벽 3시 30분에 일어나는 것으로 시작한다. 새벽 4시에 워르무트*의 도축장에서 사람이 온다. 그는 가축을 실은 트럭이 도착할 때까지 우리가 내준 백포도주를 마

---

* 프랑스 노르 지방의 도시로, 벨기에에 걸친 후틀란트 지역에 속한다.

완벽한 아이

시며 기다린다. 그러면서 어찌나 멍청한 말들을 떠들어대는지 어머니와 나는 당혹스러운 눈길을 주고받는다. 나는 그 사람이 입속에 단 하나 남아 있는, 부러진 채 위쪽 턱뼈에 매달린 치아를 끊임없이 혀로 밀어 움직이는 모습을 멍하니 쳐다본다.

트럭이 도착하고 가축들을 내려놓을 땐 나도 같이 나가야 한다. 소는 마구간에서 잡는다. 도축꾼은 방아쇠를 당기면 송곳이 튀어나가게끔 만들어놓은 총처럼 생긴 도구를 가방에서 꺼낸다. 그 총을 소의 두 눈 사이에 가져다 대고 방아쇠를 당기면, 소가 둔탁한 소리와 함께 그대로 쓰러진다. 남자는 죽은 소를 머리가 밑으로 가도록 거꾸로 쇠갈고리에 매달아둔다. 양이나 돼지는 바깥에 있는 새장에서 큰 칼로 목을 딴다. 그런 뒤에 끌고 가서 역시 마구간에 매달아둔다. 돼지를 잡을 때가 제일 힘들다. 돼지들은 금방 낌새를 알아채고 온 힘을 다해 저항한다. 그 울음소리를 들으면 피가 얼어붙는 것 같다.

도축꾼은 어떤 경우에도 당황하지 않는다. 마치 장작을 패듯 주어진 일을 계속한다. 도축 후 스물네 시간 동안 매달아두어야 고기가 질겨지지 않는다고 그는 설명한다. 그러곤 일단 돌아갔다가 다음 날 아침, 역시 새벽에 다시 온다. 이제는 해체 작업이다. 그는 우선 부위별로 큼직하게 잘라 지하실로 옮긴다. 이어지는 작업은 지하실에서 기다리던 어머니와 나의 몫이다. 도축꾼이 덩어리를 잘라 조각을 만들면 우리가 포장한다. 그런 뒤에 조각마다 어느 부위인지 라벨을 붙여서 냉동고에 넣어야 한다. 그렇게 소 한 마리 혹은 양 한 마리가 수백 개의 조각으로 잘려서 발전설비 한 곳에 연결된 세 개의 냉동고를 거의 가득 채운다. 그러고 나면 허드레 고기를 처리할 차례다. 남자는 창자를 비워서 부댕 누아르*를 만든다. 작업은 피와 날고기의 끔찍한 냄새 속에서 저녁까지 이어진다. 혹시 늦어지면 남자가 이튿날 다시 와서 끝낸다.

나는 죽음의 냄새가 떠다니는 그 지하실에 갇혀 있는 시간이 죽도록 싫다. 허리가 아프고, 구역질이 난다. 고기들은 아무리 싸도 끝이 없다. 하지만 최악은 송아지를 잡을 때다. 고기가 '질겨지지' 않게 하려면 평온하게 긴장을 푼 상태에서 잡아야 하는데, 송아지와 함께 시간을 보내면서 편안하게 해주는 일이 나에게 주어지는 것이다. 도축꾼은 치아가 하나밖에 남지 않은 입으로 환한 미소를 지으며 말한다. "그렇다니까요! 동물 진정시키는 일은 어린애들이 잘해요. 특히 여자아이가 최고죠!"

결국 나는 마구간 옆에 사슬로 묶인 송아지와 단둘이 남는다. 얼마나 그러고 있는지도 모르겠다. 나는 나보다 훨씬 큰 송아지가 조금 무섭다. 주어진 임무를 제대로 해내지 못할까봐 두렵기도 하다. 아버지는 내일 고기 색깔을 보면 내가 일을 제대로 했는지 알 수 있다고 했다. 고기가 불그스레하면 망친 거다. 다른 송아지를 데려와서 다시 잡아야 한다. 나는 송아지에게 나지막하게 말한다. 제

• '검은 순대'라는 뜻의 프랑스 음식. 선지와 돼지 부속물로 만든다.

완벽한 아이

발 붉게 변하지 말아줘. 하지만 그렇게 송아지를 어루만지고 있노라면 내 마음이 점점 더 송아지에게 다가간다. 어느새 나는 시간이 그대로 멈추길, 송아지가 죽어야 하는 시간이 영원히 미루어지길 빌고 있다.

하지만 도축꾼이 기척도 없이 이미 송아지 앞에 와 있다. 그는 재빨리 송아지 이마에 총을 가져다 대고, 다음 순간 송아지는 주저앉는다. 송아지의 눈빛이 애절하게 묻는다. "왜?" 송아지가 쓰러지다가 내 발을 덮치는 바람에 나까지 넘어지기도 한다. 그러면 남자가 폭소를 터뜨리며 송아지 몸에 깔린 내 발을 빼준다.

도축하는 며칠 동안 나는 잠이 부족하고 피곤하다. 냄새 때문에 힘들고 격한 감정에 시달리느라 힘들다. 어머니 역시 신경이 곤두선다. 이따금씩 남자가 어처구니없는 말을 쓰고 멍청하기 이를 데 없는 이야기를 떠드는 바람에 어머니와 나는 미처 조심할 틈도 없이 웃음을 터뜨린다. 그러면 다시 진지해지기 힘들다. 간신히 버티다가도 눈만 마주치면 다시 웃음이 터진다.

식탁에 앉아서도 우리는 웃음을 억누르느라 애써야 한다. 아버지는 웃음을 제일 싫어한다. 아버지에게 웃음은 에너지 소모일 뿐이다. 웃기 싫어도 저절로 웃게 된다는 사실이 그 증거다. 미소도 마찬가지다. 혹시라도 내가 환한 미소를 띠고 있으면 곧바로 불호령이 떨어진다. "멍청한 시골 계집애들처럼 되고 싶은 거냐? 어리석은 인간들이나 그렇게 싱글거리는 거다. 언제나 진지하고 무표정해야 적들의 마음을 흔들 수 있다. 절대로 그 어떤 것도 드러내 보여선 안 돼."

어머니와 나는 디저트를 내온다는 구실로 부엌으로 도망간다. 손님이 같이 먹는 날은 정원에서 자란 사과로 구운 파이를 먹을 수 있는 드문 기회다. 지난번에 도축꾼이 왔을 땐 사고가 있었다. 베란다 쪽으로 가다가 파이를 바닥에 떨어뜨렸는데 그 자리에 하필 린다의 털이 한 움큼 뒹굴고 있었다! 멍청한 도축꾼 앞에서 아버지가 우리에게 호통을 치리라는 생각에, 어머니와 나는 사색이 되어 서로를 바라본다. 그러다가 말없이 파이를 주워 부엌으로 돌아온다. 어머니가 칼로 대충 흙을 긁어낸 뒤 파이를 접시 한가운데 얹는다.

남자는 처음 몇 입 삼키자마자 숨을 제대로 쉬지 못한다. "이상하네요. 털을 삼킨 것 같아요." 헐떡이는 남자를 아버지가 마치 교황처럼 근엄한 표정으로 바라보는 동안, 어머니와 나는 서둘러 식탁을 치운다. 우리는 눈을 내리깔고, 무엇보다 서로 눈을 마주치지 않으려 애쓴다. 그러곤 부엌으로 달려가서 배를 쥐고 웃는다. 몇 분 동안 웃고 나니 어느 정도 진정이 되어서 서로 눈이 마주쳐도 웃음이 터지지 않는다. 어머니는 여전히 기쁨에 취한 눈길로 잠시 나를 바라본다. 하지만 우리는 곧 시선을 돌린다. 서로를 바라보는 게 우리에게는 너무 낯선 일이다.

완벽한 아이

나사송곳

삶은 두 종류의 나사송곳이다. 한 종류는 지금 있는 자리에서 지체 없이 땅에 구멍을 판다. 그런 나사송곳은 도중에 자갈이나 벽돌이 나와도 멈추지 않는다. 다른 한 종류는 최대한 빨리 파려는, 그래서 '좋은' 땅을 고르는 것부터 시작하는 나사송곳이다. 얼마 후에 보면 첫번째 나사송곳은 완전히 깊이 파내려가는 데 성공했지만, 두번째는 여전히 저항 없는 자리를 찾아 여기저기 돌아다니고 있다.

나는 인내를 통해 승리하는 첫번째 나사송곳이 되어야 한다. 하지만 언젠가 나 자신이 땅속에 박혀 목만 밖으로 내민 나사송곳이 된다는 생각을 하면 너무나 겁이 난다. 나는 어느 곳에도 자리잡지 않고 깡충거리며 돌아다니는 운명이 더 부럽다. 물론 이런 얘기를 입 밖으로 꺼내지는 않지만, 아버지와 어머니는 짐작하는 것 같다. 내가 교육과정에 포함되지 않은 것에 관심을 보이기라도 하면, 예를 들어 스페인어를 배우고 싶다거나 줄넘기를 배우고 싶다고 하면, 아버지는 엄한 어조로 외친다. "나사송곳!"

『하멜른의 피리 부는 사나이』를 읽고서 나는 플루트를 배우고 싶어졌다. 이미 여러 가지 악기를 배우고 있으니 문제될 게 없다고 생각했다. 하지만 돌아온 대답은 뻔했다. "나사송곳!" 수업 내용에 대해 질문해도, 예를 들어 "에스키모 아이들은 어떻게 살아요?"라고 물으면 어머니는 이렇게 말한다. "아버지가 나사송곳 얘기에서 뭘 배워야 한다고 하셨지?"

내가 경박하게 돌아다니는 나사송곳을 좋아하기 때문일까? 호기심이 옮겨다니기 때문일까? 아니면 정원 철책 너머의 세계를 보고 싶어하는 마음이 너무 눈에 띄었을까? 우리집의 모든 외출이 중단된다. 몇 달이 가도록 아즈브루크 시장 얘기 한 번 나오지 않는다. 나를 다시 부른 아버지가 다시금 두 종류 나사송곳의 비유를 꺼낸다. 아버지는 분명 내가 너무 산만하다고 보는 것이다.

때로 식당 벽난로에 놓인 추시계를 똑바로 쳐다보면서 가만히 있어야 할 때도 있다. "모드, 내 말 잘 듣거라. 아무것도 생각하지 말고 오로지 추의 움직임만 쳐다보거라. 내가 그만하라고 할 때까지." 우리집 곳곳에 이 같은 추시계가 적어도 일고여덟 개는 버티고 있다. 유리 뚜껑 아래 황금빛 추가 왔다갔다하는 모습이 마음에 들어 아버지가 한꺼번에 사 온 것들이다. 하지만 나는, 아버지는 모르고 있지만, 그 추시계들이 정말 싫다. 원수처럼 싫다. 나는 그 시계들이 무섭다. 하지만 그러면서도 한편으로는 그 어처구니없는 움직임과 가짜 금박이, 영원히 "난 한쪽으로 갔다가 다시 다른 쪽으로, 왼쪽으로 한 번 오른쪽으로 한 번 갈 거야!" 하고 떠들면서 유리 덮개 아래서 뻐겨대는 모습이 경멸스럽다.

아침에 수업하러 올라갈 때 어머니가 아무 설명 없이 통고한다. "오늘 저녁부터 네 방이 바뀔 거야. 이제 일곱 살이니까 때가 됐지. 아버지가 결정하셨어." 왜 그런 결정을 했지? 내 방과 어머니 방은 작은 화장실 하나만 사이에 둔 채 붙어 있으니 이제는 나를 어머니와 떼어놓고, 그러면서 내 주의력이 흐트러질 수 있는 기회도 차단하려는 것 같다. 내 방은 거리 쪽으로 창이 나 있고, 놀라운 행운으로 덧창이 없다. 내가 저녁마다 붉은색 벨벳 커튼 사이로 고개를 내밀고 맞은편 집을 몰래 살펴본다는 걸 아버지가 알아차린 걸까? 내가 지켜보는 동안 맞은편 집 사람들은 이 방 저 방 조용히 옮겨다니고, 이야기를 주고받고, 텔레비전을 본다. 비스킷 상자를 열어 하나씩 집어서 먹기도 한다. 식탁에 앉지도 않고, 먹어도 되냐고 미리 묻지도 않고 그냥 먹을 수 있다는 사실이 나에게는 놀랍기 그지없다. 무엇보다 그 모든 일이 불을 켜놓은 상태에서 일어난다. 누군가 총을 들고 숨어서 지켜볼 수 있다는 위험에 대해서는 전혀 생각하지 않는 모양이다.

나는 두려움에 떨면서 취침시간을 기다린다. 오늘밤 나는 어디에 착륙할까? 사실 어느 방이나 다 무섭다. 가장 덜 무서운 방은 손님방이다. 너무 넓기는 하지만 그래도 창밖에 거리가 있고, 자동차와 행인이 있고, 삶이 있다. 그 방이면 좋겠다.

날이 어두워지자 어머니가 나에게 소지품을 챙기라고 한다. 오래 걸리지 않는다. 들고 갈 소지품이라고 해봐야 잠옷, 칫솔, 커다란 조끼, 양말 두 켤레와 팬티 네 장이 전부다. 나는 아버지 어머니를 따라 복도를 걷는다. 손님방 앞은 그냥 지나친다. 엄청나게 넓은 아버지의 방 앞을 지나간 뒤 바로 다음 문 앞에 멈춰선다. "이제 이 방을 쓰거라. 네가 뭘 하든 내가 다 들을 수 있겠지." 이어 아버지가 명한다. "우선 저 덧창부터 닫거라." 방을 나서기 전에 아버지는 설사 강도들이 들어와도 나를 공격할 수 없도록 방문을 안에서 열쇠로 잠그라고 한다.

낯선 방의 낯선 냄새 속에 혼자 남은 나는 정신이 멍하다. 가로등 불빛과 거리의 소리를 빼앗긴 나는 너무 슬프고 너무 춥다. 이제 밤에 대한 나의 두려움과 나 사이를 채워줄 것은 하나도 없다.

방을 바꾸면서 나의 삶도 새로운 단계에 들어선다. 이제 나는 주어진 일과를 분 단위로 정확히 지켜야 한다. 매일 아침 우리는, 아버지의 말을 그대로 옮기자면 폭탄을 설치하는 사람과 기폭장치를 누르는 사람이 하듯이 서로 시계를 맞추어야 한다. 그들과 마찬가지로 우리의 성공도 정확성에 달려 있다. 아버지는 언제나 시간을 정확히 지킨다. 내가 다섯 살 때 이미 어른 시계를 사주면서 시간 읽는 법을 가르쳤다.

이미 어렸을 때부터 나는 **빡빡한** 일과표대로 생활해왔다. 그런데 이제 어머니는 내가 화장실 가는 시간까지 잰다. 화장실에 들어간 지 삼 분이 지나면 어머니가 문을 두드린다. "아직 멀었어? 빨리 나와!" 나는 6시에 일어나서 밤 11시 30분에 잠자리에 들 때까지 하

완벽한 아이

루 일과를 빈틈없이 정확히 지켜야 한다. 나의 하루는 아버지와 어머니가 짜서 커다란 공책에 적어놓은 상세한 일정을 따라간다. 나는 그 공책을 볼 수 없다. 어머니가 보고 나에게 알려준다. 대부분의 경우는 아버지도 함께 있는 자리에서 알려준다.

일정을 변경해야 하는 경우, 예를 들어 음악 수업이 다른 날로 연기되거나 정원에 갑자기 해야 할 일이 생길 때면 어머니가 공책에 적어두었다가 식사할 때 나에게 알려준다. 월요일 아침부터 일요일 저녁까지, 여름이든 겨울이든, 내 삶의 하루하루가 단 한 순간의 예외도 없이 그 공책에 적혀 있다. 어머니와 함께 집에서 하는 도축 작업을 도와야 하는 날, 혹은 '명절' 같은 날만 기상시간과 취침시간이 달라질 수 있다.

큰 변화가 한 가지 더 있다. 이제 식구들을 깨우는 일도 내 몫이 된다. 그러자면 제일 먼저 일어나야 한다. 낡은 자명종시계가 하나 있지만 시계의 도움 없이 나의 의지만으로 잠에서 깨야 한다. 간혹 일과가 평소보다 늦게 끝나는 날이면 나는 몰래 자명종을 맞추고, 벨소리가 아침에 너무 크게 울리지 않도록 이불을 덮어둔다. 하지만 매번 불필요한 일이다. 제시간에 못 일어났다가 아버지나 어머니가 알게 될지 모른다는 두려움 때문에, 마치 괘종시계를 삼켜 몸속에 지니고 있기라도 한 듯 늘 일어나야 할 시간보다 일찍 눈이 떠진다. 매일 아침 나는 제시간에 못 일어났다고 혼나고 벌받지 않아도 된다는 안도감과 함께 한숨을 내쉰다.

일과표

나는 6시에 일어나서 십 분 안에 준비를 마치고 옷도 입어야 한다. 이제 열쇠가 나한테 있으니, 내가 방문 자물쇠를 풀고 6시 10분에 어머니를 깨우러 간다. 아버지가 힘주어 말한 대로 "6시 10분이다. 9분도, 11분도 안 된다". 나는 분침이 9에 오기를 기다렸다가 복도로 나가고, 정확히 10에 올 때 어머니 방문을 두드린다.

이어 부엌으로 내려가서 아침식사를 한다. 시간을 허비하지 않기 위해서 선 채로, 십 분 안에 먹어야 한다. 먼저 전날 준비해놓은 커피부터 데우고 '글로리아' 무가당 연유를 조금 붓는다. 연유 냄새가 싫지만 '튼튼해지기' 위해 먹어야 한다. 커피에 설탕도 두 조각 넣는다. 그러곤 전날 미리 꺼내놓아 딱딱해진 빵을 먹는다. 몰래 빵을 커피에 찍어 먹을 때도 있다. 물론 금지된 일이다. 하지만 딱딱한 빵을 씹으려면 이가 너무 아파서, 귀를 쫑긋 세운 상태로 위험을 무릅쓰고 규칙을 어기기도 한다.

가끔 어머니가 조용히 내려와 부엌 창고에 숨어서 지켜보기도 한다. 어릴 때는 어머니가 등 뒤에 갑자기 나타나면 소스라치게 놀라

완벽한 아이

곤 했다. 어머니는 그런 나를 말없이 빤히 쳐다보며 아주 옅은 미소를 지었다. 마치 "내가 지켜보고 있어. 내 눈은 못 속여" 이렇게 말하는 것처럼. 그 순간 나는 더이상 빵을 삼키지 못하고, 마치 중대한 과오를 저지른 듯한 죄책감에 사로잡히곤 했다. 그런데, 뭘 잘못했지?

이제 집 안의 소리를 속속들이 알고 있는 나는 바닥이 아주 살짝만 삐그덕거려도 금방 알아챈다. 어머니가 까치발로 계단을 내려오고 있는 것도, 부엌 창고 문 뒤에 서 있는 것도 안다. 나는 돌아보지 않는다. 어머니가 숨을 참는 소리가 들린다. 나도 최대한 숨을 참는다. 이제 나는 '완벽한' 방법으로 서서 아침을 먹고 그릇까지 헹굴 수 있다. 잠시 후 어머니가 자리를 뜨는 소리가 나고, 계단이 삐걱거리는 소리가 다시 확인해준다.

6시 20분부터 삼십 분 동안 겨울에는 식당에서, 여름에는 베란다에서 솔페지오를 연습한다. 큰 소리로 계이름을 부르면서 박자에 맞추어, 아버지가 주문제작 해서 들여온 나무상자를 가느다란 막대기로 두드려야 한다. 내가 제대로 하는지 어머니가 부엌일을 하면서도 확인할 수 있게 하려는 것이다.

6시 50분에는 정원에 나가서 이십 분 동안, 절대 옷을 껴입지 않은 상태로 활기차게 걸어야 한다. 겨울이면 굉장히 춥고 아직 캄캄하다. 정원으로 이어지는 부엌문 쪽 불빛이 유일한 지표다. 오늘은 손전등을 들고 우리집 정원 중 바깥 길에서는 보이지 않는 곳, 즉 새장과 온실 쪽으로 가야 한다. 한 번 갔던 길을 다음 날 똑같이 가서는 안 된다. "매일 같은 시간에 가야 하니까 길이라도 바꿔야 한다. 안 그러면 담 넘어 들어와 숨어 있는 자가 널 어디서 납치하면 되는지 알게 된다."

너무 춥다. 그래도 정원에서 내가 좋아하는 곳으로 가니까 좋다. 어둠 속에서 린다가 따라온다. 등 뒤로 린다의 존재가 느껴진다. 혹시라도 '숨어 있는 자'한테 들키면 안 되기 때문에 말은 할 수 없다. 나와 린다는 아르튀르가 있는 마구간으로 간다. 나는 조용히 아르튀르를 쓰다듬어주고 얼굴을 아르튀르의 갈기 속에 파묻는다. 뼛속까지 얼어붙은 내 몸을 아르튀르의 냄새가 데워준다.

봄에는 날이 밝아오기 시작할 즈음 닭장에 가서 달걀을 주워 와야 한다. 때로는 오리 집에도 들러야 한다. 그곳은 가기 싫다. 이른 아침 오리 집에는 사향쥐들이 숨어 있다. 짚을 뒤져 오리알을 찾는 동안 두려움으로 장이 꼬일 것 같다. 도저히 할 수 없을 때도 있다. 그런 날은 알이 없다고 말한다. 쥐들이 먹었나보다고.

그다음에는 혼자 교실로 올라가 사십 분 동안 교과 내용을 복습하며 어머니의 검사를 준비한다. 7시 50분에는 린다를 집에 가두러 내려간다. 제일 중요한 순간이 기다리고 있기 때문에 서둘러야 한다. 정확히 7시 58분에 어머니 방으로 가면, 어머니가 매일 같은 말을 한다. "이제 가서 아버지 깨워드리렴. 기분 괜찮으신지 확인하고." 어머니도 나도 그 말이 진짜로 아버지의 기분을 이야기하는 게 아님을 알고 있다. 정확히는 아버지가 살아 있는지 확인해야 한다. 매일 저녁 잠자리에 들기 전에 아버지가 끔찍한 암시가 가득 담긴 어조로 내뱉는 말 때문이다. "내일 아침에도 내가 살아 있을지 모르겠구나."

8시에 나는 떨리는 손으로 아버지 방 앞에서 노크를 한다. 기다리는 몇 초가 끝없이 긴 시간으로 느껴지고, 그동안 나는 내가 또 무슨 중대한 과오를, 온전히 내 책임인 어떤 과오를 저지른 게 아닐까 두렵다. 마침내 아버지 목소리가 들린다. "들어오너라." 그때부터 사십 분 동안 나는 아버지 시중을 든다. 갑자기 불을 켜면 아버지가 눈이 부실 수 있다. 우선 이중커튼을 열고, 화장실에 달린 작은 전구를 밝히고, 그런 다음에 머리맡의 등을 켜야 한다.

아버지가 일어나 침대에 걸터앉는 사이 나는 요강을 가지러 간다. 평범한 요강이 아니라 오줌 속에 알부민 과다를 나타내는 흰 덩어리가 있는지 확인할 수 있는 유리병이다. 아버지가 오줌 누는 동안 내가 그 병을 들고 있어야 한다. 아침마다 유리병이 뜨듯해질 즈음 욕지기가 올라온다. 아무것도 보지 않기 위해 눈을 감는다. 하지만 콧구멍을 막을 수는 없다. 나는 비틀거리며 복도로 나가 화장실에서 병을 비운다.

그사이 어머니가 쟁반을 들고 온다. 다시 침대에 앉은 아버지 등 뒤에 어머니와 내가 베개들을 받치고, 그런 다음엔 아버지가 '데죄네'•

•   현대 프랑스어에서 아침식사는 프티 데죄네(petit déjeuner), 점심식사는 데죄네(déjeuner), 저녁식사는 디네(dîner)이다. 반면 옛 용법으로는 '데죄네'가 아침, '디네'가 점심, '수페(souper)'가 저녁식사를 의미했다.

라고 부르는, 밀크커피와 버터 바른 빵을 다 먹을 때까지 기다린다.

이어 아버지 옷을 입힌다. 아버지는 예순두 살이다. 운신을 못 하는 상태가 아니니까 혼자 옷을 못 입을 이유가 없다. 하지만 아버지는 어머니와 내가 바지와 조끼를 입혀주는 동안 가만히 있는다. 심지어 양말과 신발을 신기는 일은 나의 '특권'이라며 맡긴다.

그러고서 아버지는 일층으로 내려가 식당에 머물고, 어머니와 나는 삼층으로 올라간다. 8시 40분이다. 이제 11시까지 두 시간 동안 오전 수업이다. 어머니의 수업이 끝나면 나는 내려와서 다시 한 시간 동안 아버지한테 독일어를 배워야 한다. 그동안 어머니가 점심 식사를 준비한다.

아버지가 하는 수업이 어머니의 수업보다 무섭다. 사실 아버지는 독일어를 제대로 알지 못한다. 나한테 발음하는 법도 설명하지 않은 채 그냥 문장을 외우게 한 뒤, 앞에 서서 큰 소리로 암송을 하라고 시킨다. 그렇게 나는 실러와 괴테의 작품들, 혹은 모차르트의 〈마술피리〉 대본을 큰 소리로 낭독한다. 나는 계속 틀리고, 그럴 때마다 아버지는 고함을 치며 혼낸다.

정오에는 식탁으로 간다. 아버지가 '디네'라고 부르는 점심시간은 십오 분 동안이다.

12시 15분부터 아버지가 잠자리에 드는 밤 10시까지 약 열 시간 동안에는 교과 수업과 음악, 운동, 동물 돌보기(암탉, 오리, 토끼, 앵무새)가 정확한 순서에 따라 진행된다. 중간에 휴식은 딱 한 번, 저녁 8시에 정원으로 나가 린다를 풀어준 직후부터 십오 분, 아버지가 '수페'라고 부르는 저녁식사 시간 동안이다.

밤 10시가 되면 어머니와 나는 다시 아버지 방으로 가서 삼십 분 동안 잠자리 시중을 든다. 그런 뒤에 각자의 방으로 돌아간다. 그때 비로소 나에게 한 시간 동안의 '자유' 독서 시간이 주어진다. 하지만 사실은 자유가 아니고 아버지가 고른 책을 읽어야 한다. 11시 30분에는 불을 전부 꺼야 한다. 내가 딴짓하지 못하도록 어머니가 아예 내 방의 퓨즈를 빼버린다.

우리 식구 세 사람은 거의 변함없는 일과표대로 생활한다. 매해 여름에 정원 공사를 할 때만 달라진다. 힘들지만 고결한 석공의 직업을 익히기 위해서 나도 인부들의 일을 거들며 '일손'을 보태야 하기 때문이다. 그래서 공사 동안에는 교과 수업이 정원 노동으로 대체된다.

나는 여섯 시간 반 동안 자고, 열다섯 혹은 열여섯 시간 동안 공부하거나 일한다. 나는 피곤할 때가 많다. 왜 이렇게 잘 버티지 못할까? 어머니는 아버지가 시킨 일을 중간에 지치는 법 없이 잘해낸다. 언젠가는 나도 어머니처럼 튼튼해질까? 나는 어머니를 따라가려고 애쓴다.

구덩이

매일 저녁 자러 올라가면서 아버지는 나에게 안에서 열쇠로 방문을 잠근 뒤 그대로 꽂아두라고, 그래야 강도가 들어도 내 방에 들어올 수 없다고 말한다.

하지만 이따금 열쇠를 꽂아두지 말라고 할 때도 있다. 그 말은 한밤중에 '담력 테스트'를 해야 할지도 모른다는 뜻이다. 자고 있는데 내 방문이 갑자기 열리면 나는 담력을 키우기 위해 혼자서 정원으로 나가야 한다. 물론 열쇠를 꽂아두지 말라고 한 날도 아무 일 없이 지나갈 때가 많다. 내가 준비되지 않았을 때 덮치려는 것이다. 나는 미리 준비되었을 때든 예상치 못하고 있을 때든 늘 흔들림이 없이 테스트를 치러내야 한다.

사실 미리 준비하고 있다 해도 아버지의 주먹이 방문을 두드리는 순간 어차피 나는 화들짝 놀라 펄쩍 튀어오른다. 정확히 삼십 초 안에 옷을 입어야 한다. 아버지는 곧 자기 방으로 돌아가 창문 앞에 자리를 잡고, 나 혼자 암흑 속의 정원으로 나간다. 부엌에 난 쪽문으로 나가 연못과 수영장을 지나 정원 끝에 있는 작업장까지 갔다가

완벽한 아이

관목 덤불 쪽으로 해서 부엌으로 돌아오는 게 정해진 순서다. 창가에 서서 내려다보고 있는 아버지가 내 위치를 알 수 있도록 나는 지나는 곳마다 스위치를 올린 뒤 셋까지 세고서 꺼야 한다.

아버지가 일부러 달이 안 뜬 밤을 골랐는지는 모르겠지만, 내가 집에서 멀어지자마자 유일한 지표가 되어주던 부엌 쪽 전등이 갑자기 꺼진다. 그야말로 새까만 구덩이에 빠진 셈이다. 린다마저 겁을 먹었는지 따라나서지 못한다. 추위로 온몸이 얼어붙은 채, 나는 깜깜해서 하나도 보이지 않는 관목들을 손으로 더듬어가며 길을 찾는다. 이 근처가 연못이니까 저기쯤 커다란 오스트레일리아 포플러가 있을 테고…… 이따금 아주 흐릿하게 고개를 내미는 달빛에 기대어 간신히 방향을 잡아본다. 하지만 그야말로 칠흑 같은 밤이라 아무것도 안 보일 때가 많다. 손에 닿는 관목들이 끝나는 자리에서 오른쪽으로 스물여덟 걸음쯤 가면 포플러 몸통이 나오고…… 여전히 손으로 더듬거리며 오리 집의 철책을 찾는 동안 나는 심장이 터질 것 같다. 어디선가 부스럭대는 소리, 쉭쉭거리는 수상한 소리가 들린다. 마침내 첫번째 스위치가 나타난다.

나는 스위치를 누른 상태로 천천히 셋까지 세면서 다음번 길을 짚어본다. 등 뒤로 멀리 창틀 속에, 엽총을 들고 나의 여정을 지켜보는 아버지의 윤곽이 보인다. 이제 불을 끄고 다시 길가의 관목들을 더듬어 두번째 스위치가 있는 정자로 향한다. 이어 작업장 근처에 있는 세번째 스위치다. 그것까지 끝나면, 집 앞쪽 철책 담으로 이어지는 제일 긴 구간을 지나야 한다. 나는 관목 위를 손으로 스치면서, 불 켜진 아버지 방의 창문으로 방향을 잡아가며, 계속 나아간다.

그렇게 절반쯤 오면 어김없이 창문의 불이 꺼지고, 그 순간 나는 무無에 삼켜진다. 아버지는 일부러 불을 끄는 걸까? 이것도 내 용기를 단련하기 위한 방법일까? 공포가 밀려온다. 집은 아직 멀리 있고, 이제 방향을 잡는 데 도움 줄 수 있는 것은 관목들뿐이다. 어디로 가야 할까? 관목 덤불 속에서 나는 길을 잃는다. 등 뒤에서, 주변에서, 수상한 소리들과 발소리, 흔들리는 나뭇잎 소리가 난다. 너무 심하게 긴장한 탓에 나의 몸 전체에 경련이 인다.

젖 먹던 힘까지 총동원해 마음을 가라앉히려 애쓰면서, 멀리 보이는 부엌문 쪽 희미한 불빛으로 다가간다. 마침내 집에 들어온 나는 온몸이 얼어붙고 탈진한 상태로 이층으로 올라간다. 내가 나의 방에서 안도감을 느끼는 아주 드문 순간이다. 이상한 아픔과 함께 어쨌든 마음이 놓인다. 내 몸이 정원의 습기를 모두 빨아들인 것 같다. 잠옷으로 갈아입을 기운도 없다. 내일 아침 제시간에 일어나지 못할지도 모른다는 생각에 불안해하면서, 나는 옷을 입은 채 이불 속으로 파고든다.

아버지가 보기에 나의 제일 큰 약점은 겁이 많다는 거다. 그래서 이런 훈련들을 통해 내가 두려움을 극복하는 법을 배우리라고 믿는 것이다. 매달 나는 '죽음에 대한 명상'과 '담력 테스트'를 한 번씩 치러야 한다. 왈가왈부할 수 없는 결정이다. 나는 마음속 두려움을

완벽한 아이

드러내지 않은 채로 말없이 복종한다.

아르튀르한테 가서 두려움에 대해 이야기하는 순간이 나에게 주어지는 유일한 위안이다. 나는 아르튀르에게 빠짐없이 얘기한다. 방을 옮긴 것, 두 종류의 나사송곳, 괘종시계 그리고 벌받은 이야기…… 전부 다 한다. 내가 옆에 앉아 이야기하면 아르튀르는 조용히 귀를 기울인다. 귀에 입을 대고 말하면 아르튀르도 린다처럼 간지러울 텐데, 그래도 내 말을 끊지 않고 가만히 들어준다. 내가 나의 슬픔을 속삭이는 동안 아르튀르의 귀는 미세하게 전율하고, 그 전율에 내 마음이 풀어진다.

하지만 오늘은 아르튀르가 아프다. 커다란 배를 잔디밭에 깔고 누워 있다. 나를 보고 일어서려 하지만, 힘이 없어 다리가 꺾인다. 나는 몸을 웅크려 아르튀르를 어루만져주고 이야기를 해보려 한다. 하지만 곧 아코디언 시간이다. 아무리 아르튀르 곁에 머물고 싶어도 시키는 대로 해야 한다. 나도 배가 아플 때가 있으니까 아르튀르도 괜찮을 거라고, 걱정을 떨치려 애쓴다. 어깨를 짓누르는 '프라텔리 크로시오'•와 씨름하는 동안 나는 계속 아르튀르를 생각한다. 아르튀르가 빨리 나아야 하는데. 내일 수업이 끝나면 가보기로 한다.

이튿날 숙제를 마친 뒤 솔페지오를 하러 베란다로 내려간다. 그

• 크로시오 형제가 1921년에 파리에 세운 아코디언 제조사 이름이자 상표명.

런데 이상하다. 아버지도 어머니도 보이지 않는다. 정원에서 나를 기다리고 있나? 잡초를 뽑으러 가야 하는 걸 내가 잊었나? 나는 아르튀르를 볼 수 있다는 생각에 신이 나서 내려간다. 날씨가 좋다. 아르튀르는 여전히 잔디에 누워 있다. 어머니가 말한다. "아르튀르가 죽었어. 묻어줘야 해." 그럴 리 없다. 나는 가까이서 보려고 달려간다. 그런데 막상 다가가니 겁이 난다. 아르튀르가 이상하다. 도대체 무슨 소리지? 죽었다고? 아르튀르가 죽었다고?

나는 아버지를 돌아본다. 아버지는 다섯 걸음쯤 떨어진 곳에 놓인 나무상자에 걸터앉아 있다. 모든 것을 다 알고 모든 것을 다 할 수 있는 아버지에게, 나는 태어나서 처음으로 부탁을 한다. 아르튀르가 살아나게 해달라고 빈다. 아버지는 난처한 표정으로 아무 말도 하지 않는다. 어머니가 대답한다. "수의사가 왔었어. 아르튀르가 사과를 너무 많이 먹어서 죽었대. 수의사 말이 안 그래도 늙은 말이라고, 말장수가 우리를 속였다더라." 이어 어머니는 아르튀르를 어리게 보이게 하려고 말장수가 어떻게 빨대로 잇몸에 공기를 불어넣었는지 설명하기 시작한다.

이해할 수 없다. 이해하고 싶지 않다. 내가 원하는 건 오직 한 가지, 아르튀르가 죽지 않는 것뿐이다. 나의 거의 악을 써댄다. "수의사가 언제 왔었는데요? 난 아무도 못 봤는데!" 어머니도 소리친다. "아! 좀 그만 울어! 네가 잘 보살폈으면 아르튀르가 그 사과를 다 먹지 않았을 거잖아!"

완벽한 아이

"그만!" 아버지가 단호하게 말한다. "이제 묻도록 해. 오리 연못 근처에 구덩이를 파."

나는 넋이 나간 상태로 삽을 들고 땅을 파려 애쓴다. 내 앞에서 어머니도 똑같이 고생중이다. 여름이지만 땅이 무척 단단하다. 내 몸이 자동인형처럼 움직인다. 가슴속에서는 쇳덩이 손이 내 심장을 움켜쥐고 으깨고 있다.

결국 어머니가 삽을 내려놓는다. "우리 힘으로는 안 되겠다." 아버지는 일단 덮어둘 것을 찾아오라고 한다. 과일과 채소가 잔뜩 그려진 이상한 비닐 식탁보뿐이다. 아르튀르의 몸을 덮어주면서 나는 그 위에 그려진 사과들에서 눈을 떼지 못한다. 아르튀르가 사과 때문에 죽었다니!

린다가 밤새도록 죽을 듯이 울부짖는다. 나도 심장이 쇳덩이 손에 짓이겨지는 듯 밤새도록 운다.

아르튀르가 독사과가 그려진 식탁보에 얼마나 덮여 있었을까. 며칠쯤 된 것 같다. 아침에 정원사 레몽이 온다. 커다란 구덩이를 판 뒤, 삽에 몸을 기대고 서 있다. 어머니와 내가 식탁보를 걷어낸다. 나는 비명을 지른다. 누워 있는 아르튀르의 몸에 파리들이 가득하다. 끔찍한 냄새가 내 폐 속으로 밀려들어온다. 당장이라도 토할 것 같다.

이제 끝났음을, 영원히 끝났음을 깨닫는다. 나는 심연으로 추락한다.

내 몸은 여전히 자동인형이다. 나는 아르튀르의 다리 하나를 잡는다. 그 다리가 너무 뻣뻣해서 몸이 떨린다. 내 몸은 무게가 없다. 나는 지푸라기가 되어 흔들린다. 그러다가 아르튀르와 함께 무덤 속으로 떨어진다. 뻣뻣해진 아르튀르의 주검이 끔찍하고, 코를 죄어오는 악취가 끔찍하다. 나는 파리들을 떨쳐내려고, 끈적거리는 시커먼 흙을 떨쳐내려고 발버둥친다. 놀란 아버지가 뛰어와서 고함친다. "네가 왜 거기 들어가?" 구덩이에서 나오는 동안 아무도 나를 도와주지 않는다. 나는 혼자 올라온다. 창피하다. 내 몸은 더럽고 악취를 풍긴다. 그리고 나는 완전히 혼자다. 아르튀르의 발굽 소리 없이 앞으로 내가 어떻게, 진정 어떻게 살 수 있을까?

"구덩이를 메우게." 아버지가 레몽에게 말한다. 그런 뒤에 나더러 지하실에 가서 레몽이 연장 정리하는 것을 도우라고 한다. 싫다. 싫다. 싫다. 제발, 싫다. 지하실은 안 된다. 레몽은 안 된다. 오늘은 안 된다. 도축장에 끌려가는 짐승처럼 집 쪽으로 가는 동안 머릿속에 침묵의 연도連禱가 맴돈다. 지하실로 내려가는 동안에도 맴돈다. 레몽이 내 뒤에 달라붙는 동안에도 맴돈다. 그가 왼손으로 나를 붙잡아 움직이지 못하게 할 때도. 그가 기름진 숨결을 뱉으며 내 귀에 대고 "너 그 말을 정말로 사랑했구나!"라고 속삭이는 동안에도. 아직 흙투성이인 그의 오른손이 내 옷을 벌리고 팬티 속으로 들어오는 동안에도. 안 돼, 안 돼, 안 돼, 제발, 제발.

밤이다. 나는 내 방에 있다. 팬티에 묻은 것을 털어보려 하지만

완벽한 아이

잘 안 된다. 나는 화장실로 가서 문을 잠근 뒤 변기 속의 물에 팬티를 적셔 문지르고, 물을 내려 새로 나오는 물에 헹군다. 그렇게 젖은 팬티를 입고 방으로 돌아간다. 자는 동안에는 마르라고 벗어둔다. 이튿날 아침 다시 입어보니 여전히 축축하다. 아직 속옷을 갈아입는 날이 아니다. 나는 아직 정신을 차릴 겨를이 없어, 몰래 다른 팬티로 갈아입을 생각도 하지 못한다. 아직 며칠은 더 입어야 한다. 팬티가 영원히 마르지 않을 것 같다.

아르튀르를 묻고 난 다음 날 아침에 린다를 가두러 나가보니 온통 흙투성이가 되어 있다. 밤새도록 아르튀르를 꺼내려 한 탓이다. 린다도 나만큼이나 아르튀르가 그립다. 그리고 나와 달리 린다는 아르튀르를 살려낼 수 있다고 믿는다. 아버지가 어머니와 나에게 다시 구덩이를 메우게 한다. 그런 뒤에 병을 깨뜨려서 파편을 구덩이 주변에 꽂게 한다. 하지만 소용없다. 이튿날 아침에도 린다는 흙투성이고, 이번에는 네발과 코에 피까지 가득하다. 며칠 후 전기기사가 와서 아르튀르의 무덤 주변에 전기울타리를 만든다.

그제야 린다는 아르튀르를 되살리려는 미칠 듯한 희망을 포기한다.

레몽

레몽의 더러운 손이 내 팬티에 자국을 남긴 게 처음은 아니다. 레몽은 오래전부터 지하실 혹은 마구간에서 틈이 날 때마다 나를 구석으로 밀었다. 나무 베기나 산울타리 자르기처럼 힘든 정원일을 처리하기 위해 아버지는 한 달에 한두 번 토요일에 레몽을 부른다. 다른 일꾼들이 올 때와 마찬가지로 나는 레몽이 올 때도 일손을 거든다. 아버지는 말한다. "넌 몸집이 작으니까 마구간 다락에 쉽게 올라갈 수 있겠지. 올라가서 말아놓은 짚단을 레몽에게 내려주거라." 혹은 "레몽하고 같이 지하실에 가서 연장 찾는 것 좀 도와주거라." 연장 찾는 일에 왜 내 도움이 필요할까?

레몽은 지하실에서 몸을 웅크린 채 나를 살핀다. 그러다가 뒤에서 오른팔로 내 허리를 감싸고 왼팔로 나를 잡아 움직이지 못하게 한다. 빠져나가려고 하면, 발버둥을 치면, 레몽은 내 목을 잡은 팔에 더욱 힘을 주어 숨이 막히도록 누른다. 나는 움직이지 못하고 숨도 쉬지 못한다. 그의 오른손이 내 몸을 주무르고, 그의 입이 내 귀를 향해 휘파람 불듯 협박의 말을 내뱉는다. 냄새나는 그의 뜨거운 숨

완벽한 아이

길 때문에 나는 위장이 뒤집어질 것 같다. 그의 오른손이 내 바지의 지퍼를 열고 들어온다. 어떨 때는 내 바지와 팬티를 내린다. 어떨 때는 조끼 단추를 전부 풀고 내 온몸을 더듬는다.

처음 지하실에서 붙잡혔을 때 나는 여섯 살이었다. 그가 내 귀에 대고 속삭였다. "입만 벙긋해봐. 네 부모를 죽여버릴 테니까." 그때 내가 발버둥쳤던가? 도와달라고 소리쳤던가? 나를 확실하게 단념시켜야겠다고 생각했는지 레몽은 한 마디 한 마디 힘을 주어가며 다시 말했다. "누구한테든 얘기해봐. 네 부모를 죽여버릴 테니까. 그전에 네 개부터 죽이고." 린다는 안 된다. 차라리 아버지 어머니를 해치는 게 낫다. 린다를 괴롭히는 것만은, 나 때문에 린다가 고통을 당하거나 죽는 것만은 절대 안 된다.

협박이 통한다는 것을 아는 레몽은 매번 같은 말을 한다. 한 단어 한 단어 그대로 되풀이하기도 하고, 그냥 "내가 했던 말 기억하지?"라고 묻기도 한다.

지하실에서 레몽은 나를 연장들이 걸린 벽 쪽으로 끌고 간다. 벽에 붙은 공구판 위에 드라이버, 펜치, 톱, 망치, 집게 같은 연장들의 자리가 흰색으로 칠해져 있다. 그는 빨간색 나무 손잡이가 달린 드라이버를 집어들고 내 몸을 훑는다. 내 성기나 항문에 집어넣고 누르기도 한다. 나는 그가 무슨 일을 하는지 알지 못하고, 단지 많이 아프다는 것만, 나중에 닦아보면 화장지에 피가 묻어나온다는 것만 안다. 그 순간을 버티는 유일한 방법은 공구판에 드라이버 자리를 표시한 흰색 페인트를 노려보는 것뿐이다. 드라이버가 내 몸속으로 파고드는 동안 나는 공구판의 흰색 윤곽을 파고든다.

때로는 마구간에서 그 일이 벌어진다. 아버지가 짚단을 내려주라고 시킬 것 같으면 나는 곧장 마구간으로 뛰어가고, 전속력으로 사다리를 기어올라 둥글게 말려 있는 짚단을 바닥으로 던진다. 갑자기 올라가면 쥐들이 놀라서 이리저리 달려가기 때문에 무섭다. 하지만 곧 나타날, 휘파람 소리와 함께 점점 가까워지는 레몽이 더 무섭다.

어쩌다 레몽이 문을 열고 들어오기 전에 사다리에서 내려올 때도 있다. 나는 온 힘을 다해 달리고 그를 밀쳐내 그의 손에서 벗어나는 데 성공하지만, 그래봤자 대개는 그가 이미 문을 가로막은 채 버티고 서 있다. 나를 빤히 쳐다보고 있는 그의 눈길에는 덫에 걸린 사냥감을 보는 기쁨이 번득인다. 나는 절망에 휩싸인다. 도망갈 수 없다. 소리칠 수도 없다. 울 수도 없다. 그저 제일 어두운 구석에 웅크리고 싶을 뿐이다. 그의 눈길은 이미 짐승이고, 한쪽이 올라간 입술은 꼭 미소 짓는 것만 같다. 나는 내 안의 깊숙한 심연으로 떨어진다.

밤에도 레몽은 악몽 속에 나타나 나를 괴롭힌다. 자고 있다가 눈을 떠보면 내 침대 앞에 레몽이 빨간색 손잡이가 달린 드라이버를 들고 서 있다. 나는 비명을 지르려 하지만 목구멍에서 아무 소리도 나오지 않는다. 혹은 저녁에 린다를 풀어주러 나갔는데 린다가 나오

완벽한 아이

지 않는 꿈을 꾸기도 한다. 들여다보면 몸에 드라이버가 꽂힌 채로 린다가 죽어 있다. 혹은 지하실이다. '죽음에 대한 명상'을 마치고 이 제 막 계단을 오른다. 하지만 문이 열리지 않는다. 손잡이를 잡고 어떻게든 문을 열어보려 애쓰고 있는데, 갑자기 레몽의 팔이 뒤에서 내 허리를 감싼다.

잠자리에 누운 나는 수천 가지 방식으로 레몽을 죽이는 상상을 한다. 그가 내 몸에 드라이버를 가져다 대는 순간 그대로 낚아채 곧 바로 돌아서서는 드라이버를 그의 심장에 꽂는다. 혹은 마구간 다락에 올라가 도와달라고 부른 뒤 그가 발을 올려놓으려는 순간에 그대로 밀어버린다. 그는 바닥에 떨어져 머리가 깨진다. 혹은 그가 정원에서 커다란 사다리에 올라 가지치기를 하고 있을 때 떨어뜨린다. 전지가위가 그의 몸에 박힌다. 혹은 그가 포식자의 눈빛으로 지하실로 들어올 때 아버지의 엽총을 꺼낸다. 그의 가슴을 향해 총을 쏘면 그가 놀란 표정 그대로 쓰러진다.

나는 레몽이 혐오스럽다. 내 손으로 죽여버리는 꿈 외에는 절대로 그를 생각하지 않으려 애쓴다. 그의 존재를 지우개로 지워버리고, 아예 없애버린다. 그는 더이상 존재하지 않는다. 존재한 적이 없다.

하지만 이제 아르튀르가 죽고 없다. 나는 레몽이 하는 짓을 더이상 버텨낼 수 없다. 그의 손톱에 낀 진흙은 아르튀르의 몸이다. 아르튀르가 죽으면서 그동안 나를 막아주던 둑이 무너져버렸다. 이제 나는 아닌 척할 수 없다. 마음을 감출 수 없다. 아르튀르가 죽지 않았으면. 레몽이 내 몸에 손을 대지 않았으면…… 나는 슬프다. 더럽다. 죽었다.

누군가 내 안에서 절규한다. 린다처럼 죽도록 절규한다. 하지만 아무도 듣지 못한다. 아무도 귀기울이지 않는다.

아버지는 어디 있을까? 나를 지켜주는 방패이며 보호자이자 수호천사라더니, 뭐든 볼 수 있고 뭐든 다 안다더니, 무엇보다 어떤 게 나에게 좋은지 다 안다더니. 삶의 모든 순간을 이 세상의 추함과 인간들의 사악함에서 나를 지켜내는 데 바칠 거라더니. 나의 행동을, 심지어 화장실 가는 시간까지 전부 확인하더니. 내가 매일 계단을 내려올 때마다 올바른 속도로 움직였는지 확인하더니. "빨리 하는 것과 급하게 하는 것을 혼동하고 있구나. 다시!" 혹은 "움직임이 코끼리 같구나. 다시!" 독촉하는 아버지의 눈에 내가 '올바른 리듬'을 찾았다고 판단될 때까지 얼마나 여러 번 계단을 오르내렸는데!

내가 연장을 찾으러 지하실에 가고 짚단을 내리러 마구간에 가서 필요한 시간보다 오래 지체할 때, 허구한 날 '올바른 리듬'을 들먹이는 아버지의 대단한 감각은 도대체 어디 있는 걸까? 아무도 알아채지 못하고, 아무도 이상하게 생각하지 않는다. 나는 분노와 고통으로 숨이 막힌다. 레몽은 아버지와 어머니를 마음대로 조종한다. 아버지와 어머니는 레몽의 꼭두각시다. 어떻게 그럴 수 있을까?

정원에 나갈 때면 나는 아르튀르가 묻힌 곳으로 간다. 작은 나무토막 두 개를 묶어서 십자가를 만들고 그 위에 아르튀르의 이름을 써넣었다. 나는 아르튀르의 무덤 앞에서 명상에 잠긴다. 아르튀르를 부른다. 제발 돌아오라고 애원한다. 돌아올 수 없으면 최소한 어떻게 해야 만날 수 있는지 말해달라고 매달린다. 나는 아르튀르가 걱정된다. 배가 아파 죽었는데…… 아직까지도 배가 아프면 어쩌지? 아르튀르가 계속 아플까봐 걱정된다. 어둠 속에 있지 않은지, 두렵지 않은지 걱정된다. 아르튀르가 편안한 곳에 있기를 나는 온 힘을 다해 기원한다. 아르튀르에게 보고 싶다고, 사랑한다고 말한다. 아르튀르가 죽은 이후로 나의 하루하루는 기쁨도 희망도 사랑도 없는 어두운 터널이다.

아버지는 내가 아르튀르의 무덤에 자주 찾아가는 게 못마땅하다. 내년 여름에 그 자리에 체조장을 짓기로 했다고 알린다. 이제 나의 육체적인 능력을 더욱 본격적으로 개발해야 한다는 것이다. 언젠가 '초인'이 되기 위해 꼭 필요한 조건이다.

블랑송

나는 정원의 향기, 작은 관목, 꽃 핀 나무들과 황수선화 향기, 무엇보다 라일락 향을 무척 좋아했다. 하지만 지금은 더이상 아무것도 좋아하지 않는다. 마당에 나가는 것도 싫다. 이따금 피투가 보인다. 이제 우리집에서 유일하게 자유로운 동물인 피투는 베란다 앞 계단이나 린다의 집 안에서 나를 기다린다. 내가 나오는지 목을 빼고 살핀다. 비가 많이 오는 서늘한 여름이다. 밖에는 차가운 물기둥이 쏟아지고, 내 마음속에는 눈물의 광풍이 몰아친다.

다른 집에서는 아이들이 잠들기 전에 동화책을 읽어주고 춥지 않도록 이불을 잘 덮어준다는 얘기를 책에서 본 적이 있다. 나는 혼자다. 말할 사람이 아무도 없다. 외톨이다. 혼자 버텨야 한다. 하지만 그러기 싫다. 혼자만 떨어져 있는 것은 지옥이다. 나도 다른 사람들처럼 되고 싶다. 누군가에게 손을 내밀고 누군가의 품에 안기고 싶다.

전에는 작업장 창고에 있는 특수 천으로 기구를 만들겠다는 꿈이 있었다. 쥘 베른이 쓴 『기구를 타고 5주간』에서 친구들과 함께 나

일강 발원지를 찾아 떠난 새뮤얼 퍼거슨처럼 나도 아르튀르와 린다, 피투를 태우고 하늘을 날아가는 상상을 자주 했다. 그렇게 하늘에 올라 파리와 런던을, 책에서 본 도시와 마을, 시골 위를 날아다녔다. 하늘에 떠서 사람들을 내려다보고 손짓하면 그들도 우리를 향해 손을 흔들었다.

이제는 기구를 타고 떠나는 상상을 하지 않는다. 아르튀르 없이는 아무 의미가 없다. 아르튀르 없이 더는 사는 게 아니다. 나를 둘러싼 모든 것이 슬로모션으로 천천히 움직인다. 린다까지도, 피투까지도 그렇다. 나는 말을 듣고 있는 척, 어머니의 수업을 듣고 있는 척, 숙제를 하는 척, 아코디언을 연주하는 척한다. 아버지와 어머니의 말을 따르는 척, 사는 척한다. 하지만 나는 없다. 내가 있는 자리에 나는 없다. 나는 아무데도 없다.

아버지가 조랑말을 새로 사자고 한다. 조건은 내가 삼회전 공중제비를 사흘 연달아 성공하는 것이다. 아버지의 세계에서는 숫자 3이 자주 등장한다. 하지만 나는 삼회전 공중제비를 하고 싶지 않다. 새 조랑말도 갖고 싶지 않다.

이어지는 날들은 매일매일이 똑같다. 내 삶 전체가 길고 메마른, 끝이 보이지 않는, 자비 없는, 단 하나의 똑같은 날이다. 나는 쟁기에 묶인 소처럼 일과표에 매여 있다. 온 힘을 다해 쟁기를 끈다. 왜 끌어야 하는지 이해하지 못하고, 생각해보지도 못하고, 질문도 못한다. 숨도 거의 쉬지 못한다.

아버지는 날씨 좋은 날을 골라 정기적으로 나에게 추가 노동을 시킨다. 풀을 뽑거나 잔디를 깎거나 빗물받이 홈통을 청소하는 일이다. 그러느라 하루 혹은 이틀 동안 오후 일과표가 뒤죽박죽이 된다. 아버지는 눈에 힘을 주며 말한다. "빼먹은 건 채워야 한다."

빼먹은 것을 채운다는 말은 뒤로 밀려난 수업을 밤 11시 30분까지라도 계속해서 끝내야 한다는 뜻이다. 그렇게 오후 복습 시간이나 저녁 독서 시간처럼 내가 그나마 숨쉴 수 있는 짧은 시간들, 꿈을 꾸거나 몰래 책을 읽거나 사랑하는 동물 친구들을 생각할 수 있는 시간들이 없어진다. 빼먹은 것을 채운다는 말은 내가 끄는 쟁기에 10톤의 무게가 더해진다는 뜻이다.

마당에서 일하는 동안에는 악기 연습도 할 수 없다. 하지만 이브의 수업은 그대로 진행된다. 제대로 곡을 익히려면 연습할 시간이 필요하다고 설명해보지만, 아버지와 어머니의 대답은 늘 똑같다. "비겁하고 나약한 인간들이나 변명하는 법이다. 원한다면 무엇이든 할 수 있다." 나는 내 손가락이 올바른 속도로 올바르게 건반 위를 오가기를 원하지만, 아무리 간절히 원해도 할 수가 없다. 엉망인 내 상태에 화가 난 이브가 욕을 퍼붓는다. 하지만 마당에서 일했다는 얘기를 하는 건 절대 안 된다.

일과표는 나를 지배하는 폭군이고 나는 그 폭군의 노예다. 늦어진 일정을 단 한 번도 제대로 따라잡지 못하는 나는 결코 폭군에게서 벗어나지 못한다. 폭군을 쫓아가느라, 나의 과업들을 채우느라 허덕인다. 머릿속에서는 똑딱거리는 소리가 끊임없이, 점점 크게 들린다. 다른 생각은 아무것도 할 수 없다.

차가운 여름 날씨 때문일까? 아르튀르가 죽고 얼마 지나지 않아 나의 이가 저절로 딱딱 부딪치기 시작한다. 아무리 안 그러려 해도 입이 계속 움직인다. 진정될 때까지 기다리는 수밖에 없다. 턱뼈가 떨리기 시작하면 나는 내 이들이 부딪치며 내는 딱딱 소리가 겉으로 들리지 않도록 그야말로 초인적인 노력을 해야 한다.

어머니는 내가 일부러 그런다며 나무란다. 아버지는 이가 부딪치는 것을 막기 위한 특수한 의지 훈련을 시킨다. 하지만 아무리 혼나고 아무리 벌받아도 소용없다. 결국 아버지가 포기한다. 단, 한 가지 조건이 있다. 이가 부딪치더라도 소리는 나지 않게 할 것. 나는 소리를 죽이기 위해 볼살을 안으로 빨아들여 윗니와 아랫니 사이에 끼운다. 볼 안쪽이 여기저기 하얗게 되고, 상처가 나고, 피가 밴다. 밤에 증상이 갑자기 심해질 때면 볼 안쪽에 숨어 있는 상처들이 쉴 수 있도록 검지를 윗니와 아랫니 사이에 밀어넣어둔다.

날씨가 엉망인데도 아버지는 온실을 수리하기로 한다. 온실 안에 포도밭을 만들겠다는 것이다. 알베르와 레미가 일하러 온다. 나는 일손을 돕느라 벽돌과 시멘트를 수레로 실어나른다. 날씨를 고려하여 리카르* 대신 따뜻하게 데운 포도주도 준비한다. 저녁 6시 30분에

• 아니스 향료를 넣은 독주로, 식전주로 쓰인다.

알베르와 레미가 작업복을 벗고 베란다로 오면, 내가 술을 내간다. 내 몫도 있다. 내 잔을 채우는 동안 아버지가 지켜본다. 아버지는 나도 일꾼들과 똑같은 양을 마셔야 한다고 주장한다. 나는 포도주 냄새가 싫다. 머리가 어지러운 것도 정말 싫다. 그래도 말없이 마신다.

온실 공사가 끝난 뒤에는 비둘기장을 확장하기로 한다. 나는 비둘기들이 좋다. 오늘 본 알이 내일 작은 생명으로 바뀌면 가슴이 녹아내린다. 어미 비둘기들이 새끼들을 먹이고 품어주는 모습은 참 따뜻해 보인다.

며칠 전에 알 두 개가 부화했다. 그런데 한 마리가 움직이지 않는다. 깃털도 없는 작은 몸에 납작한 작은 부리와 쪼그라든 분홍색 다리를 보며 나는 속상해서 가슴이 찢어질 것 같다. 둥지에 혼자 남아 있으니 얼마나 슬플까. 하지만 하루하루 갈수록 그 작은 몸이 흰색 솜털로 덮인다. 나는 블랑숑이라는 이름을 지어준다. 그리고 블랑숑을 걱정하기 시작한다. 머지않아 날게 될 텐데…… 어머니는 그때쯤 비둘기를 잡아 요리를 한다. 나는 용기를 끌어모아 아버지가 식탁에서 일어설 때 직접 말한다. "아빠, 부탁이 있어요……" '아빠'라는 호칭이 너무 이상하다. 아버지의 날 카드에서만 사용하던 단어다. 아버지도 놀랐는지 나를 뚫어져라 쳐다본다. "아빠, 블랑숑을 오랫동안 보살펴도 돼요?"

달리 물어볼 말이 생각나지 않았다. 차마 블랑숑을 죽이지 않으면 안 되냐고 직접적으로 물어볼 수가 없었다.

완벽한 아이

나는 떨면서 아버지의 선고를 기다린다. "블랑숑이 누구지?" "흰색 아기 비둘기예요. 제가 잘 돌볼게요. 시간 뺏기지 않을게요. 더 일찍 일어나서 할일 다 할게요."

'아빠'라는 호칭이 마법을 부린 걸까? 아니면, 말은 안 했어도 아버지는 내가 슬퍼하고 있다는 사실을 알았던 걸까? 아버지가 대답한다. "그렇게 해라." 다행이다. 가슴속은 여전히 기쁨 없이 텅 비어 있지만, 나는 하얀 솜뭉치 같은 블랑숑을 보살피기로 한다. 비둘기장을 고치는 정도의 사소한 일에는 따로 조수가 필요없다 해도, 하루 두 번씩 알베르와 레미에게 맥주를 가져다줘야 할 테니 그때 블랑숑을 보살필 수 있다.

블랑숑은 멋진 흰 비둘기로 자라난다. 유모를 잊지 않는 다정한 비둘기다. 내가 정원에 나가면 블랑숑은 내 손으로 날아와서 인사한다. 어느 날 저녁 나는 린다를 풀어놓고 블랑숑과 인사를 시킨다. 린다와 피투처럼 다정한 사이가 되지는 않을 테지만, 그래도 린다가 블랑숑을 해치지는 않을 것 같다. 다행이다.

에마유 디아망

아버지가 청결에 대해서는 크게 신경쓰지 않기 때문에 내가 할 집안일은 그리 많지 않다. 아주 가끔 일층의 넓은 방들을 비질하는 게 전부인데, 그럴 때면 솜뭉치 같은 먼지가 잔뜩 나온다. 천장에는 구석마다 거미들이 조용히 그물을 짜고, 금방 거대한 거미줄이 완성되어 결국 내버려둘 수 없는 지경이 된다. 나는 세탁실에서 긴 자루가 달린 천장 청소용 빗자루를 찾아온다. 거미줄을 치우는 일은 우리 중 키가 제일 큰 아버지의 몫이다.

아버지는 기사이고 심지어 '그랜드 마스터' 기사이지만, 그런 건 아무 소용이 없다. 아버지는 능숙하지 못하다. 길고 비쩍 마른 손으로 빗자루 손잡이를 이러저리 흔들어대다가 먼지 가득한 거미줄을 무턱대고 누르며 벽 위쪽에 회색 자국을 남긴다. 어머니와 나는 아무 말 없이 적당히 거리를 두고 아버지를 따라가는데, 그러다 빗자루가 우리 머리 위로 떨어질 때도 있다.

우리집에서 설거지는 전적인 시간 낭비로 간주된다. 식사가 끝난 뒤 각자의 테이블매트를 접어 빈 접시와 식기를 싸고, 역시 다 쓴

완벽한 아이

컵과 함께 찬장에 넣어두었다가 다음번 식사 때 그대로 사용한다. 설거지는 일주일에 한 번만 한다.

반면 거실의 거대한 샹들리에 청소는 아버지가 절대 잊지 않고 이 년에 한 번씩 시키는 일이다. 어머니와 내가 커다란 사다리 의자에 올라가 크리스털 알들을 하나하나 닦아야 한다. 집 안에 있는 구리 제품들도 이 년에 한 번 잊지 않고 '브라소' 광택제로 닦는다.

욕실도 이따금 밀걸레로 닦는다. 하지만 욕조와 세면대는 더러운 때가 잔뜩 끼어도 내버려둔다. 아버지에게 무언가를 닦는 일은 면역체를 걷어내는 것과 다르지 않다. 그래서 침대 시트와 욕실 수건 들은 일 년에 두 번 세탁 보내는 게 전부다. 속옷은 한 달에 한 번 빤다. 집에 업소용 다리미가 있지만 어머니도 나도 사용법을 모른다. 우리집에서는 다림질을 거의 하지 않는다.

빨래는 지하실에 널어 말리는 탓에 늘 끔찍한 냄새가 밴다. 건은 지 한참 지난 뒤에도 시트를 덮거나 수건으로 닦을 때마다 욕지기가 인다. 아버지와 어머니는 아무렇지도 않은 것 같다.

나는 병적으로 예민한 후각을 지녔다. 아버지가 소변보는 동안 병을 들고 있는 게 너무 힘들고, 아버지가 대변본 변기에 물을 흘려보낼 때도, 저녁마다 아버지의 양말을 벗길 때도 고통스럽다. 썩은 풀과 나뭇잎을 주울 때도 마찬가지다. 지하실에 내려갈 땐 고리 바구니에 들어 있는 싹 난 감자나 과일들의 냄새와 뒤섞인 곰팡내 때문에 숨이 막힐 것 같다.

나는 한없이 오랫동안 부리로 깃털을 가다듬고 윤을 내는 오리들은 황홀하게 바라본다. 린다도 발에 뭐가 묻으면 정성껏 핥아서 깨끗하게 만든다. 내가 무척 좋아하는 일 중 하나는 시멘트 바닥에 물을 끼얹어 깨끗하고 반들거리게 만드는 것이다. 레몽이 더러운 손으로 내 몸을 만져서 구역질이 날 때마다, 바닥 청소를 할 때처럼 더러워진 살갗에 물을 끼얹어 닦아내고 싶다.

청결과 관련한 유일한 예외는 양치질이다. 기품 있어 보이는 가지런한 치아에 자부심을 지닌 어머니에게는 아침저녁 양치질이 필수다. 치약 주문도 어머니의 일이다. 그런데 작년에는 잘못 주문하는 바람에 '에마유 디아망'• 치약이 한 보따리 배달되어 왔다. 액체처럼 묽어서 칫솔에 잘 붙지 않는 빨간색 치약이다. 튜브 겉면에 그려진 투우사가 꼭 나를 놀리는 듯 멍청한 미소를 짓고 있다. 창피하게도 나는 양치질을 할 때마다 세면대와 바닥과 신발을 빨간색 얼룩으로 더럽힌다.

투우사 치약을 완벽하게 다룰 줄 아는 어머니의 신비한 힘은 특히 나보다 치약에 더 서툰 아버지를 향해 발휘된다. 어머니는 아버지와 나의 서툰 솜씨가 만들어놓은 결과물을 경멸의 눈빛으로 쳐다본다. 시간이 가면서 내가 만드는 붉은 얼룩은 줄어들지만 아버지의 상황은 더 나빠진다. 붉은 얼룩이 무수히 남은 바닥 러그 앞에서 어

•   프랑스의 치약 상표. '에나멜 다이아몬드'라는 뜻이다.

머니의 눈길이 조용히 아버지를 향하면, 아버지의 얼굴에는 이제껏 한 번도 본 적 없는 당황한 표정이 어린다.

치아 관리의 전문가를 자처하는 어머니의 주장에 따르면, 충치를 비롯한 모든 치통은 전적으로 당사자의 불찰로 인해 발생한다. 어느 날 내가 막 흔들리기 시작한 이를 만지는데, 그 모습을 본 어머니가 나를 식품창고로 데려간다. 어머니는 바느질 상자에서 옛날 열기구를 수선할 때 썼던 '최고 강도' 재봉실을 꺼내, 한쪽 끝을 흔들리는 내 이에 감고 다른 쪽은 문고리에 맨다. 그런 다음에 쾅! 문을 닫는 순간 이가 빠진다. 아프기도 하지만 너무 놀라서 나는 한참 동안 멍하니 서 있다.

그날 이후 어머니는 정기적으로 내 입안을 살핀다. 한 손으로 머리를 잡아 뒤로 젖히고 다른 손으로 입안을 전부 확인한다. 흔들리는 이가 다시 나오자, 같은 방법을 쓰기로 한다. 하지만 이번에는 이가 바로 빠지지 않고 버틴다. 그러자 어머니는 다시 실을 매고 다시 문을 닫는다. 정신이 아득해질 만큼 아프다.

소리를 듣고 온 아버지가 모든 걸 본다. 내 입에서 피가 흐르고, 문고리에는 실이 매여 있다. 아버지는 어머니를 노려본다. "자넨, 위스키 가져와!" 무슨 병이든 고칠 수 있는 아버지에게 위스키는 찰과상도 심한 치통도 낫게 하는 기적의 약이다. 아버지는 나에게 위스키를 한입 가득 최대한 오래 머금고 있다가 삼키게 한다.

나는 어머니가 내 젖니들을 강제로 뽑는 일을 절대 포기하지 않을 것임을 안다. 아버지가 알게 된 것도 내 탓이라 생각하고 있으니 더더욱 그럴 것이다. 나는 내 입속 상태에 집착하게 된다. 이가 흔들리기 시작하면 어머니 앞에서 절대 만지지 않으려고 애쓴다. 하지만 곧 숨길 수 없게 된다. 차라리 내가 직접 뽑기로 한다.

나는 최고 강도 재봉실이 감긴 실패를 몰래 주머니에 넣어두었다가 아버지와 어머니가 잠든 뒤에 꺼낸다. 하지만 실을 자를 수가 없다. 내 방에 가위는 금지 품목이다. 결국 서랍 끄트머리에 실을 대고 한참 문지른 다음, 마침내 끊어진 실을 옷장 문고리에 맨다. 그러곤 어머니가 하는 대로 단숨에 문을 닫는다. 하지만 나도 모르게 동작의 강도가 약해진다. 흔들리는 이는 약간 덜렁거릴 뿐 여전히 붙어 있다. 한 번 더 해야 하고, 그러고도 또 하고 또 해야 한다. 한 번 할 때마다 용기가 줄어들면서 스스로에 대한 분노가 커진다. 머릿속에서 나 자신을 향해 욕설이 쏟아진다. "넌 겁쟁이야! 비겁해! 평생 제대로 된 일 하나도 못하고 말 거야!"

나는 결국 포기하고 자리에 눕는다. 나는 내 이를, 내 몸을 증오하고, 나의 전부를 증오한다. 이튿날 나는 일어나자마자 어머니에게 간다. "이가 하나 흔들려요." 어머니의 얼굴이 환해진다. 어머니와 나는 아버지가 듣지 못하도록 교실로 올라갈 시간까지 기다린다. 이어 어머니가 단호한 동작으로 문을 닫는다. 나는 어머니의 눈빛에서 경멸의 기미를 읽지만 상관없다. 내가 스스로의 비겁함 앞에서 느끼는 그 압도적인 경멸에 비하면 아무것도 아니다.

동굴

아버지가 여덟 살의 나에게 『자본론』 축약판을 공부하라고 건네준다. 아버지에 따르면 카를 마르크스는 중요한 사상가이고, 나도 그의 사상에 친숙해질 때가 되었다. 마르크스가 왜 중요하냐고? 인간들의 관계가 작동하는 방식을 설명하는 데 그치지 않고 보다 정의로운 세상을 향한 진정한 변화를 제안했기 때문이다. 물론 유토피아적인 사상이지만, 그래도 그 대담함을 높이 평가해야 한다. 아버지는 프리메이슨이 혁명에 거리를 둔 것을 못내 아쉬워한다. 대부분의 프리메이슨은 마르크스를 악마로 취급하며 이해하지 못한다. 옳지 못한 일이다. 어리석은 양떼처럼 미아즈마*에 희생되지 않게끔, 나는 어릴 때부터 강하고 순수한 사상들을 접해야 한다.

내가 읽은 『자본론』은 알기 쉽게 고쳐 쓴 책이지만, 나는 아무것도 이해하지 못한다. 읽고 또 읽어도 내 눈에는 서로 관계없는, 아

---

* 물질이 부패할 때 발생하는 독성을 품은 공기. 19세기 후반에 미생물학이 정립되기 전까지는 전염병의 원인으로 여겨졌다.

무런 의미도 담기지 않은 단어들의 나열일 뿐이다. 어머니한테 시작 부분만이라도 설명해달라고 하자, 어머니는 무슨 끔찍한 말이라도 들은 사람처럼 펄쩍 뛴다. "절대 안 돼! 넌 공산주의자들이 우리를 집 밖으로 내쫓으면 좋겠니?" 나는 책의 내용만큼이나 어머니의 반응이 어리둥절하다.

카를 마르크스에 대한, 그리고 정치 일반에 대한 어머니의 입장이 다르다는 사실을 아버지도 아는지 모르겠다. 요즈음 아버지는 미테랑*이 드디어 드골을 '쫓아낸다'는 생각에 신이 나 있다. 반대로 어머니는 겁에 질린 것 같다. 나는 어떤 상황인지 알지 못한다. 샤를 드골은 대통령이고, 나는 그래서 그가 프랑스와 연관된 이름**을 가지고 있다고 생각한다. 미테랑은 모르는 사람이다. 내가 아는 것은 대통령 선거가 있다는 것뿐이다. 선거 날 우리 식구는 일 년 만에 외출을 한다. 아버지가 꼭 투표를 하려 했기 때문이다. 차에 오르기 전에 아버지는 어머니에게 작은 봉투를 건네주면서 지시한다. "투표함에 이걸 넣어." 그러고는 내 쪽을 돌아보며 덧붙인다. "넌 어머니 옆에 있다가 내 말대로 하는지 지켜보거라." 어머니는 불만스러워 보인다. 하지만 아버지의 말대로 한다. 선거 결과가 발표되는 날 아버

---

* 프랑스의 정치인으로, 1965년 대통령 선거에 좌파 연합 대표로 나왔다가 샤를 드골에게 패한 뒤 1981년에 대통령으로 선출된다.
** 드골이라는 이름에서 '드(de)'는 '~의'를 뜻하고, '골(Gaule)'은 고대 로마 이전 프랑스 땅에 있던 켈트족의 나라 갈리아를 뜻한다.

완벽한 아이

지는 "허구한 날 똑같은 목동 옆에서 울어대는 멍청한 겁쟁이 양떼"
라면서 화를 내고 욕을 쏟아낸다. 어머니는 아무 말도 하지 않지만
흡족해 보인다.

아버지는 나에게 마르크스 이야기를 자주 한다. "이제 너도 마
르크스를 읽었으니 인간에 의한 인간의 착취가 뭔지 알 거다. 노동
자의 해방은 마르크스의 말대로 노동자들 자신의 손으로 이루어야
한다는 것도 알겠지." 아버지는 그 말을 여러 번 되풀이한다. 나는
'해방'이란 말을 이해하지 못하고, 무슨 뜻인지 묻지도 못한다. 뭔가
염려스럽지만, 무조건 단호하게 대답한다. "네, 네." 내가 어디까지
거짓말을 하고 있는지, 또 얼마나 바보 같은지 아버지가 알게 될까
봐 떨린다. 혹시라도 아버지가 내가 제대로 아는지 확인하려 할 경
우를 대비해 몇 구절을 외워둔다.

내가 공부해야 하는 사람들이 더 있다. 플라톤, 카프카 그리고
니체다. 우선 플라톤과 『국가』. 플라톤은 아버지와 마찬가지로 비의
를 전수받은 사람이다. 아버지는 플라톤이 나를 자라게 해주고, 진
정한 빛을 알아볼 수 있게 해줄 거라고 말한다. 멍청하게 불빛을 향
해 달려들었다가 전구에 부딪쳐 죽고 마는 수많은 파리들처럼 가짜
빛에 이끌리지 않게 해준다는 것이다. 나는 또한 아버지가 이미 여
러 번 알려준 핵심 개념, 즉 인간들이 잡혀 있는 '동굴' 개념을 심화
시킬 수 있다.

어릴 때부터 아버지가 설명해준 바에 따르면, 동굴 안은 거의

완전한 암흑이지만 동굴 밖은 '빛'과 '아름다움'과 '자유'의 왕국이다. 동굴 안에 묶여 있는 인간들은 동굴 밖을 볼 수 없으며, 그저 감옥-동굴의 벽에 드리워지는 그림자들만 보고 살아간다. 아버지의 가르침은 늘 이렇게 끝난다. "우리집 철책 담 밖은 암흑에 빠진 동굴이다. 너는 집 안에서 내가 가져다주는 빛과 자유를 누릴 수 있지. 네가 얼마나 운이 좋은지 기억하거라!"

사실 어릴 때 나는 이 동굴 이야기에 큰 감명을 받았다. 마을에 가면 정말로 동굴이 있는지, 어둠 속에 묶여 있다는 불쌍한 사람들은 누구인지 궁금했다. 이제는 그것이 세상이 얼마나 나쁘고 사람들은 얼마나 무력한지 보여주기 위한 이미지라는 것을 안다. 나는 『국가』가 재미있다. 『자본론』과 마찬가지로 이해할 수 있는 내용은 거의 없지만, 그래도 『자본론』과 달리 『국가』의 구절은 마음을 편하게 해준다. 뜻을 몰라도 평온하고 차분한 어조를 따라가는 동안 아마도 수많은 의미가 들어 있으리라 짐작하면 마음이 편안해진다. 플라톤이 소크라테스 이야기를 하는 대목에서는 궁금해져서 어머니에게 소크라테스의 책도 읽어보고 싶다고 말한다. 어머니는 말한다. "안 돼." 왜지? 대답이 없다.

플라톤의 『국가』와 정반대로, 아버지의 가르침은 뒤죽박죽이다. 아버지는 무서운 사상들과 자신이 겪은 사건들, 그리고 잔혹한 역사적 사실을 뒤섞는다. 지난번에는 나를 불러놓고 자신이 가장 중요하게 생각하는 두 가지 주제, 즉 '에너지'와 '나치' 이야기를 다시 꺼냈

완벽한 아이

다. 아버지는 나에게 역사 속에 존재했던 모든 제국 중에 가장 강했던 제3제국이 몰락한 이유를 설명한다. 그것은 히틀러가 너무 서두른 탓에 에너지를 반대 방향으로 돌려버렸기 때문이다. 만卍 자를 뒤집어놓은 하켄크로이츠 상징만 봐도 짐작할 수 있다.

아버지가 보기에 히틀러의 선택은 최악의 실수다. 좋은 방향으로 돌려진 에너지만이 '빛의 인간들'을 도와서 세상을 회복시키고 몰락한 인류를 구원할 수 있다. 그런데 에너지를 좋은 방향으로 돌리려면 노력과 시간이 필요하다. 반대의 경우에는 큰 노력 없이도 더 큰 힘을 낼 수 있다. 그래서 그동안 사람들은 히틀러나 나쁜 나사송곳처럼 쉽게 나쁜 방향을 택하곤 했다. 나쁜 방향으로 돌려진 에너지는 혼란으로 향하고, 결국 그 에너지를 사용하는 사람들까지 해치고 만다.

히틀러 주변에도 훌륭한 사람이 있었다. 롬멜이다. 히틀러가 만일 롬멜의 말을 들었더라면 지금 세계는 달라졌을 것이다. 하지만 히틀러는 멍청한 생각들만 쏟아내는 쓰레기 같은 괴링의 말을 들었다. 괴링이 예술작품들을 훔친 것은 예술을 사랑해서가 아니라 자신의 주인인 총통 각하를 맹목적으로 흉내내느라 벌인 짓일 뿐이다. 더구나 괴링은 나약한 인간들이 으레 그렇듯이 양떼의 이기심과 멍청함, 탐욕을 이용할 줄 알았던, 그 누구보다도 위험한 인간이었다.

나는 장차 나를 무너뜨리려 할 그런 비열한 인간들을 경계해야 한다. 초인적인 훈련을 거쳐야만 그들에게 맞설 수 있다.

아버지는 그들이 나에게 가할지 모를 시험들에 대해 상세히 설명한다. 나의 입을 열게 만들 고문들이다. 예를 들면 손톱을 뽑는다든지, 젖꼭지를 집게로 자르거나 불로 지진다든지, 다리의 살을 베어내고 그 위에 소금을 뿌린다든지…… "그렇기 때문에 육신의 고통을 이겨낼 수 있어야 한다. 알겠느냐? 적들이 원하는 것을 내주지 않고 고문을 견뎌내야 한다."

아버지가 말하는 동안 눈으로는 계속 아버지를 응시하지만 내마음은 얼어붙고 있다. 한 가지 질문이 나를 괴롭힌다. 내가 정말 말하지 않고 버틸 수 있을까? 솔직히 못 버틴다. 아버지는 잘못 생각하고 있다. 나는 우월한 존재가 될 재능을 타고나지 않았다. 시련이 닥치는 순간 나는 곧바로 아버지를 실망시키고 말 것이다. 이미 나는 전적으로, 돌이킬 수 없이, 나 자신에 대한 기대를 접었다.

완벽한 아이

그레고르와 에드몽

    내가 읽어야 하는 작가들 중에는 카프카도 있다. 『변신』을 읽는 동안 나는 그레고르의 끔찍한 운명에 놀라 망연자실해진다. 왜 그런 일이 일어났는지는 아무도 모르지만, 아무튼 그레고르의 악몽은 그대로 현실이 된다. 아침에 일어나보니 밤사이 흉측한 해충으로 변해버린 것이다. 똑같은 운명이 닥칠지 모른다는 생각에 나는 숨이 막힐 만큼 두려워진다. 나도 그레고르처럼 비천한 존재로 변할지 모른다. 내가 처박힌 방이 창고가 되었다가 쓰레기장이 될지도 모른다. 그레고르를 떠올리면 욕지기가 인다. 그레고르가 꼭 나 같다. 아무도 그가 하는 말을 듣지 못하고, 아무도 그를 이해하지 못하고, 자기 자신조차 그렇다. 그레고르처럼 나도 말할 곳이 없고 친구도 없다. 나는 숨막히는 공간에 갇힌 바퀴벌레다.

    결국 쓰레기통에 던져지고 만 그레고르의 종말이 머릿속을 떠나지 않는다. 그전까지 나는 오디세우스의 모험을 꿈꾸었다. 그의 용기에 찬탄했고, 키클롭스를 상대한 그의 꾀에 황홀해했다. 혹은 쥘 베른의 책들에 나오는 필리어스 포그, 네모 선장, 사이러스 스미스, 새뮤얼 퍼거슨 같은 잊을 수 없는 영웅들을 꿈꾸기도 했다. 그런데 『변신』을 읽고 난 뒤로는 얼음같이 차가운 목소리가 머릿속에서 계속 말한다. "꿈 따위 다 포기해. 넌 그레고르 같은 종말을 맞게 될 거야."

다행히 한 시간 동안 자유 독서로 플라톤, 카프카, 니체가 아닌 다른 작가들을 읽을 수 있는 권리를 얻어냈다. 그리고 마침 알렉상드르 뒤마의 책은 아버지도 좋아한다. 아버지가 『파리의 모히칸』과 『붉은 집의 기사』를 추천해준다. 그 음침한 정치적 음모에서는 별다른 감흥이 느껴지지 않는다. 나는 아버지의 서가를 뒤져 아름다운 베이지색 장정에 흑백 삽화가 들어 있는 두 권짜리 『몬테크리스토 백작』을 꺼내든다.

나는 곧장 책 속에 빠져든다. 에드몽 당테스는 나다. 나는 그와 한몸이고, 그의 모든 감정을, 이유도 모른 채 닥친 끔찍한 처벌 앞에서 아무것도 이해할 수 없는 어리둥절함을, 왜 이래야 하는지, 언제까지 이래야 하는지도 모른 채 지하 감옥에 던져진 공포를 똑같이 느낀다. 그나마 남아 있던 희망이 사라졌을 때 그가 느낀 반항심과 분노와 절망까지도 그대로 느낀다. 에드몽 당테스가 벽에 머리를 찧을 때, 세상과 단절된 외로움 때문에 죽도록 고통스러워할 때, 에드몽 당테스는 나다. 그 책 속의 모든 것이 내 마음을 뒤흔든다. 그가 파리아 신부를 만날 땐 나도 함께 해방을 경험한다. 파리아 신부는 에드몽뿐 아니라 나까지 절망의 늪에서 건져주고 복수의 욕망에서

완벽한 아이

풀어준다. 한없이 이어지는 지식의 지평선을 보여주고, 그 지식들이 얼마나 큰 가치를 갖는지 알려준다. 당테스의 말은 그대로 내 말이다. "저에게 진정한 보물은 신부님의 존재이고, 신부님께서 제 마음속에 쏟아부어주신 지식의 빛줄기들입니다."

나는 그레고르다. 하지만 따라가야 할 모델을, 본보기를, 이상을 찾았다. 당테스가 나에게 자유의 길을 보여준다. 밤에 차가운 수돗물을 아주 가늘게 흘러나오도록 틀어놓고 몰래 머리를 감는 동안, 나는 그레고르를 떠나 당테스가 있는 곳으로 나아간다. 카틀랭 공장의 노동자들이 단호한 걸음으로 일터로 향하고 어린애들이 거리에서 웃고 떠들며 학교로 향하는 모습을 지켜보는 동안, 나는 당테스에게 다가간다. 삶은 세상 그 무엇보다 강하다. 언제나 해결책이 있다. 기필코 그것을 찾아내리라. 나는 굳게 믿는다.

하지만 아버지가 고함을 치며 화낼 때면 나의 자신감은 단숨에 무너지고 그레고르의 세상만이 남는다. 어머니의 눈길이 나를 향할 때면 나는 그레고르로 변하는 게 아니라 이미 그레고르다. 등껍질을 바닥에 대고 배를 드러낸 채 일어서지 못하고 네발을 우스꽝스럽게 허우적대는 그레고르다.

에드몽 당테스처럼 지금 나의 가장 큰 약점은 지식 부족이다. 진정한 지식을 얻지 못하고서는 자유를 얻을 수 없다. 나는 기숙학교에 들어가서 수학, 과학, 외국어, 세계사, 지리, 천문학, 자연과학을 배우고 싶다. 지금 내가 취할 수 있는 지식은 어머니가 아는, 그나마도 내게 마지못해 전해주는 한줌의 교과가 전부다. 이러다가는 질식사하고 말 것이다. 나는 어머니에게 제발 기숙학교에 보내달라고, 어떤 방식으로 가르치는 곳이든 상관없다고, 제일 엄한 학교라도 괜찮으니 어머니가 골라서 보내달라고 한다. 어머니가 대답한다. "어떻게 너는 디디에 선생의 가르침을 배신할 생각을 하니? 네가 말도 안 되는 소리를 했다고 이르진 않을 테니 운 좋은 줄 알아."

나는 실망감을 삼키고 어머니와 눈길이 마주치는 것을 피한다. 그리고 파리아 신부의 '지혜의 빛줄기'를 생각한다. 그 빛줄기가 무한한 공간을 가로질러 나에게 오는, 그 빛나는 손가락이 나를 어루만지며 위로해주는 상상을 한다. 파리아 신부의 빛줄기 아래, 내가 우리집 철책 뒤에 영원히 갇혀 지내는 혹은 쓰레기통 바닥에서 썩어가는 악몽의 장면들은 서서히 옅어지고, 서서히 지워지고, 마침내 지혜의 커다란 빛 속으로 사라진다.

어제 정원의 담 한 곳이 무너졌다. "결빙 때문이다. 날씨가 너무 추웠어." 아버지는 짐짓 단호하게 말하지만, 절대로 일어날 수 없는 일이 벌어지기라도 한 것처럼, 믿을 수 없다는 듯 목소리에 불안감이 담겨 있다. 벽돌들은 바깥쪽으로 무너졌다. "이웃집 밭에 떨어진 걸 치워줘야겠다." 아버지가 덧붙인다. "하지만 네가 할 일은 아니다. 넌 나가면 안 돼." 아버지는 이웃집 사람들이 화를 내며 따질까봐 불안해하는 것 같다. 나는 이웃을 보고 싶다. 한 번도 본 적이 없다. 이

완벽한 아이

웃. 나는 이 말이 좋다.

아버지가 급히 알베르와 레미를 부른다. 두 석공은 쇠말뚝 여러 개를 세워 철사로 연결한 뒤 마대 천을 걸어서 틈을 가린다. 임시방편이다. 결빙이 계속되는 동안에는 벽돌을 새로 쌓을 수 없기 때문이다. 알베르와 레미가 말한다. "날이 풀리기를 기다려야 합니다."

담이 무너진 뒤로, 어둠 속을 다니다가 버팀목들에 걸릴 위험 때문에 나의 '아침에 얇게 입고 걷기'는 취소된다. 그래도 아버지는 임시 설치물이 버티지 못할까봐 나에게 매일 11시 독일어 수업 전에 가서 살펴보라고 한다. 가는 시간과 오는 시간, 그리고 울타리에 아무 이상이 없는지 확인하는 데 필요한 시간까지 다 해서 십 분이 주어진다. 정확히 시간을 지켜야 한다.

그렇게 나는 매일 오전 수업이 끝나면 정원을 돌아보러 간다. 담이 무너진 자리까지 가서 거기 씌워놓은 마대 귀퉁이를 들어올린다. 엮어놓은 철사 틈새는 내가 지나가고도 남을 만큼 넓다. 나는 밤새도록 궁리한다. 서둘러 가면 몇 분을 남길 수 있을 테니 그 틈을 이용해서 담 밖으로 나가볼까? 아침에 결심이 선다. 나는 아버지의 시야에서 벗어나자마자 뛰기 시작한다.

담이 무너진 자리 앞에 서자 가슴이 두근거린다. 재빨리 마대를 들어올리고 철사 사이를 빠져나간다. 됐다. 넘어왔다. 바깥의 단단한 땅에 발을 디뎠다. 처음으로 아버지 어머니 없이, 거의 자유롭게, 나 혼자 집 밖에 있다. 나는 홀린 듯 주변을, 끝이 보이지 않을 만큼 멀리까지 펼쳐진 들판을 바라본다. 여기저기 낮은 산울타리와 잎이 떨어진 나무들이 보인다. 담 같은 건 어디에도 없다. 철책도 울타리도 없다. 공기도 담 안쪽과 다르다. 가슴이 부풀어오른다. 나는 망설이며 몇 발자국 떼어본다. 오른쪽에 낯선 물건들이 수북이 쌓여 있다. 겨우 몇 미터 거리다. 더 다가가고 싶다. 하지만 머릿속에서 시계가 째깍대며 서두르라고, 이제 그만 돌아가라고 명령한다.

나는 담 너머에 쌓여 있던 이상한 작은 물건들을 온종일 생각한다. 날씨가 좋아지고 있으니 곧 레미와 알베르가 벽돌을 쌓을 것이다. 어서 다시 나가볼 기회를 잡아야 한다. 이튿날 나는 더 빨리 달린다. 제한시간 십 분을 넘기면 혼날 테지만, 할 수 없다. 호기심이 이긴다.

나는 다시 담을 넘어간다. 공기의 냄새가 경이롭다. 나는 물건들이 쌓여 있는 곳으로 다가간다. 여러 가지 모양의 금속 조각들이 반짝이고 있다. 볼트들, 그리고 처음 보는 신기한 부품들이다. 대팻밥이 말려 있는 듯한 모양인데, 나무가 아니라 금속이다. 전체가 꼬불꼬불한 멋진 것을 하나 주워들고, 날카로운 가장자리에 손가락이 베이지 않도록 조심조심 주머니에 넣는다.

나는 넓게 펼쳐진 공간이 내 안에 배어들도록 심호흡을 한다. 머릿속의 째깍 소리와 함께 내 움직임을 재고 있을 아버지가 자꾸 떠올라서 다른 생각은 할 수가 없다.

이내 석공들이 담을 메우러 온다. 우선 임시로 만들어놓은 것을

완벽한 아이

치울 것이다. 나는 가리고 있던 것이 치워진, 길을 가로막은 장애물이 사라지고 드디어 열린 자리를 상상해본다. 하지만 레미와 알베르가 벽돌 쌓는 일을 끝내기 전에는 그쪽에 다가갈 수 없다.

쌓여 있던 신비스러운 물건들은 근처 카틀랭 공장에서 버린 금속 부품 같다. 설사 그것이 쓰레기라 해도, 내 방 커튼 안감에 정성스레 숨겨둔 나의 소중한 물건들의 가치는 조금도 줄어들지 않는다. 저녁에 방에 혼자 있을 때면 가끔 꺼내서 한참 동안 쳐다보기도 한다. 그것은 예기치 않게 찾아왔기에 마치 마법과도 같았던, 경이로웠던 탈출의 도취를 환기시켜준다.

주황색 책

정원을 관리하려면 많은 노동이 필요하다. 삽질, 채소 심기, 열매 따기, 말뚝과 울타리 새로 칠하기…… 어머니와 내가 많은 시간을 할애하는 일들이다. 가장 자주 되풀이되는 고역은 잡초 뽑기다. 원칙적으로 엉겅퀴는 '마뉘프랑스' 카탈로그를 보고 주문한 특수 장갑을 가진 어머니 담당이다. 하지만 아버지가 변덕이 나서 나에게 시킬 때도 있다. 나는 맨손으로 해야 한다. 최대한 뿌리 가까이를 잡으려 애써본다. 하지만 나는 별로 소질이 없다. 양손이 가시투성이가 될 때가 많다.

아버지는 손가락도 까딱하지 않는다. 옛날에 포도주를 운반할 때 쓰던, '리부른'•이라고 써 있는 상자에 버티고 앉아 어머니와 나의 노동을 '지시'하고 '감시'할 뿐이다. 그러다가 우리가 너무 멀어진 것 같으면 소리친다. "모드, 상자!" 나는 급히 달려가서 아버지가 "그

• 도르도뉴강이 대서양으로 흘러드는 지점에 위치한 도시로, 포도주를 비롯한 여러 교역품이 오가는 곳이었다.

완벽한 아이

만!"이라고 외칠 때까지 상자를 밀어야 한다. 그런 다음 아버지는 다시 앉는다.

시간이 갈수록 명령은 점점 짧아진다. 이제는 그냥 "상자!"라고만 한다. 하지만 내 머리 위로 떨어지는 아버지의 목소리는 여전히 벼락같다.

린다가 아르튀르의 무덤을 파헤치지 못하도록 설치한 전기울타리를 아버지는 무척 마음에 들어한다. 그래서 모두가 '규율 의식'을 지닐 수 있도록 정원의 길마다 전기울타리를 설치하기로 한다. 무엇보다 '외부'의 동물들, 특히 아버지가 끔찍하게 싫어하는 길고양이들이 우리집 정원에 돌아다니지 못하게 하려는 것이다. 아버지에게 고양이는 배신자이자, 사람의 에너지를 훔쳐가는 사악한 존재다. 아버지는 고양이들이 울타리 밑으로 들어오는 건 막을 수 없지만, 어차피 꼬리가 전깃줄에 닿아 감전될 테니 모두 잡히고 말 거라고 설명한다.

곧 정원 전체에 바둑판무늬로 전기울타리가 설치된다. 울타리가 세 겹이나 겹쳐지는 지점들도 있다. 아버지는 전깃줄을 가려 보이지 않게 하면 침입자들을 보다 효과적으로 함정에 몰아넣을 수 있다며 말뚝들을 녹색 '리폴랭' 페인트로 칠하게 한다.

이제 정원에서 떨어진 가지들을 주워야 할 때 나는 울타리들을 피해 돌아가야 한다. 바닥에 떨어진 가지들 중에 한쪽 끝이 전깃줄에 닿아 있으면 찌직찌직 불쾌한 소리가 난다. 하루는 관목들 사이에 난 잡초를 뽑다가 내 몸에 전기가 통한다. 나는 비명을 지른다. 내 소리에 놀라 상자 밑으로 주저앉을 뻔한 아버지가 버럭 화를 내며 고함을 친다. "바보 멍청이 같으니라고! 아무짝에도 쓸모없는 덜 떨어진 것!" 심지어 나더러 전깃줄을 두 손으로 제대로 잡고 있으라고, 그만하라고 말할 때까지 계속 잡고 있으라고 명한다. 전깃줄이 손에 닿는 순간 입안에 쇠 맛이 느껴지면서 심장이 마구 뛴다. 나는 겁에 질려 그대로 놓아버린다. 몇 번 다시 시도해보지만 성공하지 못한다. 아버지의 분노는 더욱 거세지고, 나는 결국 전깃줄을 손에 쥐는 데 성공한다. 하지만 머리가 불에 덴 것 같다. 몇 분이 지났는지도 모르겠다. 더이상 참을 수 없다는 것만 알 뿐이다.

아버지는 결국 의지를 키우는 훈련의 일환으로 '전기울타리' 훈련을 추가하겠다고 선언한다. 매일, 아니면 적어도 일주일에 한두 번 나는 전깃줄을 십 분 동안 잡고 있어야 한다. 얼굴에 아무런 표정을 드러내지 않고, 소스라치지도 찡그리지도 말고, 심지어 눈도 깜빡이지 않고 버텨야 한다. 그런데 생각했던 것보다 내가 제법 잘해낸다. 아주 불쾌하기는 하지만 이미 알고 있는 감각을 버텨내기만 하면 된다. 지하실에서 나올 때마다 늘 첫날과 똑같이 초주검이 되는 '죽음에 대한 명상'을 한 시간 동안 겪느니, 차라리 온종일 전깃줄을 잡고 버티는 게 나을 것 같다.

나의 의지력 향상 속도가 너무 더디자, 아버지는 새로운 유형의 훈련들을 추가한다. 예를 들어 수영장 쪽으로 시멘트 깔린 두 길이

완벽한 아이

만나는 살짝 솟아오른 지면 위에 서 있는 원형 파고라* 아래서 '회전 훈련'을 한다. 파고라 한가운데 서서 눈을 감고 있다가 아버지가 시작하라고 명하면 마치 팽이처럼 제자리를 돌아야 한다. 점점 빠르게 도는데, 그래도 원을 벗어나서는 안 된다. 그러다 아버지가 "스톱! 오른쪽 길로!" 혹은 "왼쪽 길로!"라고 말하면, 즉시 회전을 멈추고 흔들림 없는 발걸음으로 아버지가 지시한 방향으로 가야 한다.

결과는 형편없다. 심장이 조여오고, 관자놀이가 터질 듯이 뛰고, 다리가 휘청거리고, 경련이 일어난다. 그만 돌라는 명령이 떨어지면 똑바로 걸어보려 하지만 늘 비틀거리며 난간에 가 부딪친다. 그 순간 나는 임무에 실패했음을 깨닫고 공포에 사로잡힌다. 주변을 돌아보며 왼쪽 오른쪽을 구분해야 하는데 고개도 제대로 들지 못한다. 아버지가 실망한다. "흐지부지 끝낼 생각 말아라. 될 때까지 계속해야지. 의지만 있으면 할 수 있는 일이다."

수치심이 밀려온다. 아주 많이 힘든 훈련도 아니지 않은가. 내 뇌에 결함이 있는 게 아닐까? 어쩌면 아버지는 그 결함을 고쳐주려는 걸까? 회전 훈련은 나에게 크나큰 슬픔을 안긴 훈련 중 하나다. 저녁에 나는 침대에 누워 회전을 멋지게 해내는 순간을 상상하고, 정말로 완벽하게 해내기 위해 온 정신을 집중한다. 하지만 소용없

---

* 사방이 뚫린 차양 지붕을 만들어 등나무 따위의 덩굴식물을 올린 서양식 정자.

다. 실패다. 매번 더 고통스러운 실패다.

내가 아홉 살이 되는 날, 아버지는 모든 기념일을 거부하기 위한 새로운 의식을 시작한다. 나는 생일날 아침에 일층의 큰 방으로 불려간다. 일 년 중 그때쯤이면 너무 추워서 거의 들어가지 않는 방이다. 아버지는 자리에 앉은 내 앞에 주황색 수학책을 놓고 내가 풀어야 하는 문제들을 정해준 뒤 나가버린다. 다 풀기 전에는 절대 자리에서 일어날 수 없다. 첫번째 문제를 읽기만 해도 현기증이 난다. "A시와 B시는 20킬로미터 떨어져 있다. X씨는 10시에 기차를 타고 A시를 떠나 B시로 향한다. 기차는 시속 60킬로미터의 일정한 속도로 달린다. Y씨는 10시 10분에 자전거를 타고 B시를 떠나 A시로 향한다. 자전거의 속도는 시속 15킬로미터로 일정하다. X씨와 Y씨는 몇 시에 만나겠는가?" 자전거를 타고 가는 누군가가 도중에 속도를 바꾸는 문제도 있고, 수도꼭지에서 물이 새고 대야에 물이 차는 문제도 있다.

아무리 머리를 쥐어짜내도 문제풀이는 시작도 못한다. 울어서는 안 되고, 그냥 버려두고 나가서도 안 되며, 설명해달라고 해서도 안 된다. 나 자신이 점점 더 바보가 되는 것 같다. 시간이 흐르는 동안 나는 이것저것 계산해보고 숫자들을 긁적거려본다. 첫 문제는 나중에 풀기로 하고 다음 문제로 넘어간다. 하지만 두번째 문제도 똑같이 어렵다. 목이 말라오지만 다 풀기 전에는 마실 수도 먹을 수도

완벽한 아이

없다. 저녁식사 시간도 지나간다. 밤이 온다. 벌써 10시. 이대로 아버지에게 제출할 수밖에 없다. 내가 건넨 종이를 힐끗 쳐다본 뒤 아버지가 차가운 시선으로 날 노려본다. "정말 제대로 풀었다고 생각하느냐? 그렇게 생각한다면 놓고 가거라. 네 생각이 틀렸다면 한 문제 틀릴 때마다 세 문제가 추가될 거다." 나는 재빨리 종이를 들고 제자리로 돌아와서 다시 풀기 시작한다.

자정쯤에 어머니가 들어온다. "가서 자. 내일 아침에 다시 풀고. 아버지가 내일 아침은 먹어도 좋다고 하셨어. 하지만 그 이상은 안 돼." 나는 열에 들뜬 상태로 잠을 설친다. 밤새도록 꿈속에서 기차와 자전거가 전속력으로 달린다. 이튿날 아침, 나는 다시 주황색 책 앞에 앉는다. 아버지 시중을 드는 사십 분 동안만 문제풀이를 중단할 수 있다. 나는 두뇌를 총동원하고 고문하고 채찍질한다. 저녁이 다 가올 무렵 그때까지 푼 문제를 깨끗하게 옮겨 쓴다. 하지만 이대로 끝내도 될지 고통스러운 망설임에 휩싸인다. 아버지는 분명 이렇게 물을 것이다. "정말 제대로 풀었다고 생각하느냐?" 제대로 풀었다고 생각하느냐고? 아니다. 전혀 아니다.

나는 다시 한번 괴로운 밤을 보내고 정신이 멍한 채 깨어나 어디엔가 홀린 듯한 상태로 다시 주황색 책 앞에 앉는다. 끝없이 긴 시간이 흐른 뒤 아버지가 마침내 시험을 중단한다. 아버지는 주황색 책을 덮으며 말한다. "내년에 다시 해보자. 그때면 네가 두뇌를 제대로 쓰는 법을 배웠는지 확인할 수 있겠지."

1945년산 퀴베

병에 대한 아버지의 철학은 한 줄로 요약된다. "'아프다'는 없다. 그것은 머릿속에만 있는 말이다. 일어서라!" 나약한 자들의 머릿속에만 있다는 그것이 아버지를 공격할 때만은 예외다. 그럴 때는 즉시 모든 일이 중지된다. 쉼없이 굴러가던 나의 일정표도 멈춘다. 어머니와 나는 아버지의 방에 들어가서 문을 닫고 이중커튼을 친다. 그러곤 어둠과 침묵, 부동의 상태, 탁한 공기, 참기 힘든 밀폐의 냄새 속에서 아버지의 상태가 나아지기를 기다린다. 내가 나가지 못하므로 린다는 아침 8시부터 저녁 8시까지도 갇히지 않는다. 식사 시간도 상관없다. 어머니와 나는 아버지가 무언가를 먹고 싶어할 때까지 기다리는 수밖에 없다.

보통 아버지가 원하는 건 설탕을 듬뿍 넣고 익힌 쌀이다. 어머니가 내려가서 삼인분을 준비한다. 우리는 무조건 아버지와 똑같이 먹고 똑같이 마셔야 한다. 우선 우리는 아버지의 식사가 끝날 때까지 접시를 받치고 있는다. 아버지가 먹다가 흘려서 시트가 더러워지면 그것부터 닦은 뒤 아버지의 책상에서 먹는다. 어떨 때는 아버지

완벽한 아이

가 코냑 그로그* 를 마시고 싶어하고, 그러면 어머니가 내려가서 그로
그 세 잔을 쟁반에 가지고 온다.

나는 언제라도 요강 시중을 들어야 하기 때문에 아버지 옆을 떠
날 수 없다. 아버지의 호흡이 계속 '규칙적'인지 관찰하는 것도 내
임무다. 나는 규칙적인 호흡이 어떤 상태인지 잘 모른다. 문제가 생
기면 어떻게 해야 하는지도 모른다. 아버지가 말해주겠지 생각할 뿐
이다. 그래도 아버지가 잠들어 있을 때 가끔 거친 숨소리가 들리면
긴장하게 된다. 가까이 다가가서 살펴본다. 나는 새로 돋아나는 아
버지의 희끗한 수염이 싫다. 그래놓고 자책한다. 나는 못된 딸이다.

밤이면 어머니와 나는 각각 안락의자와 책상 의자에 앉아 두 팔
을 포개어 머리 밑에 받친 채 잔다. 그러다 밤중에 자리를 바꾼다.
제일 복잡한 문제는 화장실이다. 어머니도 나도 화장실에 다녀와도
되냐고 아버지에게 묻지 못한다. 우리는 방 안의 희미한 빛 속에서
갈팡질팡하는 눈빛을 주고받는다. 아버지가 요강을 찾을 때 비로소
우리도 풀려날 수 있다. 어머니는 그 순간을 이용해 화장실로 달려
가고, 나는 요강을 비우러 갈 때를 이용한다.

어머니와 나의 임무는 '밤샘 간호'다. 다른 일은 절대 할 수 없
다. 무언가를 읽어서는 안 되고, 쓰는 것도 그리는 것도 안 된다. 정

---

* 럼주에 더운물 혹은 우유를 섞고 설탕과 레몬을 넣은 음료. 감기에 걸렸
을 때나 추운 곳에서 몸을 덥히기 위해 먹는다.

리를 해서도 안 되고, 말을 나눠도 안 된다. 그로그를 마시고 나면 몸에 힘이 빠진다. 꼼짝 않고 있으려니 경련도 인다. 시간이 끔찍하리만치 길게 느껴진다. 사흘이 지나면 어머니나 내가 나가서 집 안과 정원에 별일이 없는지 확인하고 동물들에게 먹이를 준다.

그렇게 일주일 넘게 아버지 방에 갇혀 있던 적도 있다. 마음속에서 솟구쳐 폭발해버릴 듯했던 이상한 느낌이 기억난다. 그 느낌 뒤에는 끝이 보이지 않는 무감각 상태가 따라오곤 했다.

몸이 회복된 아버지는 곧바로 어머니와 나에게 '아무것도 안 하고' 낭비해버린 시간을 채워넣을 것을 요구한다.

거대하고 육중한 체구에도 불구하고 아버지는 몸이 약하다. 천식이 있고, 집에 난방을 거의 안 하는 탓에 늘 감기와 기관지염을 달고 산다. 남보다 훌륭하고 무서운 사람인데, 기사인데, 정신의 힘만으로 세상을 지배할 수 있는 의지의 화신인데, 그런 아버지가 어떻게 병약한 인간들처럼 자리보전을 하는지 나는 이해할 수 없다. 혹시 나 때문일까? 나처럼 무능력한 자식을 키우느라 너무 애를 쓰기 때문에 주기적으로 '에너지 충전'이 필요한가?

반대로 어머니는 바위처럼 단단하다. 독감에 걸려도 눕는 법이 없다! 어머니가 자리에 누운 건 지금까지 딱 두 번, 고열이 너무 심했을 때뿐이다. 그럴 때면 아버지가 직접 나선다. 평소 절대 발을 들여놓지 않는 부엌에 들어와서 나에게 그로그 만드는 법을 보여준다. 한 잔 가득 코냑을 따라서 데운 뒤 설탕을 수프 스푼으로 세 번 넣고

완벽한 아이

달걀노른자를 더한다. 그렇게 섞어놓은 그로그는 보기만 해도 끔찍하다. 나는 그것을 삼키는 어머니의 눈이 일그러지는 모습을 본 적이 있다.

나의 경우는 초인이 될 훈련을 하는 사람이기에 병이란 가당치 않은 일이다. 어쩌다 배가 아프거나 이가 혹은 머리가 아플 때면 나는 꼭 말썽을 저지른 기분이 든다. 혹시라도 열이 많이 나면 아버지가 '아스프로'•를 준다.

통증도 마찬가지다. 나는 통증을 느껴서는 안 된다. 한번은 작업장에서 일하다가 못이 튀어나와 있는 들보 위로 넘어지는 바람에 다리에 못이 찔렸다. 아버지는 피 흐르는 곳에 잘 스며들도록 위스키 반병을 부었다. "겨우 상처 하나에 조니 워커 레드를 반병이나 바쳤다. 내가 너를 얼마나 귀히 여기는지 알았으면 좋겠구나. 내가 지금 너를 위해 뭘 쓰고 있는지 잘 보란 말이다."

혀가 입천장에 붙어버리고 팔다리가 뻣뻣해지던 그때의 감각이 아직 그대로 느껴진다. 나는 소리쳐 울지 않기 위해 그야말로 젖 먹던 힘까지 다해야 했다.

이따금 내가 아버지 눈에도 엄살로 보이지 않을 만큼 심하게 아플 때가 있다. 나는 겨울이면 인후염이 잘 걸리는데, 그러면 양쪽 편도선이 탁구공만하게 부어오르면서 열이 나고 헛소리까지 하게 된

• 아스피린 계열의 의약품.

다. 자신이 지구상에서 가장 훌륭한 의사라고 단언하는 아버지는 다른 누구에게도 쓰지 않는, 오로지 나만을 위한 특별한 약을 만든다. 그것은 바로 올리브오일 참다랑어 통조림에 1945년산 퀴베* 백포도주를 부은 것이다. 기름만으로도 메슥거리는데다 참다랑어 조각이 편도선에 자꾸 걸리고 목이 아파서 삼키기도 힘들다. 포도주가 섞인 올리브오일은 진한 노란색이라 아버지 요강으로 쓰이는 유리병 속 오줌이 떠오른다. 하지만 나는 곧 모든 것을 잊고 아버지를, 오로지 지금 이 순간 믿을 수 없을 만큼 내 곁에 가까이 와 있는, 나에게 한 스푼씩 떠먹여주는, 내가 삼키려고 애쓰는 동안 컵을 들고 있는 아버지만 생각한다.

나는 눈앞에서 벌어지는 광경이 믿기지 않는다. 지금껏 아버지는 내 행복에 신경을 쓴 적이 없었다. 그런데 지금은 정말로 참아가며, 거의 다정하게 나를 챙기고, 심지어 나 때문에 마음을 졸이는 것 같다. 마치 아버지에게 내가 무슨 일이 있어도 구해내야 하는 소중한 존재가 된 것 같다. 평소의 내 삶과 너무 다르다. 내 몸이 어질거리는 열에 들끓는 동안, 내 머리는 산산조각 난다.

1945년산 퀴베 백포도주 탓도 있을 것이다. 나는 깊은 잠에 빠져 대부분의 시간을 보낸다. 아버지의 발소리가 들릴 때만 안개의

---

* 한 포도밭에서 나온 포도로 생산한, 명칭과 생산 연도가 같은 와인을 이르는 말.

　　　　　　　　　　　　　　완벽한 아이

숲에서 벗어난다. 아버지가 들어서면 그 거구의 몸이 방 안을 가득 채운다. 나는 반사적으로 숨을 멈춘다. 하지만 곧 내가 아프다는 사실을, 아버지가 오늘은 아버지가 아니라 의사라는 사실을 떠올린다. 아버지는 지금껏 한 번도 들어본 적 없는, 기묘하리만치 부드러운 목소리로 나지막하게 말한다. "딸내미, 이제 괜찮아질 거다." 아버지가 몹시 불편해하는 게 느껴지고, 나 역시 '딸내미'라는 말이 마음에 들지 않는다. 하지만 그것은 아버지가 드러낼 수 있는 유일한 애정의 표시이며, 아버지가 나에게 건넬 수 있는 유일한 애정의 말이다. 그게 어딘가! 나는 아주 짧은 순간 아버지의 불안한 눈빛을 마주하고, 그런 뒤에 우리는 서둘러 외면한다.

아버지의 손이 내 얼굴로 다가오고, 아버지의 긴 손가락이 내 이마 위에서 열을 확인한다. 이제 그 손이 내 뺨을 어루만져주길 나는 온 힘을 다해 기원한다. 손가락 끝으로라도 한 번만 만져준다면 바로 그 순간 이 집과 철책과 담이 사라지리라. 우리는 함께 바깥에서 자유롭고 행복하리라. 하지만 손길은 없다. 아버지의 손가락은 내 이마를 떠난다. 곧이어 아버지가 문 쪽을 향해 고함치는 소리가 지금까지의 마법을 깨뜨린다. "자닌! 모드 깼어! 백포도주 가져와!"

지하에서

알코올은 이제 나의 의지 훈련에 있어 핵심적인 역할을 한다. 아버지는 내가 일고여덟 살 때부터 나에게 식전주를 따라주었고, 식사 때는 포도주를 마시게 했다. 정신은 그 무엇보다 강하므로, 나는 알코올을 '버티는' 법을 익혀야 한다. 게다가 늘 술과 함께 진행되는 어려운 협상들에서는 잘 버티는 쪽이 승기를 잡을 수밖에 없다. 누군가에게 정보를 빼낼 때도 마찬가지다. 상대에게 자꾸 마시라고 부추기고, 나도 함께 마시고, 그렇게 몇 잔 마시고 나면 상대가 취하고, 결국 원하는 것이 내 손아귀에 들어온다. 나는 여전히 머리가 맑기 때문이다.

마찬가지로, 경쟁적으로 술잔을 들이켜다가 결투를 피할 수 없는 상황이 닥칠 때도 무기를 제대로 다룰 수 있어야 한다. 도대체 어쩌다가 결투를 피할 수 없게 된다는 말인지 궁금하지만, 나는 묻지 못한다. 아마도 나중에 기사가 되고 나서 일어날 수 있는 일이리라 짐작할 뿐이다.

커갈수록 마셔야 하는 술의 양이 늘어난다. 점심때는 식사 전에

완벽한 아이

물에 탄 리카르 한 잔을 마신다. 이어 식사중에 백포도주 한 잔을 가득 채워 마시고, 적포도주도 한 잔 마셔야 한다. 마지막으로 코냑 한 잔이 기다리고 있다. 그런데 우리의 식사 시간은 다 해서 십오 분뿐이므로, 그 모든 것을 빨리 마셔야 한다.

아버지는 리카르가 감염증 치료에 좋다고, 특히 입천장 염증을 치료하는 최고의 약이라고 믿는다. 때로 나에게 물도 섞지 않은 리카르를 삼키게 한다. 나는 리카르 원액의 냄새만 맡아도 머릿속에서 로켓이 폭발하는 것 같다. 첫 모금을 삼키면 잇몸에 불이 붙고, 불길은 곧 목구멍을 지나 위장을 태운다.

여기서 끝이 아니다. 한 달 혹은 두 달에 한 번씩 하는 '알코올과 의지'라는 특수한 훈련이 생겼다. 이 훈련을 위해 어머니와 내가 정원의 시멘트 구역에 흰색 '리폴랭' 페인트로 긴 띠를 두 개 그려놓았다. 폭 15센티미터에 길이 10미터다. 어머니와 나는 리카르 원액 한 잔, 그리고 위스키나 코냑 한 잔을 연달아 마신 뒤에 그 좁고 긴 10미터 길이의 흰색 길을 벗어나지 않고 지나가야 한다. 나는 온 힘을 다해서 악착같이, 거의 강박적으로 스스로에게 매달린다. 어떻게 해내는지는 나도 잘 알지 못하지만, 아무튼 나는 제법 잘해낸다.

나는 술이 싫고, 그중에서도 리카르 원액의 냄새가 싫다. 아버지에게는 당연히 아무 말도 하지 않는다. 아버지는 일꾼들뿐 아니라 아내와 딸에게도 자기만큼 마시라고 강요한다. 그러면서 알코올에 온갖 종류의 미덕을 갖다붙인다. 하지만 나는 책에서 읽은 알코올의존자들의 황폐해진 모습만 자꾸 떠오른다. 『카라마조프가의 형제들』의 드미트리가 그렇고, 『목로주점』에 등장하는 가련한 인물들이 그렇다. 만일 알코올에 져서 지배당하게 된다면 파멸해버릴지 모른다는 위험이 나를 압박한다. 그러니 악착같이 훈련을 버텨 이겨내려는 것은 나 자신을 위해서다. 내게 스승은 더 필요 없다. 내가 알코올에 맞서는 건 적들을 조종하거나 처부수기 위해서가 아니라, 파리아 신부의 은총의 빛줄기가 내게 오도록 하기 위해서다.

나는 구원의 이미지들, 강하고 매혹적인 주인공들로부터 힘을 얻는다. 나의 암흑 속에 희미한 빛을 밝혀줄 독서가 점점 더 필요해진다. 일 분이라도 틈이 나면 나는 곧바로 아버지의 서가를 뒤진다. 졸라와 모파상과 도데를 읽고, 『파리의 신비』*에 매혹된다. 어머니는 소설을 읽지 않고, 대중소설은 더 싫어한다. 아버지가 알렉상드르 뒤마를 칭송할 때면 어머니의 눈은 허공을 향한다. 어머니에게는 외젠 쉬 역시 형편없는 작가다. 하지만 나는 남편이 죽고 혼자 남은 여자와 고아 소녀를 지켜주는 로돌프를 사랑한다. "나는 살면서 이미 많은 고통을 받았소. 내가 어째서 고통받는 사람들에게 연민을 느끼는지 알잖소." 로돌프는 나를 '하층민'들의 세계, 도둑들의 세계로 데

---

* 19세기 프랑스 작가이자 사회주의 정치가였던 외젠 쉬가 일간지 '주르날 데 데바'에 연재한 대하소설로, 당시 파리 노동자들의 비참한 생활과 그에서 벗어나려는 노력을 그린다. 귀족 신분으로 노동자들을 돕는 로돌프가 주인공이다.

완벽한 아이

려간다. 그는 '타락한 인간들'의 가슴속에서 선함을 발견해내며 깊은 감동에 안긴다.

『백치』를 읽을 때는 금맥을 발견한 기분이다. 나는 도스토옙스키에 빠진다. 그의 책에 나오는 모든 인물에 매혹된다. 도스토옙스키의 인물들은 진짜처럼 실감나고, 너무나 복잡하고, 너무나 제멋대로다! 아버지가 좋아하는 '완벽한 존재들'과 달리 삶으로 진동한다. 증오하고 사랑하고 미칠 듯이 흥분한다. 비틀거리며 정신적 혼돈 속에서 허우적댄다. 스스로에게 수많은 질문을 던지되 답을 찾으려 매달리지는 않고, 욕망과 광기와 과오 속으로 달려든다. 도스토옙스키의 인물들은 보고 있기 힘들 정도로 아름답다. 나는 도스토옙스키를 통해 삶이 그동안 아버지와 어머니가 말해준 것보다 훨씬 끔찍하다는 것을, 온통 폭력과 오욕과 복수와 배신으로 얼룩져 있다는 사실을 알게 된다. 하지만, 그럼에도 삶은 살 만한 가치가 있다! 도스토옙스키의 인물들은 삶을 두려워하거나 의심하지 않고, 삶에 맞서 벽을 세우지 않는다. 반대로 삶을 사랑하고, 그 안에 잠기고, 필요하다면 아예 깊숙이 빠져버린다. 그들은 이렇게 말하는 것 같다. "뭐든 겪어볼 만한 가치가 있어. 더이상 두려워하지 마."

수업 도중에 어머니가 자리를 비울 때면 나는 교실 옆에 딸려 있는 창고방에 몰래 들어간다. 금지된 일이지만, 나는 신이 나서 종이상자들을 뒤진다. 별다른 물건 없이 기껏해야 침대커버나 낡은 서류들, 책 몇 권이 전부지만, 그래도 상관없다. 어느 날, 처음 보는 도스토옙스키의 책을 찾아낸다. 『지하로부터의 수기』다. 몇 줄밖에 읽을 틈이 없다. 내 방으로 들고 갈 수는 없다. 그랬다가 들키면 금지된 창고방에 들어간 것까지 들통나게 된다. 일단 옆에 쌓여 있는 낡은 식탁보 아래 책을 감추어둔다. 그러곤 이후에 들러서 한 번에 서너 페이지씩 읽는다. 주인공은 너무도 놀라운, 격정적인, 사악한, 신랄한, 이기적인, 고통받는, 비겁한 인물이다. 그를 뒤흔드는 모순적인 생각들이 소용돌이가 되어 나를 사로잡는다. 그는 사교성 없는 낙오자이고, 스스로 모욕당했다고 생각한다. 그는 복수를 위해 젊은 매춘부 리자 앞에서 훌륭한 사람인 척한다. 심지어 죄 사함을 받고 싶으면 찾아오라고 주소까지 건넨다.

그는 찾아온 리자를 짓밟는다. 하지만 리자는 그의 혐오스러운 가면 아래 커다란 고통이 숨어 있음을 알아채고 기꺼이 몸을 바친다. 아주 잠시 그는 리자의 너그러움에 마음이 흔들린다. 그녀의 진심을 믿고 싶어진다. 하지만 금세 다시 악령들에 사로잡혀 기필코 돈을 주겠다면서 리자에게 모욕을 안긴다. 리자는 그를 용서하지만 그대로 떠나간다.

나는 충격에 빠져 읽고 또 읽는다. 늘 숨어서, 늘 몇 페이지씩 읽는다. 나는 서서히 깨닫게 된다. 내 마음을 그토록 강하게 흔든 그 주인공은 바로 내 아버지의 모습이다. 둘은 똑같이 다른 사람들을, 세상을, 관습을 밀어낸다. 똑같이 광기 상태를, 거창한 말들을, 가혹함을 좋아한다. 어쩌면 아버지 역시 굳은 외관 아래 아직까지 벌어져 있는 상처가 있지 않을까? 아버지가 말하고 생각하는 것, 스스로 행하고 어머니와 나에게도 강요하는 것, 그 모두가, 아버지가 우리를 가두어놓은 이 세상 전부가 사실은 탁월한 통찰력이 아니라 은밀한 고통에서 나온 게 아닐까?

『지하로부터의 수기』를 읽을 때마다 결말에 담긴 냉혹한 교훈이 나를 죄어온다. 그 교훈은 나에게 이렇게 말하는 것 같다. "그에게서 아무것도 기대하지 마. 언젠가 자신의 광기를 깨닫는 날이 온다 해도, 그는 이미 돌이킬 수 없는 위험한 사람이야. 도망쳐!"

피라미드

나는 가만히 앉아 조용히 집중한 채로 식탁에 놓인 포크를 쳐다본다. 어머니도 맞은편에 앉아 나와 똑같이 하고 있다. 식탁 끝에 제왕처럼 버티고 있는 아버지가 굵은 목소리로 지시한다. "쇠붙이에 눈길을 고정해. 정신이 쇠붙이 안으로 들어가게 하라고. 정신적으로 장악하는 거야. 그리고 움직이게 해. 밀어봐."

나는 팽팽하게 당겨진 활시위처럼 긴장해 숨도 쉬지 못한다. 쇠붙이야, 쇠붙이야, 제발 움직여주렴. 내 두 눈이 탐욕스럽게 포크를 응시한다. 그러고 있으면 포크가 두 개로 보이기도 하고 때로는 세 개로까지 보인다. 가끔씩 옆으로 아주 조금 옮겨가는 것 같기도 하다. 물론 구부러지지는 않는다. 아버지도 거기까지는 바라지 않는다. 어머니의 숨소리는 차분하고 규칙적이지만, 나는 거의 호흡정지 상태다. 실패할까봐 겁난다. 아버지의 눈길이 나를 향한다. 내 머릿속에 들어와 내 정신의 상태를 관찰하는 것 같다.

한순간 포크가 구부러진다. 성공이다! 하지만 포크에 집중했던 눈의 힘을 잠시 뺐다가 다시 살펴보면, 포크는 그대로다. 어머니도

완벽한 아이

마찬가지다. 나는 실망한다.

아버지가 설명하길, 원래 처음에는 포크가 진동하기만 한다. 아직 정신에 대한 지배력을 유지할 능력이 없는 나에게는 당연한 일이다. 사실은 포크가 아주 조금 이동했는데, 나의 정신은 아직 경험이 부족한 탓에 그 이동을 미처 알아차리지 못하고 시선을 계속 같은 지점에 고정했다. 내 눈이 바라보는 곳과 포크가 옮겨간 곳과의 차이 때문에 진동이 느껴진 것이다. 점차 '지배'를 안정적으로 유지하는 법을 배우고 나면 포크를 통째로 다른 자리로 옮겨놓을 수 있게 된다. '첫 움직임'을 성공시키는 게 제일 어렵다. 그것만 깨우치고 나면 나머지는 저절로 따라온다.

같은 훈련을 다른 식으로도 한다. 몇 년째 서 있는 손목시계의 바늘을 움직이게 하는 것이다. 어머니는 아주 잘한다. 아버지와 나에게 10시 자리에 있던 바늘이 10시 1분 자리로 갔다며 의기양양하게 보여준다. 사실 아주 작은 손목시계인데다가 바늘이 잘 보이지도 않지만, 그래도 어머니 말이 맞는 것 같다. 나의 경우는 포크로 하던 때와 마찬가지로 눈알이 튀어나올 만큼 열심히 들여다보면 바늘이 춤추듯 흔들리고, 어쩌다 앞으로 움직인 것 같기도 하다. 심지어 뒤로도 간다! 훈련 덕분에 나의 정신력이 물질을 통제할 수 있게 된 걸까? 아니면 가느다란 바늘을 계속 쳐다보고 있자니 헛게 보이는 걸까? 모르겠다. 어쨌든 아버지는 그다지 좋지 않은 시력으로도 단호하다. 어머니와 나의 시계를 살펴보고는 됐다는 뜻으로 고개를 끄덕인다. 그 순간 나는 마음이 놓인다. 다 이해할 수는 없지만, 어쨌든 아버지가 만족한 표정이었으니 됐다.

나는 고요한 분위기에서 이루어지는 정신 집중 훈련이 마음에 든다. 적어도 그동안에는 고함소리가 날 리 없기 때문이다. 특히 물질에 대한 지배력을 키우기 위한 정신 집중 훈련을 포크와 시곗바늘로 하게 되어 좋다. 처음에는 '못'이었다. 못 훈련을 위해 아버지는 어머니에게 딱 한 번만 망치질을 시켜 두꺼운 나무판에 못을 박게한 뒤 나에게 건넸다. 나는 매일 손바닥으로 두드려서 못을 더 깊이 박아야 했다. 하지만 못 훈련은 몇 달 뒤 내 손바닥 한가운데 커다란 상처만 남긴 채 끝났다. 솔직히 말하자면 무엇을 위한 훈련인지 나는 아무것도 이해하지 못했다.

아버지 자신은 포크를 구부린다든가 시곗바늘을 움직인다든가 하는 저급한 일을 절대 하지 않는다. 그것은 배움 과정에 있는 '도제'들이나 하는 일이다. 아버지는 이미 아주 높은 수준의 정신력에 이르렀기에 마음만 먹으면 에펠탑도 구부릴 수 있다. 물론 실제로 하지는 않을 것이다. 에펠탑은 모든 빛의 존재들을 위한 상징이자 지표이기 때문이다. "에펠탑은 빛을 꼭대기로 모아 올리는 피라미드 형태다." 아버지의 설명에 따르면, 귀스타프 에펠도 프리메이슨이 었다. 오귀스트 바르톨디도 마찬가지다. 그가 만든 자유의 여신상이 무엇을 높이 들고 있는가? 횃불이다. 사람들은 모르고 있지만, 에펠탑과 자유의 여신상은 진동을 전달하는 일종의 중계기 역할을 함으로써 빛의 존재들이 순수한 에너지에 접속할 수 있게 해준다. 그렇게 빛의 존재들이 재생되는 동안 에너지의 순수한 기운이 온 우주에 퍼져나가는 것이다.

주변의 모든 것이 내가 알지 못하는 사이에 이토록 복잡한 과정으로 진행된다는 사실에 나는 어리둥절하다. 기껏해야 나비와 새들처럼 하찮은 것들에 경탄하는 나를 보고 아버지와 어머니가 '멍청한 시골 계집애' 취급하는 것도 무리가 아니다.

아버지가 시행하는 교육들을 통해 깨닫고 알게 된 바에 따르면 이집트인들, 특히 빛의 신 '라^{Ra}'를 섬기는 의식에서 볼 수 있듯이 멤피스의 대사제들은 피라미드 구조가 빛과 진동을 응축하는 힘을 지닌다는 사실을 알았다. 일반적으로 기하학적 구조는 에너지의 순환을 바꿀 수 있다. 모든 기하학적 구조 중에서도 막 숨을 거둔 파라오의 '생명을 잡아두기' 가장 좋은 것이 바로 삼각뿔 형태다. 기하학적 형태의 기본이라 할 수 있는 프리메이슨 삼각형과 그것을 입체로 세운 피라미드만 봐도 알 수 있다. 셋으로 이루어진 그 형태는 죽음의 과정에 맞서서 생명과 갱생과 환생을 낳는다.

모든 파라오는 산 자들의 세계에서 죽은 자들의 세계로 이동하는 법을 전수받은 위대한 선지자들이다. 파라오를 섬기던 하인들, 반려동물들, 그리고 아내들은 갈대밭을 지나 저승에서 삶을 이어갈 주인을 위해 미라와 함께 갇히고, 지상에서는 젊은 파라오가 그의 과업을 영원히 이어간다. 비의를 전수받지 못한 사람들은 알지 못하는 사실이 있으니, 파라오는 필요할 때는 반대 방향으로도 여행할 수 있다는 점이다. 우주의 비밀을 이미 이해한 그들은 자신들의 뜻에 따라 그 비밀을 드러내거나 감출 수도 있다.

이집트에 대한 가르침은 우리집에서 가장 엄숙한 장소인 넓은 당구실에서 이루어진다. 간혹 나는 거의 아무도 발을 들여놓지 않는 공간인 거실로 불려가기도 한다. 아버지는 전에 이 집에 살던 사람들의 기운이 그곳에 떠다닌다고 믿고 있다. 미혼의 늙은 세 자매가 세상과 단절되어 그 거실에서 말년을 보냈고, 먼저 죽는 사람을 나머지가 돌보다가 마지막 한 명까지 차례로 죽었다는 것이다. 그곳에는 바로 그 세 여자의 혼백이 갇혀 있다. 그래서 들어갈 때마다 아버지는 끝에 철제 삼각형이 달린 색 끈을 목에 건다. 나도 같은 끈을 걸어야 하지만 내 것은 흰색이다.

이어 아버지는 서가에 정리해놓은 나무상자에서 1달러짜리 지폐를 꺼내 그 인장印章 속에 있는 피라미드를 보여준다. 윗부분이 잘린 피라미드 위에서 빛나고 있는 삼각형은 빛의 신 '라'가 보내는 진동의 부름이다. 지폐에 이런 문양을 새긴 미국 건국의 아버지들은 모두 높은 계급의 프리메이슨이었고, 만지는 사람 누구라도 그 진동을 되찾게끔 지폐에 라의 부름을 찍어놓은 것이다.

그러니 미국이 세계에서 가장 강한 나라가 된 것은 전혀 놀랍지 않다! 아버지는 미국이라는 나라의 조직력과 근면함과 효율성에 찬탄을 숨기지 않는다. 미국 얘기를 할 때면 늘 일어서서 마치 자신이

완벽한 아이

미국인이라도 된 양 자부심 가득한 어조로 말한다. 반면에 프랑스에 대해서는 경멸뿐이다. "골족은 지리멸렬한 야만인 떼거리에 지나지 않았고, 베르셍제토릭스*는 백치 같은 자였다. 그러니 프랑스인들이 멍청한 것도 당연하지." 아버지가 자주 하는 잠언 같은 얘기가 있다. 무언가를 해야 할 때 프랑스인들은 "내가 할게"라고 말만 할 뿐 시작하지는 않고, 독일인들은 "내가 하고 있어"라고 말하면서 하고 있다. 미국인들은 이미 해놓고 나서 "내가 했어"라고 대답한다.

미국 대통령이 고위 프리메이슨인 것은 맞지만 그렇다고 지구상에서 가장 강한 사람은 아니다. 세계의 진정한 주인은 다른 두 명의 프리메이슨이다. 첫번째는 역사적으로 프리메이슨을 이끌어온 영국 여왕이고, 두번째는 정신계뿐 아니라 물질계까지 이끌어가는 숨은 실력자인 교황이다. 사실 바티칸 역시 최대한 많은 사람의 진동을 포획할 수 있는 독창적인 방법을 개발했다. 바로 널리 알려진 '우르비 에트 오르비'**이다. 교황이 산피에트로 대성당 발코니에서 광장에 모인 신도들을 내려다보며 그들의 모든 에너지를 끌어와 자기 것으로 삼는 그 특별한 손짓을, 신자들은 축복으로 받아들인다.

교황이 최강의 인물이라고 해서 교회 전체가 비의를 전수받은

- 골족의 부족장으로 카이사르에 맞서 싸웠지만 알레시아 전투에서 패했다.
- '도시(로마)와 전 세계를 향해'를 뜻하는 말로, 교황이 라틴어로 행하는 공식적인 강복과 강론을 지칭한다. 고대 로마의 성명문 서두에 쓰던 라틴어에서 비롯되었다.

사람들로 이루어진 것은 아니다. 제법 권력을 누리는 사제들은 보통은 불순하고 저급한 영혼을 지닌 초라한 인간들이고, 그래서 위험한 존재들이다. 나아가 신도들은 실제로 일어나는 일에 대해 아무런 생각이 없는 거대한 양떼일 뿐이다. 아버지는 그래서 늘 군중을 경계해야 한다고 충고한다. 여럿이 모여 있으면 개인들의 에너지가 서로 섞이고, 다른 사람들의 에너지를 자기 것으로 만들 줄 아는 강한 존재들한테 에너지를 빼앗길 수 있다. 우연하게라도 사람이 많이 모인 곳에 있게 된다면 서둘러 높은 곳으로 가야 에너지를 지켜낼 수 있다.

우월한 민족이 하나 더 있다. 기독교인들이 아니라 유대인들이다. 그들은 늘 쫓기며 살아왔기 때문에 자신들을 드러내지 못한 채겉으로는 보잘것없고 인색한 인간인 척해야 했다. 하지만 실제로는 박해받지 않는 민족들이 안락함밖에 모르는 '물러터진 인간들'로 변하는 동안 유대인들은 오히려 날카로운 지혜를, 서로 돕는 놀라운 방법을, 무엇보다 비밀의 의미를 키워왔다. 그 비밀이 없으면 그들은 가치 있는 어떤 것도 이루어낼 수 없다.

랍비들은 가톨릭 사제들보다 천배는 더 똑똑하다. 그들은 태곳적부터 에너지를 사용하는 법을 익혔다. 특히 일곱 개의 가지가 달린 촛대*를 사용한다. 그들은 고대 이집트에서 전수받은 마법의 전

---

* 일곱 갈래로 이루어진 촛대 '메노라'는 모세가 십계명을 받을 때 숲에서 발견한, 불이 피어오르나 타지 않던 떨기나무를 상징한다. 유대교 제식에서 사용되며, 신으로부터 나오는 진리의 빛을 의미한다.

통과 성스러운 경전들도 간직했다. 랍비 중에는 위대한 연금술사들이 있어서, 자신들만 아는 비법을 비밀리에 전수한다. 이는 히틀러가 유대인들을 말살하려 한 이유이기도 하다. 뒤집힌, 따라서 통제할 수 없게 된 '만' 자형 십자가를 랍비들이 차지해서 자기들보다 더 잘 사용할까봐 두려워한 것이다.

아버지는 우리가 유대인의 후손이라고 단언한다. 그러면서 큰할머니 사라와 큰할아버지 사뮈엘 얘기를 한다. 나는 한 번도 만나본 적 없고, 그들이 아직 생존해 있는지조차 알지 못한다. 어쨌든 아버지는 자신이 전쟁 동안 유대인들을 도와주었기 때문에 지금도 유대인들이 자신을 '한식구'로 대우해준다고 주장한다. 아버지가 큰돈을 벌 수 있었던 것 역시 그들 덕분이었다고 한다. "나중에 혹시 필요한 일이 생기거든 너 역시 내 딸의 자격으로 도움을 청할 수 있다. 기억해두거라." 나는 정보를 기억 속에 새겨둔다. 유일한 문제는 어디로 가야 그들을 만날 수 있는지 모른다는 것이다. 아버지는 어떻게 해야 그들과 연락할 수 있는지는 말해주지 않는다.

호랑이 카펫

매년 여름 새로운 공사가 벌어지는 정원과 달리, 집 내부는 아무런 변화도 없다. 어느 가구 위에 장식품 하나가 놓이면 영원히 그 자리에 봉인되는 셈이다. 그런데 어느 날 교실에서 나오다가 어머니가 복도의 페르시아 카펫 앞에서 걸음을 멈춘다. 이어 갑자기 생각이 떠오른 듯 말한다. "이 카펫은 이층 복도가 더 어울려." 정확히 규정하기 힘든 어조가 마치 내 의견을 묻는 것 같다. 나는 잠시 어리둥절하다. 지금껏 그 누구도 나에게 의견을 물은 적이 없기 때문이다. 늘 똑같이 반복되는 일상에 어쩌면 아주 미세한 변화가 일어날지도 모른다는 생각에 흥분한 나는 힘차게 동의한다.

붉은색 바탕에 늘씬하고 위풍당당한 호랑이들이 그려진 그 카펫을 나는 어릴 때부터 무척 좋아했다. 그걸 보면 우리 식구가 넓은 감옥과 다름없는 이 집에 틀어박히기 전, 릴에서 살던 시절이 생각난다. 그때 아버지는 놀랍도록 다정한 목소리로 나에게 말하곤 했다. "어떤 무늬를 계속 보고 있으면, 예를 들어 여기 이 호랑이에게서 눈을 떼지 않고 보고 있으면, 조금 후에 호랑이가 움직일 거다."

완벽한 아이

정말로 호랑이가 움직였다. 이제 나는 한시바삐 카펫째로 움직여보고 싶다.

어머니와 나는 삼층에서 카펫의 양쪽 끝을 잡는다. 이렇게까지 무거울 줄은 몰랐다. 하물며 바닥에 모켓까지 깔려 있으니 밀기도 힘들다. 결국 카펫을 말아서 옮기기로 한다. 카펫을 말다가 어머니가 몇 번이나 비틀거린다. 나는 터지려는 웃음을 참는다. 아버지는 평소처럼 식당에 있고, 우리 소리가 들려서는 안 된다. 그래도 폭소를 참기 힘들다. 분명 어머니도 나처럼 모리스 슈발리에*와 미스탱게트** 이야기를 떠올리고 있을 것이다. 남녀가 접촉하면 어떤 위험이 발생하는지 알려주기 위해 아버지가 자주 들먹이는 일화다. 슈발리에와 미스탱게트가 함께 공연중이었는데, 카펫이 걸린 무대로 두 사람이 등장하는 장면이 있었다. 그런데 하루는 펼쳐져 있어야 할 카펫이 너무 빨리 말려버리는 바람에, 얼싸안은 남녀가 열정적인 키스를 하는 장면이 놀란 관객들의 눈앞에 나타나고 말았다. "하물며 둘 다 이미 짝이 있었는데!" 아버지는 비난하는 어조로 말을 맺곤 한다.

어머니와 나는 한참 동안 씨름해서 겨우 카펫을 계단 앞으로 끌고 간다. 그런데 더 큰 난관이 기다린다. 중간의 계단참까지 끌어

•   프랑스의 가수이자 배우로, 특히 1920년대 파리의 뮤직홀에서 활동했다.

•• 1907년에 물랭 루즈에 성공적으로 데뷔한 뒤 파리 공연계의 스타로 인기를 누린 잔 플로랑틴 부르주아의 예명.

내리는 것만도 골치가 아픈데다, 그 뒤에 방향을 돌려 다시 나머지 계단을 어떻게 내려갈지 막막하기만 하다. 어머니가 속삭인다. "난간에 올려놓고 밀자." 우리는 둥글게 말린 카펫을 간신히 난간에 올린 뒤, 얍! 힘주어 민다. 카펫은 기우뚱해진 채로 내려가고, 심지어 멈추지 않고 계속 내려갈 기세다. 놀란 어머니와 나는 소리 나지 않도록 발끝으로 뛰어서 카펫이 일층으로 떨어지기 전에 간신히 붙잡는다.

큰일날 뻔했다! 정말로 아슬아슬하게 대참사를 피했다. 카펫이 계단 아래 늠름하게 놓인 청동 조각상을 덮칠 뻔한 것이다. 왼손에 지혜를 상징하는 공을 들고 있는, 아버지가 무척 아끼는 아테나상이다. 가르침도 이미 몇 차례 있었다. 우선, 왜 왼손인가? 왼손은 비의를 전수받은 사람들의 손이다. 공은? 플라톤이 정의한 관념계를 상징하는 구^{球}로서 무한 삼각형, 마방진과 함께 가장 완벽한 기하학적 형태다.

모든 게 상징이라 믿는 아버지는 삼각형 혹은 사각형 같은 근원적인 기하학적 형태들에 최고의 가치를 부여한다. 창조의 원초적 에너지가 일부 담겨 있기 때문이다. 그런 도형들을 이해하고 존중하는 것은 에너지를 올바른 방향으로 돌리는 법을 배우는 비교^{祕敎}철학의 첫걸음이다. 현자들의 마법 정사각형이라는 마방진에 대해 아버지는 아무 설명도 하지 않지만 나는 물어볼 엄두가 나지 않는다. 그냥 비의를 전수받은 현자들이 커다란 정사각 형태로 앉아 우주의 에너

완벽한 아이

지에 대해 토론하는 장면을 떠올린다.

어머니와 나는 마침내 카펫을 이층의 모켓 위에 까는 데 성공하고, 얼마 안 남은 수업을 끝내기 위해 재빨리 다시 올라간다. 오후가 저물 무렵 계단을 내려오던 우리는 카펫 앞에서 의견 일치를 본다. 여기 있으니 카펫이 훨씬 돋보인다. 하지만 이따 자러 올라올 때 아버지가 뭐라 할지 몰라서 살짝 긴장한다.

마침내 저녁 행렬의 시간이 온다. 아버지가 가운데, 어머니와 내가 앞뒤로 선다. 아버지가 앞으로 넘어질 경우를 대비해 앞에는 어머니가, 뒤로 넘어질 경우를 대비해서 내가 뒤에 서는 것이다. 호랑이 카펫은 이층 층계참 한가운데 전등 불빛 아래서 버티고 있다. 그런데 아버지는 카펫을 밟고 지나가면서도 별다른 말이 없다. 그대로 방으로 들어간다. 어머니와 나는 아버지의 등 뒤에서 초조한 눈길을 주고받는다. 취침 시중 동안에도 아버지는 계속 아무 말이 없다. 어머니와 나는 어리둥절해하며 방을 나와 자러 들어간다. 내일 알게 되려나보다.

이튿날 기상 시중 후에 어머니와 나는 다시 아버지를 따라 걷는다. 우리 둘 다 바짝 긴장한 상태다. 전날의 흥분은 이미 수그러들었다. 우리는 일렬로 서서 카펫을 밟고 계단을 향해 간다. 여전히 아무 말이 없다. 내가 아버지 앞에 서고 어머니가 뒤에 서서 함께 계단을 내려간다. 정말로, 말이 없다. 아버지는 한 마디도 하지 않는다.

그렇게 일주일이 지난다. 매일매일 우리는 아버지의 불호령이 떨어지는 순간을 기다린다. 하지만 그 순간은 오지 않는다. 어느 날 앞장서서 이층으로 올라가던 어머니가 마침내 입을 연다. 두려움을 견디기 힘들어서 그만 끝내고 싶은 건지, 아니면 아무리 작은 일이라도 아버지를 속일 수는 없기 때문인지는 모르겠다. 어머니가 망설이며 운을 뗀다. "저기…… 카펫을 이층으로 옮겨놨는데……" 어머니는 미처 말을 끝맺지 못한다. 아버지가 버럭 달려들었기 때문이다. 카펫을 확인한 아버지는 미친듯이 화를 낸다. "어떻게 이런 짓을 할 수 있지? 당장 원래대로 돌려놔!"

말처럼 쉬운 일이 아니다. 어머니와 나는 다리를 휘청거리며 카펫을 한 번에 1센티미터씩 끌어당긴다. 이따금씩 아버지가 방문을 거칠게 열어젖히고 고함친다. "뭐하는 거야? 아직 안 끝났어?"

카펫이 겨우겨우 삼층으로 돌아온다. 우리는 고개를 숙인 채로 아버지의 취침 시중을 들고, 서로 눈길을 피하며 각자의 방으로 돌아간다.

이튿날 아버지는 온 집 안을 돌며 혹시 다른 것도 손대지 않았는지 점검한다. 아버지가 분노에 찬 발걸음으로 이 방 저 방 살피는 동안 어머니와 나는 조용히 따라다닌다. 아버지는 가는 곳마다 자리가 바뀐 물건이 없는지 살피고, 언짢은 얼굴로 모두 제자리가 맞느냐고 다그친다. 다행히도 두껍게 쌓인 먼지가 우리 대답의 진실성을 증언해준다. 마지막으로 아버지는 시간이 남아도는 게 분명하다면서 우리에게 새 과업을 지시한다. 어머니는 회계 연습을 추가로 하

완벽한 아이

고, 나는 당들로*의 『음표 연습 교재』를 베끼기 시작한다.

하지만 일주일 동안 어머니와 함께한 짜릿한 공모의 대가치고 그것은 그다지 무겁지 않은 처벌이다. 매일매일 똑같이 반복되는 일상의 무게를 덜기 위해 어머니와 함께 무언가를 해보지 않았는가. 우리는 비밀을 공유하고, 같은 의문을 품고, 같은 불안과 같은 긴장을 느꼈다. 더구나 이번에는 어머니가 나 때문에 그르쳤다며 비난하지도 않았기에, 내 마음은 오히려 가볍기까지 하다.

이따금씩 나는 잠시 제자리를 떠나갔다 돌아온 호랑이들의 여행을 생각한다. 이제는 가구와 물건과 책을 모두 다른 자리로 옮겨 놓고 싶다. 일과표의 일정들도 마음껏 바꾸고 싶다. 마침내 가능한 변화의 문이 열린 듯한 기분이다. 우리 머리 위로 덮인 뚜껑이 완전히 봉해지지 않도록 하는 방법을 깨달은 것만 같다. 어머니와 내가 동무가 되어 또다른 모험들을 상상해본다면 삶이 얼마나 달콤해질까? 점점 더 무거워지는 아버지의 권위에 맞서서 우리가 또다른 작은 공모를 꾸밀 수 있다면 말이다.

• 프랑스의 작곡가이자 음악교육가.

티레의 히람

"나는 그 어느 시대에도, 그 어떤 장소에도 속하지 않는다. 나는 영적 존재로서 시간과 공간을 벗어나 영원히 산다." 아버지가 자기 자신에 대해 즐겨 하는 말이다. 점점 더 근원적인 문제들로 향해가는 가르침 중 주어진 설명에 따르면, 아버지는 이미 여러 번의 삶을 살며 빛의 존재들을 만나보았다. 아버지는 비교의 창시자로 꼽히는 위대한 피타고라스의 가르침을 받았고, 템플기사단의 갑옷을 입고 십자군전쟁에도 참여했으며, 완벽한 카타리파* 신봉자이기도 했고, 혼란스러운 프랑스대혁명기에는 주세페 발사모** 로 살면서 칼리오스트로 백작이라는 이름으로 명성을 얻었고, 또다른 위대한 선지자 생제르맹 백작*** 의 도제였던 적도 있었다.

* 중세에 프랑스 남부 알비를 중심으로 퍼져나간 기독교 교파로, 영육 이원론의 입장을 취하고 금욕주의를 제창했으나, 14세기에 로마가톨릭교회에 의해 이단으로 파문되었다.
** 이탈리아의 신비주의자이자 연금술사로, 스스로를 칼리오스트로 백작이라고 내세우고 다녔다.
*** 18세기의 모험가, 발명가, 연금술사로 유럽 전역의 궁정을 드나들었다.

완벽한 아이

여러 번 환생했기 때문일까? 아버지는 기적을 행할 수 있다. 생루이*나 메로빙거왕조**의 왕들처럼 손을 대는 것만으로 병을 치료할 수 있다. 사실 메로빙거의 왕들은 우리의 조상이다. 아버지가 되풀이해 말하길, "우리는 디디에 가문이다. 우리는 '무위도식하는 왕들'***의 후손이다. 우리는 순수하다". 아버지의 설명에 따르면 사람들은 '무위도식하는'이라는 표현을 잘못 이해하고 있다. 왕들이 그렇게 불린 것은 보다 고결한 질문들을 숙고하기 위해 발로 걷는 저급한 행위에 에너지를 낭비하는 대신 황소가 끄는 마차를 타고 다녔기 때문이다. 그들의 행동에는 '구체적 – 가시적 – 즉각적'인 것이 전혀 없었기에 그 지혜를 받아들일 준비가 안 된 세상의 비루한 인간들의 눈에는 게으름으로 보인 것이다. 하지만 그 왕들은 보이지 않는 우주에서 위대한 일들을 완수했다. 때가 무르익으면 그것이 얼마나 중요한 일이었는지 밝혀질 것이다.

아버지는 테이블 돌리기****도 할 줄 안다. 다시 말해 죽은 사람

- 　13세기 프랑스 카페왕조의 왕 루이 9세는 가난한 백성을 돌보고 병자를 치료하는 기적을 행하면서 '성자 루이'를 뜻하는 '생루이'로 불렸다.
- ● 　5세기부터 8세기까지 지금의 서유럽 지역을 통치한 프랑크왕국 최초의 왕조.
- ● ● 　프랑크왕국의 역사가 아인하르트가 카롤링거왕조 샤를마뉴 대제의 전기에서 전 왕조인 메로빙거왕조 말기의 왕들을 비하하기 위해 붙인 표현이다.
- ● ● ● 　심령술에서 사용되던 방법으로, 테이블에 둘러앉아 손을 얹어두면 영탁靈託에 의해 테이블이 한쪽으로 기울고, 그 순간에 죽은 영혼과 대화가 가능하다.

들의 혼백과 소통할 수 있다. 예를 들어 아버지는 저승의 할머니와 이야기한다. 그것을 심령술의 도제들이 하는 일과 혼동해서는 안 된다. 심령술의 도제들은 '천박한 혼령들'하고만 소통한다. 양떼는 그걸 보고도 기적이라고 찬탄하는데, 그 덕에 진정으로 선택받은 존재들이 고귀한 혼령들과 조용히 대화할 수 있으니 차라리 잘된 일이다. 마찬가지로 납을 금으로 바꾸는 사람들 앞에서 놀랄 필요도 없다. 그 정도는 연금술의 도제라도 해낼 수 있는 일이다.

아버지 같은 위대한 선지자들에게는 좀더 무서운 능력이 있다. 예를 들면 사람들의 머릿속을 들여다볼 수 있고, 최면을 통해 사람들을 통제할 수 있다. "나는 나약한 인간들을 마음대로 움직일 수 있다." 아버지가 자주 하는 말이다. 나약한 인간들은 원래가 자기 자신의 정신을 통제하지 못한다. 반대로 강한 사람들은 스스로의 정신적에너지를 완전히 통제한다. 그래서 통증이나 술로 인한 취기를 이겨낼 수 있고, 쇠붙이를 비틀 수 있으며, 물건들의 자리를 옮길 수 있다. 심지어 다른 사람들의 정신 속에 들어가 그들을 꼭두각시로 만들 수도 있다. 최면은 아주 강력한 수단이다. 특히 그 효력이 오래 지속되므로. 누군가를 한번 '재우기'만 하면 그 사람을 몇 년 동안 지배할 수 있다.

아버지는 나에게는 최면을 건 적이 없다고, 앞으로도 절대 없을 거라고 단언한다. 나는 강한 존재가 되어야 할 사람이기에 그 어떤 형태로든 정신적으로 장악되어서는 안 된다는 것이다. 훈련을 마친

완벽한 아이

뒤에 나는 우주의 거대한 재탄생이 도래할 수 있도록 나약한 인간들을 지배할 것이다.

하지만 나는 아무것도 지배하고 싶지 않다. 강하다는 게 결국 아버지처럼 이런 집에 틀어박혀 사는 거라면 싫다. 차라리 나약한 인간이 되어 카틀랭 공장의 직공들처럼 살고 싶다. 그럼에도 아버지가 기대하는 대로 '다른 사람들의 머릿속에 들어가기'를 해야만 한다면, 나는 그 기회를 이용해서 나약한 사람들을 해방시킬 것이다. 철책 문을 여는 내 모습을 상상해본다. 들어가서 다른 사람들을 소유하려는 게 아니다. 나는 갇혀 있는 사람들이 모두 도망쳐나올 때까지 문을 잡고 있다. 린다의 집 철책 문을 열어줄 때와 같은 감미로움이 느껴진다. 그러다 철책 밖으로 쏟아져나오는 사람들한테 밟힐 위험이 있지만, 상관없다. 상상 속에서 나는 사람들에게 자유를 주었다는 자부심으로 입가에 미소를 머금고 죽음을 받아들인다.

아버지가 작은 원탁을 돌리는 것도, 카드로 미래를 읽는 것도, 최면에 걸린 사람에게 명령을 내리는 것도 나는 본 적이 없다. 당연한 일이다. 아버지는 그 어떤 것도 증명해 보일 필요가 없는 완벽한 존재다. 아버지는 그런 능력을 어떻게 얻었을까? 인내하며 이끌어준 스승들이 있었는지는 모르겠다. 나는 아버지가 그런 능력을 타고났다고 이해한다. 아버지는 이 세상에 정말로 몇 안 되는, 남들과 다른 '선택받은 자'니까. 내가 가르침을 받을 자격이 된다면, 경의를 품고 배우는 제자가 된다면, 아버지는 그 모든 것을 나에게 전수해줄 것이다.

가르침 도중에 늘 아버지의 말투가 극도로 엄숙해지는 순간이 있다. "자, 내 말 잘 듣거라. 이제부터 아주 중요한 얘기를 하겠다." 아버지는 신비의 힘을 잘못 사용하는 자들에 대해 설명한다. 저열한 영혼을 지닌 이기적인 인간들이 권력과 부를 차지하기 위해 신비의 힘을 잘못 사용했다는 것이다. 히틀러가 그랬고, 그전에는 네로 황제가, 또한 템플기사단을 박해한 필리프 르벨*이 그랬다. 그 비열한 주술사들은 성스러운 힘을 더럽히고 세상을 더 깊은 혼란 속에 밀어넣었다. 나아가 우주가 물질의 감옥 속으로 추락하지 않도록 오랜 세월 동안 헌신해온 빛의 존재들의 활동을 가로막았다.

물질의 감옥으로의 추락이라는 비극을 설명하기 위해 아버지는 나일강가에서 영혼들과 대화하던 전생을 회고한다. "피라미드를 짓고 있었다. 아직 책도 없어서 서판으로 읽던 시절이었지." 그때 아버지는 훗날 서로 반대되는 힘의 균형을 상징하는 두 개의 기둥 야긴과 보아스**를 입구 양쪽에 세워 솔로몬 성전을 짓게 되는 티레의 히람***이었다. 아버지는 프리메이슨이라면 누구나 아는 현자 히람의

• '미남 왕 필리프'라는 뜻으로, 13세기 프랑스의 필리프 4세를 말한다. 십자군전쟁 이후 중앙집권화에 주력했으며, 프랑스 내의 템플기사단 삼천여 명을 이단으로 화형시키고 기사단의 막대한 자금을 몰수했다.

•• 구약성서 「열왕기」 7장에 히람이 솔로몬 성전의 주랑 앞에 놋기둥 두 개를 만든 뒤 '야긴(그가 세울 것이다)'과 '보아스(그에게 권능이 있다)'라는 이름을 붙인 이야기가 나온다.

••• 성경에는 티레(두로) 사람 히람이 두 명 나온다. 흔히 '티레의 히람'이라 불리는 이는 솔로몬 성전의 건축을 위해 자재를 보내준 '티레의 왕 히람'을 가

완벽한 아이

비극적인 운명에 대해 들려준다. 히람은 함께 일하던 석공들에게 배신당했다. 히람은 그들을 믿고 그 유명한 '장인의 비법'을 전수하려 했지만, 오만하고 조급한 동료들이 계략을 짠 것이었다. 그들은 히람의 '비법'을 전수받지 못한 채 신전 입구에서 그에게 칼을 꽂았다. 결국 비법은 영원히 알 수 없게 되었다. 히람의 비법이 사라진 그 일이 아버지와 아버지의 스승들에게는 세상이 물질의 감옥 속에 빠지게 된 추락의 기원이다.

히람의 죽음은 나에게도 절망을 안겼다. 그가 비겁한 동료들에게 배반당해서 죽지 않았더라면 아버지는 정상적인 삶을 살았을 테고, 그러면 나도 세상을 구원하라는 내 능력 밖의 임무를 맡지 않았을 것 아닌가. 심지어 아버지는 그런 비극적 사건이 반복된다고 믿는다. 아버지의 동료들이 다시 아버지를 죽이러 올 거라고 말이다. 하지만 이번에는 내가 있어서 그들의 범죄를 막아줄 것이다. 오랜 훈련 덕분에 나는 진정한 장인과 사기꾼을 구별할 수 있고, 가짜 형제들의 음모를 파헤칠 수 있으며, 아버지를, 즉 히람을, 그리고 그의 성스러운 원칙을 지켜낼 수 있다. 그것이 바로 내가 이 세상에 존재하는 이유고, 아버지가 나를 세상에 있게 한 이유다. 나의 싸움은 세

리키지만 여기서 말하는 히람은 '히람 아비프'로, 티레의 왕이 이스라엘로 보내 성전 건축에 참여하게 한 놋쇠공이었다. 프리메이슨의 전설에 따르면 히람 아비프는 솔로몬 성전 건축의 책임자였고, 성전 건축의 비법을 지키느라 죽었다.

상 전체에 있어 결정적인 중요성을 띤다. 내가 그 배신자들을 처부수면 빛의 존재들은 방해받을 일 없이 마침내 물질의 감옥에서 정신을 해방시키는 과업에 전념할 수 있기 때문이다. 그렇게 유구한 세월의 암흑 뒤에 마침내 모든 것이 정화되고 다시 태어나게 될 것이다.

그 거대한 시도를 완수하기 위해, 잘못된 길로 들어선 우주의 흐름을 바꾸어놓기 위해, 나는 엄청난 노력을 쏟아가며 단련해야 한다. 하지만 설사 그렇게 단련한다 해도 내가 나 자신의 임무를 온전히 받아들이지 않는다면 그 어떤 것도 해낼 수 없다.

나는 우선 계속 정신을 혼란스럽게 만드는 바보 같은 생각들과 어리석은 감정들을 떨쳐내야 한다. 그렇다. 세상은 낙원이 아니고 인간들은 성자가 아니다. 인간들은 서로 배신하고 도둑질하고 죽인다. 아무도 지켜보지 않으면 가차없이 야만적인 짓을 한다. "사랑이란 사람들 마음을 흐트러뜨리기 위한 엉터리 거짓이다. 누군가 너에게 사랑한다고 말한다고 그 말을 믿어서는 안 된다. 너의 힘 혹은 돈, 아무튼 무언가를 얻으려고 하는 말일 뿐이다. 절대, 절대, 절대 아무도 믿어서는 안 된다. 어떤 것이 너를 위한 일인지 말해줄 사람은 세상에 나 하나뿐이다. 내가 하라는 대로만 하면 세상을 지배하고 암흑을 무찌를 수 있다."

그런 전투를 치르기에 최적인 자리는 물론 교황이다. 하지만 불행히도 나는 교황이 될 수 없다. 교황이 되려면 주교 하나가 옷 속으로 손을 넣어 고환을 만져보고 라틴어로 "있다! 분명히 있다!"라고 소리치는 검사를 거쳐야만 하기 때문이다.

그래도 교황 대신 프랑스의 대통령이 될 수는 있다. 그보다 더 좋은 것도 있다. 아버지가 설명하길 "왕도 사라지고 대통령도 사라지지만, 마자랭이나 리슐리외나 퐁파두르 부인* 같은 사람들은 남는다". 어둠 속에서 모든 일을 지휘하는 이 막후의 실력자들은 비의를 전수받은 선지자들로, 다른 선지자들을 이끌어가는 임무를 수행한다. 출중한 교양을 지녔던 퐁파두르 부인은 생제르맹 백작을 후원하면서 원초적 에너지가 순환할 수 있도록 총체적인 의식의 수준을 높이려 애썼다. 두 사람은 그렇게 빛의 존재들의 환생을 도우며 계몽주의**의 도래에 기여했다. 반면에 마자랭과 리슐리외는 불행하게도 실패했다. 이득과 권력의 미끼에 걸려 에너지를 나쁜 쪽으로 사용해버린 탓에, 결국 끔찍한 병으로 죽었다.

퐁파두르 부인 외에도 나에게 영감을 줄 만한 강한 여인들이 더 있다. 예를 들어, 원래 나폴레옹 곁에는 우월한 존재였던 조세핀 드 보아르네가 있어서 그를 이끌어주었다. 하지만 점차 성공에 취한 나폴레옹은 조세핀의 이로운 영향력을 벗어남으로써 비참한 종말을 자초하고 말았다.

• 　리슐리외는 루이 13세, 마자랭은 루이 14세 때의 재상이다. 퐁파두르 부인은 루이 15세의 애첩이었다.
•• 　프랑스어로 '계몽주의(Lumières)'는 '빛(lumière)'의 복수형이다.

또다른 부류의 여인으로 샤를로트 코르데*가 있다. 사람들은 그녀의 행위가 즉흥적이었다고 주장하지만, 그것은 프랑스를 위한 행동이었다.

반대로 잔 다르크는 좋은 본보기가 아니다. 잔 다르크는 진리를 깨우치다 말았고, 교양도 부족했다. 그 결과 빛의 존재들을 돕는 대신 어리석은 종교적 헌신이라는 잘못된 길로 들어서고 말았다. 그래도 가르침이 좀더 깊었더라면 세상이 암흑의 길을 벗어나는 데 기여할 수 있었을 것이다. 빛의 존재들은 그녀를 비난하지 않았다. 오히려 템플기사단의 도움을 받아, 그리고 박해자로 잘못 알려진 코숑 주교**의 도움을 받아, 화형의 장작더미에서 그녀를 구해냈다. 흔히 그렇듯이 진짜 이야기는 비밀로 남아 있다. 아는 사람은 거의 없지만, 사실 잔 다르크는 나중에 결혼도 하고 평화롭게 살았다.

아버지가 가장 열정적으로 지지하는 사람은 블랑딘*** 이라는 특별한 여인이다. 그녀는 투기장에서 사자 밥으로 던져졌지만 정결함으로 오히려 사자들을 굴복시켰고, 결국 로마인들의 손에 죽음을 맞아 순교했다. 불행히도 블랑딘 역시 '가르침'을 받지 못한 여인이었다. 사자들이 자기 발아래 엎드렸을 때 그 자리에 모인 군중들의

---

*   프랑스혁명 당시 지롱드파를 지지하여, 자코뱅파를 이끌던 마라를 암살했다.
**   보베의 주교로, 루앙에서 행해진 잔 다르크의 재판을 주관했다.
***   고대 로마 시절 리옹에서 순교한 노예로, '리옹의 성녀'라 불린다.

완벽한 아이

힘을 모을 연설만 했더라도 황제를 죽이고 제국을 무너뜨렸을 것이다. 물론 군중을 조종하는 것은 극도로 섬세한 기술이다. "기다림이 너무 길어지면 양떼는 더이상 움직이려 하지 않기 때문에 서둘러 실행해야 한다. 그리고 일단 군중이 일어서면 곧장 그 자리를 벗어나야 한다. 군중은 결국 강한 자들에게 다시 맞서 그를 깨부수려 하기 때문이다."

아버지의 가르침이 끝나갈 때쯤 나는 기진맥진하다. 아버지는 나에게 블랑딘처럼 사자들을 굴복시키고, 잔 다르크처럼 군중 앞에서 연설을 하고, 그러면서 퐁파두르 부인처럼 섬세하고 기품 있게 행동하기를 기대하지만, 내가 어떻게 그런 놀라운 일들을 해낸단 말인가. 진짜 슬픔은 다른 데 있다. 아무도 모르게, 나는 초라한 삶을 동경한다. 나는 아버지를 배신한 딸이다.

라바이야크

여름에 정원에 무엇을 지을지 정하면(예를 들면 작업장, 새장), 그다음엔 어느 자리에 지을지를 정해야 한다. 그럴 때 진자振子가 등장한다. 어머니와 내가 정원에서 걸어다니는 동안 아버지는 나무상자에 올라가 있다가, 영감을 불러일으키는 자리에서 우리를 세운다. 그런 다음 안에 벨벳을 댄 초록색 케이스에서 꺼낸 진자가 실 끝에 매달린 채 돌아가는 것을 지켜본다. 어머니와 나는 아버지 뒤에 움직이지 않고 서 있어야 한다. 언제 끝날지 알 수 없는 긴 시간 동안 진자가 돌아간 뒤에, 마침내 아버지가 고개를 끄덕인다. 그러곤 진자를 다시 케이스에 넣는다. 이상적인 지점을 찾아낼 때까지 이 일이 끝없이 반복된다.

그런데 체조장의 경우는 진자의 제의도 지켜지지 않았다. 아르튀르의 무덤 위에 체조장을 짓겠다고 곧바로 정해버린 것이다. 평소에는 사후 세계와 에너지와 행성들에 대해 수많은 이론을 늘어놓더니 이번에는 아무런 설명도 없다. 마치 아르튀르가 존재했던 흔적 자체를 없애고, 내가 가장 가슴 깊이 사랑했던 존재가 완전한 망각

완벽한 아이

속에 지워지기를 바라는 것 같다.

체조장이 완성될 때까지 공중제비 연습은 식당에서, 물구나무 서서 걷기나 다리를 끝까지 벌리는 스트레칭은 베란다에서 한다. 아버지의 말에 따르면 언제든 서커스단에 뽑히기 위한 연습이다. 하지만 나는 하는 방법을 알지 못한다. 아버지와 어머니도 모르기는 마찬가지지만, 그래도 계속 설명한다. "두 손을 바닥에 대고 두 다리를 벽 쪽으로 올리거라. 그러고 나서 버텨." 어디에도 닿지 말아야 하기 때문에 아무도 내 다리를 잡아주지 않는다. 나는 무수히 시도하고 수십 번을 넘어진 뒤에야 어설프게 물구나무에 성공한다.

하지만 공중제비는 몇 달 동안 아무리 연습해도 안 된다. 두 다리를 '반대편'으로 보낼 수가 없다. 실패가 이어지자 아버지가 짜증을 낸다. 어머니도 다그친다. "자꾸 안 되는 건 하겠다는 마음이 부족해서야. 모든 건 의지의 문제라고." 나는 바닥에 떨어질 때마다 등이 아프다. 설사 정말로 서커스단에서 일하게 된다 해도 성공과는 거리가 멀다.

아버지는 내가 쥐를 무서워하는 것도 바보 같다며 고치려 한다. 오리알을 가지러 가서 아버지는 밖에 서 있고 나만 안으로 들여보낸다. 당장이라도 달려들 듯한 사향쥐들이 득시글하다. 비명을 질러도 안 되고 도망쳐도 안 된다. 만일 그랬다가는 밤새도록 오리들과 함께 갇혀 있어야 한다.

사향쥐는 늪 주변에도 많다. 시커먼 물속을 헤엄치는 쥐도 자주 보인다. 쥐를 보고 겁먹었다는 사실을 들키면 아예 늪 속에 들어가야 한다. 다행히도 아주 드문 일이다. 아마도 어머니가 아버지를 만류하는 것 같다. 나중에 나를 꺼내주러 늪에 들어가기 싫으니까 다른 벌이 더 좋은 것이다. 쥐에 대한 공포심은 사라지기는커녕 오히려 내 강박관념이 된다. 정원 시설물들에 설치된 빗물받이 아연 홈통을 청소하는 것도 어머니와 나의 일이다. 커다란 사다리를 걸쳐놓고 한 사람씩 번갈아 올라가서 빗물의 흐름을 가로막는 썩은 나뭇잎들을 치워야 한다. 한번은 역겨운 나뭇잎 뭉텅이를 긁어모으는데 손끝에 이상한 게 느껴진다. 확인해보니 한쪽 눈알이 안구에서 빠져나온 쥐의 사체다. 나는 다리에 힘이 빠지면서 중심을 잃고 사다리 가로대에 부딪쳐가며 바닥으로 떨어진다. 그 뒤로는 의식이 없다.

그날 이후로 아버지 입에서 "오늘 홈통을 청소하라"라는 말이 나오는 순간 내 속에서는 욕지기가 올라온다. 어머니는 가볍게 사다리를 올라가고 제일 높은 칸에 서서도 아무것도 잡지 않은 채 균형을 유지한다. 보고 있기만 해도 현기증이 난다.

공포에 사로잡힐 때마다, 내 몸에서는 정말로 팔다리를 잡아당기는 힘이 느껴진다. 아버지가 말해준 라바이야크*의 처형 순간처럼, 내 몸이 거열형車裂刑을 겪고 있는 것 같다. 사람들이 그의 팔다리에

---

* 16세기 프랑스 종교전쟁중에 활동한 구교 광신도로, 신교를 용인하며 종교갈등을 봉합하려 한 앙리 4세를 시해했다.

완벽한 아이

말을 한 마리씩 매달고 사지를 당겨 찢어낸 뒤 하루 이상 그대로 바닥에 내버려두어 공포 속에서 죽게 했다고 한다. 심지어 아버지는 책까지 펼쳐 〈라바이야크의 처형〉이라는 끔찍한 그림을 내 앞에 내민다. 아버지가 말하는 동안 나는 라바이야크가 된다. 나에게는 아무런 희망도 없다. 흥분한 군중이 내 처형 장면을 구경하는 동안 한없이 이어지는 임종의 시간을 치러낼 뿐이다.

나는 온몸이 굳어버린다. 아버지의 말도 더는 귀에 들어오지 않는다. 아버지는 라바이야크가 음모의 희생자라고, 앙리 4세를 시해한 것은 왕과 함께 마차에 타고 있던 다른 사람이라고 주장한다. 나역시 죄 없이 죄인으로 몰려 잔혹한 죽음을 당할 수 있다는 사실을 머릿속에 새겨두어야 한다는 것이다. "그게 바로 진정한 인간의 본성이다. 네가 아무리 결백해도, 아니 네가 결백할 때 더더욱 바깥세상은 너에게 그런 일을 저지를 수 있다. 우리의 의지와 정신력만이 우리를 지켜준다."

사다리 위에 올라서 있을 때 팔다리가 뜯기는 그 느낌은 너무도 끔찍하고 파괴적이어서 나의 몸은 서서히 빗발치는 총탄 속의 병사처럼, 정확히는 꼭두각시처럼 무조건 앞으로 걸어나가는 법을 배운다. 생명이 나를 떠나고, 모든 게 사라진다. 나는 무생물이다. 한 가지 훈련이 끝나도 안도감이나 자부심, 만족감, 그 어떤 것도 없다. 그저 사막으로 변한 몸뿐이다. 한참 뒤에 감각들이 되돌아오기는 하지만, 아주 힘겹다. 이미 활기를 잃은 생명이 한 방울 한 방울 돌아오는 것 같다.

한 달에 한 번 하는 '죽음에 대한 명상' 훈련 때 살아남는 것도 마찬가지다. 지하실에 큰 공사가 있었다. 바닥을 더 파고 콘크리트로 덮은 뒤 그 위에 타일을 깔았다. 이제 쥐들이 다가오는 것을 감지할 수 있고 쥐들의 '공격'을 이겨낼 수 있으리라 기대하지만, 불행히도 바로 그 타일 때문에 지하실 구석구석에서 쥐들이 움직이며 내는 모든 소리가 내 귀에 너무 잘 들린다.

어쨌든 나는 암흑 속에서 내 앞에 나타나기로 되어 있는 빛의 존재들에 집중한다. 아버지는 지난밤 할머니가 찾아왔었다는 말을 자주 한다. 나는 할머니의 혼령을 만날까봐 무섭다. 죽은 사람들은 모든 것을 안다고 하지 않는가. 할머니가 아버지한테 가서 내가 훈련은커녕 겁에 질려 벌벌 떨고 있다고, 쥐들 때문에 정신이 흐릿해져서 전구에 다시 불이 들어오기만 기다리고 있다고 알려줄지도 모른다.

완벽한 아이

벽돌담

훗날 임무를 수행하기 위해 위험한 세상에 발을 들여놓게 될 때 나는 한 가지를 기억해야 한다. 프리메이슨 그랜드 마스터이자 강력한 비밀결사의 구성원인 위대한 기사의 딸 자격으로 나는 언제나 보호를 요청할 권리가 있다. 그러니 납치당하거나 총살 집행반 앞에 서게 되더라도 겁먹을 필요가 없다. 잊지 않고 두 손을 십자가 모양으로 겹쳐 머리 위로 올리면서 "과부의 아이들이여, 나에게로!"*라고 소리치기만 하면 된다. 그러면 도움이 올 것이다. 총살 집행반 중에 누군가 뛰어나와서 나를 구해주거나, 가까이서 밭을 경작하던 농부가 칼을 뽑아들고 달려올 것이다. 혹은 지나가던 사람 중 프리메이슨이 어떻게든 도와줄 것이다.

물론 내 쪽에서도 일련의 준비 훈련이 되어 있어야 한다. 예를 들어 정신력을 내 손에 집중해 수갑에서 빠질 정도로 가늘게 만들

---

* 히람 아비프가 '과부의 아들'이었던 데서 비롯한 표현으로, 프리메이슨 단원을 지칭한다.

수 있어야 한다. 혹은 정신력으로 철제 수갑이나 마^麻 밧줄을 '움직일' 수 있어야 한다. 또한 눈을 감고 육체를 떠나 옆방의 사람들이 나누는 말을 들으러 갈 수 있어야 한다. 물론 나에게는 이론일 뿐인 가르침이다. 나는 아직 어리기 때문에 괜히 몸을 '비워두고' 나갔다가는 나보다 강하고 경험 많은 누군가한테 몸을 빼앗길 위험이 있다. 그러면 내 정신이 다시는 내 몸과 합쳐질 수 없게 되는 것이다. 그런 훈련은 비의를 전수받을 수 있는 스물한 살이 되기를 기다렸다가 시작해야 한다.

사실 총살의 위험은 별로 실감이 나지 않는다. 반면에 정신이 내 몸을 떠난다는 생각을 하면 온몸에 식은땀이 흐른다. 아버지는 나약한 인간들이나 두려움 속에 편안히 숨는 법이라고 단언한다. 하지만 나는 아무리 노력해도 늘 두렵다.

얼마 전부터 아버지는 자신이 다른 사람들의 정신 속에 들어갈 수 있다고, 언제든 원할 때 누구의 머릿속에나 마음대로 들어갈 수 있다고 주장한다. 심지어 아무도 볼 수 없게 옮겨갈 수 있기 때문에 굳이 물리적으로 같은 자리에 있을 필요도 없다는 것이다. 나는 아버지에게 절대 그 어떤 것도 숨길 수 없음을 깨달아야 한다. "나는 어디에나 있고 모든 것을 볼 수 있다. 네가 무얼 하든 다 알 수 있다." 그런데 아버지는 왜 자꾸 저 말을 할까? 내가 털어놓기 힘든 생각들과 계획들을 감추고 있다고 생각하나?

때로 침대에 누워 있으면 슬픔이 옥죄어온다. 나는 다정한 누군

완벽한 아이

가가 나를 위로해주고 있다고 상상하면서 마치 아기를 흔들어 재우듯 내 베개를 흔들어준다. 내가 듣고 싶은 말을 입으로 소리 내보기도 한다. "아가야 울지 마. 걱정하지 마. 넌 혼자가 아니야. 넌 사랑받고 있어. 알잖아. 넌 네가 생각하는 것처럼 나쁜 아이가 아니야. 너도 알게 될 거야." 하지만 그 목소리는 곧 비난의 목소리에 밀려난다. "잘하는 짓이다! 이젠 동정이 필요해? 쇼하지 마!"

그러면 마치 버튼이 눌린 듯, 나는 이겨낼 수 없는 충동에 사로잡혀 나 스스로를 벌하기 위해 손톱을 허벅지에 박아넣는다. 그래도 부족하면 팔 위쪽을 거칠게 깨문다. 상처가 생겨도 눈에 띄지 않는 자리다. 나는 살 속에 내 이를 점점 더 깊이 박아넣고, 입을 점점 더 세게 다물며 버틴다.

하루 또 하루, 밤마다 피가 날 때까지 나 자신을 학대한다. 이상하게도 그러고 있으면 마음이 편해진다. 내가 원할 때 스스로 멈출 수 있는 고통이기 때문일까? 언제 고통이 시작될지 내가 결정하고, 언제 끝날지 정하는 것도 나다. 모든 게 나한테 달려 있다는 생각을 하면 아무리 아파도 위안이 느껴진다.

이 끝없는 공포 속에서 사는 게 너무 지겹다. 왜 시작되었는지, 언제 끝날지 알지 못하는 상태로 그저 감내해야 하는 공포와 고통이 끔찍하다. 악물었던 이를 조금씩 풀기 시작하면 증오와 경멸이 서서히 사라진다. 머릿속에서 폭풍처럼 몰아치던 욕설들도 가라앉고, 나는 서서히 잠이 든다.

내 생각의 세계 속에 아버지가 들어와서는 절대 안 된다. 나는 막연하게나마 막을 방법을 찾아본다. 아버지가 내 머릿속에 마음대로 들어온다면 내가 사랑하는 존재들까지 위험에 처하게 된다. 예를 들어 내가 린다를 정해진 시각보다 조금 일찍 꺼내줄 때 아버지가 내 머릿속을 '읽으면' 보나마나 린다를 벌줄 것이다. 그것만은 절대 안 된다. 나는 머릿속을 비우기로 한다. 모든 생각을 지워보려고, 차라리 아무것도 생각하지 않으려고, 아예 생각을 하지 않으려고, 내 머릿속에 생각이 '없게' 만들려고 노력한다. 린다의 집을 열어주면서 나는 마음속으로 되뇐다. '생각이 없다. 생각이 없다……' 마찬가지로, 우리집 정원에 들어와서 새끼를 낳은 길고양이 비비슈를 숨길 때도 머릿속을 일종의 암전 상태로 만든다.

때로는 내 머릿속으로 들어가는 입구에 '벽돌담'을 세우고 그 뒤에 숨어서 생각한다. 알베르와 레미의 일을 돕던 중에 떠오른 방법이다. 나는 석공들이 담을 쌓는 작업을 자주 지켜보았기 때문에 진행 과정을 잘 안다. 극도로 집중해서 여러 가지를 하나하나 확인해야 한다. 회반죽이 너무 묽거나 빽빽하지 않아야 하고, 한 번에 흙손에 묻히는 반죽 양이 많지도 적지도 않게 정확해야 한다. 벽돌을 얹을 때와 쌓을 때의 자세도 정확해야 하며, 한 줄 한 줄 높이가 일정한지도 확인해야 한다. 그러다보면 어느새 담이 만들어지고 담 너머가 보이지 않게 된다! 나는 배운 것을 머릿속에 그대로 적용해본다. 흙손에 회반죽을 떠서 바르고, 붉은 벽돌 하나를 회반죽에 얹고, 다시 회반

완벽한 아이

죽을 바르고, 다시 또 벽돌을 얹고…… 그렇게 한 줄을 완성한다. 이어 두번째 줄을 만들고, 계속 나아간다. 머릿속에서는 마음대로 속도를 낼 수 있기 때문에 담이 순식간에 만들어진다. 혼자 머릿속으로 담을 떠올리기만 하면 몇 초 안에 쌓아올릴 수 있다.

나는 벽돌담을 가끔, 특히 무언가 몰래 하고 싶을 때 세운다. 만일 아버지가 담을 보면 그냥 내가 멍청한 짓을 했다고 생각할 것이다. 아버지는 노동자들이 나사 조이기 혹은 조립라인 작업처럼 반복적인 일을 하기 때문에 바보가 된다는 얘기를 자주 한다. 늘 같은 일을 하게 하는 게 바보로 만드는 가장 좋은 방법이다. 그래서 사람들은 늘 같은 날, 예를 들어 7월 14일에 혁명 기념일 축하 무도회에 가고, 12월 31일에 똑같이 모여 먹고 마신다. 몸이 같은 행동을 반복하면, 정신도 그 행동을 받아들여 아무 생각 없이 낮이나 밤이나 반복하게 된다. 그래서 나는 혹시라도 아버지가 내 머릿속의 벽돌담을 본다 해도 지난번에 알베르와 레미가 했던 벽돌담 작업에 내가 '오염'되었다고 믿어버릴 거라고 생각한다.

어머니 역시 내가 다른 생각을 할까봐, 속생각을 감추고 거짓말을 할까봐 늘 걱정한다. "네가 거짓말을 하면 난 곧바로 알 수 있어. 내일 아침 네 아버지가 죽어 있을 테니까." 어머니의 협박에 내 머릿속이 불타는 것 같다. 가끔 아버지와 어머니 없이 자유롭고 행복하게 사는 상상을 하기는 하지만, 정말로 아버지 없이 나 혼자 이 위험한 세상에 남겨진다는 생각을 하면 공포가 밀려온다. 그런데 이상하다. 한시도 쉼없이 나를 지켜보면서, 도대체 내가 어떻게, 그리고 무엇에 대해서 거짓말을 한다고 의심하는 걸까? 내가 무조건 완전히 투명해야 한다고 계속 닦달하는 어머니 때문에 오히려 내 머릿속에 악마적인 생각 하나가 튀어오른다. 작은, 아주 작은, 정말 작은 거짓말 하나만 해보자. 어떻게 되는지 한번 해보자.

사실 호랑이 카펫 사건으로 나는 이미 의혹을 품기 시작했다. 아버지가 뭐든지 다 알고 모든 걸 볼 수 있다면, 어째서 일주일 내내 아침저녁으로 카펫을 밟고 다니면서도 우리가 옮겨놓은 걸 몰랐단 말인가. 하마터면 성스러운 아테나 청동상이 산산조각 날 뻔했는데 어떻게 느끼지도 못했단 말인가.

망설임 끝에 나는 지극히 사소한 한 가지 규칙을 어겨보기로 한다. 나는 소변볼 때 화장지를 딱 한 장만 써야 한다. 옛날에는 여자들이 화장지를 아예 쓰지도 못했으니 그 한 장조차 '은혜'라는 것이다. 어머니가 수시로 확인한다. "더 많이 쓰지 않았지?" 나는 아니라고 대답한다. 어머니가 덧붙인다. "맹세할 수 있어?" 어느 날 나는 두 장을 쓰기로 한다.

잠자리에 들 때까지는 아무 문제가 없다. 하지만 밤이 되자 악몽이 나를 괴롭힌다. 꿈속에 총살 집행반이 등장하는데, 내가 아니라 린다 혹은 비비슈가 벽 앞에 서 있다. 나 대신 죗값을 치르는 것이다. 어떨 때는 아침에 아버지를 깨우러 갔더니 이미 죽어 있는 꿈도 꾼다. 아버지가 늘 하는 말대로 정말 죽었다! 나는 아버지가 어떻

완벽한 아이

게 환생할까 불안 속에 기다린다. 나로 환생하려 할까봐, 나를 밀어 내고 내 몸을 차지해버릴까봐 겁에 질린다. 꿈속에서 내가 무슨 말을 하는데 내 입에서 아버지의 목소리가 나온다. 그 순간 나는 화들짝 놀라 잠에서 깨어난다.

이튿날 아침에 아버지 방을 노크한다. 나는 안절부절못한다. 마침내 목소리가 들린다. "들어오너라." 아버지는 살아 있다. 심지어 아프지도 않다. 내가 느낀 것이 안도감인지 절망인지 모르겠다. 그 이후로 나는 다른 작은 거짓말들을 계속 생각해낸다. 아침에 걸어가야 하는 길을 조금 바꾸고 나서 제대로 했다고 말한다. 혹은 아침 솔페지오 연습을 아주 살짝 바꾼다. 혹은 계단 아래 놓여 있는 아테나 청동상 앞을 지나가면서 경의를 바치는 대신 마음속으로 외친다. '난 네가 싫어!' '넌 너무 못생겼어!'

소소하게 규칙을 바꾸고 때로는 꽤 크게도 어겨보지만 아버지가 죽는다는 협박은 실현되지 않는다. 내 마음속에 서서히 사악한 생각이 고개를 내민다. 아버지는 모든 능력을 타고난 우월한 존재가 아닐지 모른다. 아버지의 말들은 전부 헛소리일지 모른다.

이런 생각이 들자 무서우면서도 흥분이 된다. 그래도 혹시 빛의 존재들이 지금 우주 어디에선가 내가 행한 모든 악행을 기록하고 있는 게 아닌지, 거짓말을 한 죄로 언젠가 라바이야크처럼, 이번에는 억울할 게 없는 진짜 죄인 라바이야크로 사지가 찢기는 벌을 받게 되는 건 아닐지 여전히 두렵다.

회색 조끼

'라르두트'*에서 배송된 물품들 중에 내 새 구두도 있다. 2센티
미터짜리 낮은 굽의 검은색 구두다. 앞으로 일 년 동안 신어야 한다.
그런데 발에 꽉 낀다. 어머니가 내 발 치수를 확인하지 않은 채 카탈
로그만 보고 지금 신는 구두보다 한 치수 큰 것으로 주문해버린 것
이다. 내가 너무 빨리 커버렸는지도 모르겠다. 어쨌든 발이 너무 아
프다. 어머니에게 말해보지만 돌아온 대답은 뻔하다. "의지의 문제
야." 아버지는 중국에서 여자아이들의 발이 자라지 말라고 두 발을
헝겊으로 동여맸었다는 얘기를 하면서, 내가 얼마나 운이 좋은지 깨
닫고 불평을 그치라고 한다. 어차피 구두를 새로 주문할 가능성은
없으니 일 년 동안 신는 수밖에 없다. 신던 구두는 이미 누더기가 되
어 더는 신지 못한다. 밑창에 구멍이 너무 크게 나서 마지막에는 발
이 젖지 않도록 안에 나뭇잎을 깔아야 했다.

나를 위해 특별히 맞춘 두터운 회색 트위드 조끼도 입어야 한

---

* 프랑스의 통신판매 기업으로. 의류를 포함한 가정용품을 판매한다.

다. 여름이든 겨울이든 안에 셔츠 혹은 스웨터를 입고 위에 그 끔찍한 조끼를 입는다. 앞으로 몇 년은 입을 수 있을 정도로 큰 조끼에는 주머니가 여섯 개 달려 있다. 그 주머니들 안에 만년필, 볼펜, 연필, 연필깎이, 지우개, 압지, 작은 수첩 그리고 상단에 아버지가 속한 프리메이슨 지부의 로고가 인쇄된 종이까지 잘라서 넣어 다녀야 한다. 종이를 끼워두는 알루미늄 집게도 필요하다. 클립은 '게으른 자들이나 쓰는 도구'라서 안 된다. 특히 악보를 그릴 때는 펜이 필요하기 때문에 펜촉 통과 펜대도 서로 다른 주머니에 넣어 다녀야 한다. 거기다 또 손수건, 다치지 않도록 뾰족한 끝을 코르크마개에 꽂은 드라이버, 납치되었다가 도망칠 때를 대비한 나침반도 챙겨야 한다. 아버지의 조언에 따르자면, 혹시라도 그런 상황이 오게 되면 숲속에서 무조건 북쪽으로 가야 한다. 안 그러면 숲을 절대 벗어나지 못하고 제자리만 맴돌게 된다.

조끼에는 안주머니도 있다. 아버지가 익히라고 준 독일어 단어 카드(카드 앞면에는 독일어가 써 있고 뒷면에는 프랑스어 번역이 있다)를 넣어 다닐 자리다. 펜치도 필요하지만, 무거워서 주머니가 늘어지기 때문에 꼭 필요한 때가 아니면 가지고 다니지 않는다. "언제 어디서 필요할지 모르니 모두 넣어 다니거라." 예를 들어 나는 어디에서든 갑작스러운 질문을 받을 수 있다. 가령 누군가 나에게 라틴어에 대해 질문하거든 글로 써가며 답할 수 있어야 한다. 더하여, 어딘가에 물이 새면 그 자리에서 고칠 수 있어야 한다. 아버지는 나와 같은 직급의 사람들은 반드시 그 조끼를 입어야 한다고 믿는다. '투르 드 프랑스'* 직공들이 한시도 벗지 않는 작업용 앞치마와 같다. 그렇게 준비된 상태라면 연장이 없어서 못한다는 '게으름뱅이들의 변명'은 절대 통하지 않는다.

아버지는 나에게 아침에 눈뜨자마자부터 밤에 잠들 때까지 무조건 조끼를 입고 있으라고 한다. 아코디언을 연주할 때만 예외다. 조끼는 나에게 해야 할 일이 있다는 사실을 지속적으로 상기시키는 족쇄이자 쇠사슬이다. 그래서 나는 아주 짧은 틈만 생겨도 곧바로 조끼를 벗는다. 어머니와의 수업 중에 단 이 분 동안 주어지는 자유시간에도, 화장실에 가는 삼십 초 동안에도 벗는다. 아버지와 어머니는 도대체 왜 그렇게 조끼에 집착할까? 하루에도 몇 차례나 확인한다. "조끼 벗은 적 없지?" "계속 입고 있었어요." 눈을 똑바로 쳐다보며 대답하는 동안에도 나는 혹시라도 들킬까봐 떨린다.

하지만 다모클레스의 검**이 아버지 머리 위로 떨어지는 일이 일어나지 않듯이, 내 거짓말도 발각되지 않는다. 군이 머릿속에 벽돌담을 세울 필요도 없지 않을까 하는 생각이 들기 시작한다. 그리고 이

---

* 콩파뇽(직공)들이 장인匠人들에게 기술을 전수받도록 하는 제도. '아프랑티'(견습공)와 '메트르'(장인)의 중간에 위치한 프리메이슨의 한 직급이다.

** 기원전 4세기 시칠리아 시라쿠사의 디오니시오스 1세는 연회에서 권좌가 항상 위기 속에 유지된다는 것을 가르쳐주기 위해 신하 다모클레스를 한 올의 말총에 매달린 칼 아래 앉혔다. '다모클레스의 검'은 언제 닥칠지 모르는 위험을 강조하는 표현으로 쓰인다.

넓은 집 안을 구석구석 뒤져보고 싶은 욕구가 내 의지를 누르는 일도 점점 잦아진다. 물론 '수족族의 지략*'이 필요하다. 감시의 시선을 벗어날 수 있는 시간은 기껏해야 몇 분인데, 방마다 열쇠로 잠겨 있다. 주의깊고 교묘하게 살펴서 열쇠가 감춰진 곳부터 알아내야 한다.

아버지 방 열쇠는 문턱의 가로대 밑에서 찾았다. 나는 아버지와 어머니가 일층에 내려가 있는 틈을 이용해서 조용히 이층으로 향한다. 조심스럽게 열쇠를 꺼내고, 숨죽인 채 열쇠구멍에 열쇠를 넣어 돌린 뒤 문을 열고 넓은 아버지 방으로 들어간다. 그러곤 단 일 초도 허비하지 않고 곧바로 옷장으로 다가간다. 아버지가 절대로 열어보지 말라고 했던 장이다. 열어보니 펜싱용 검과 보호 마스크, 멜턴 안감을 댄 옷이 들어 있다. 지금껏 나는 한 번도 아버지가 검술을 하는 것을 본 적이 없다. 전생에서 쓰던 물건일까? 다른 장을 열어보니 색이 각기 다른 기사 복장이 예닐곱 벌 있다. 미사복 모양에 가슴에 커다란 십자가가 그려진 것들, 긴 망토처럼 생긴 것들이다. 어깨끈이 달린 검집에는 검들도 꽂혀 있다.

일층에 있는 아버지 서재에도 들어가본다. 작은 것 하나라도 자리가 바뀌지 않도록 조심하면서 서랍을 뒤진다. 우선 상단에 로고가 인쇄된 종이들이 나온다. 아버지가 속한 프리메이슨 지부의 로고,

---

• 북아메리카 인디언 수(Sioux)족이 소리 없이 다가가 짐승을 잡는 사냥에 능했던 데서 나온 표현으로, 교묘한 꾀를 뜻한다.

아버지 소유의 정비 공장 로고, 전에 운영했던 비행장 로고도 있다. 딱히 찾으려는 것도 없고, 어차피 이삼 분 이상 머물 수도 없다. 나오기 전에 잊지 않고 열쇠를 원래 있던 자리에 놓는다.

시간이 가면서 구체적인 목표가 생긴다. 입양 서류, 아무튼 아버지와 어머니가 내 친부모가 아님을 증명해줄 서류를 찾기로 한다. 밤이면 나는 침대에 누워 내 이야기를 만들어낸다. 친부모가 위험한 탐험을 떠나느라 나를 부자인 아버지 어머니에게 맡겨두었는데, 이제 와서 나를 내 진짜 가족에게 돌려주지 않기 위해 이곳에 틀어박혀 숨어 살고 있는 것이다.

서재의 금고 두 개가 자꾸 신경쓰인다. 내 이야기의 열쇠가 그 안에 들어 있을 것 같다. 막상 서류를 찾고 나면 어떻게 해야 할까? 재빨리 들고 도망쳐서 헌병대*로 달려가야 할까? 하지만 집 밖으로 어떻게 나간단 말인가. 창문에는 창살이 쳐져 있고, 대문은 늘 열쇠로 잠겨 있다. 계속 찾아보았지만 대문 열쇠는 끝내 찾을 수 없다. 생각할수록 나의 희망은 무력감으로 바뀌어간다.

크리스마스가 다가오니까, 우체국이나 소방서에서 새해 기부금을 걷으러 올 때 알려볼 생각도 한다. 이유는 모르겠지만 아버지 어머니는 그 사람들을 피하고, 대신 나에게 거리로 난 식당 창문 너머로 돈봉투를 건네주게 한다. 그 봉투 안에 쪽지를 넣어 도움을 청할

---

* 프랑스 지방 소도시의 치안 업무는 주로 헌병대가 담당한다.

완벽한 아이

수 있을 것이다. 혼자 숙제를 하는 동안 쪽지를 써본다. 열 장 정도 썼는데, 모두 같은 말로 시작한다. "헌병대에 알려주세요." 하지만 그 다음에 무슨 말을 쓰란 말인가. 나는 굶주리지도 않고 묶여 있지도 않고 매를 맞는 것도 아니다. 누가 내 말을 믿겠는가.

삼층에서 수업이 끝나면 나는 무력한 현실에 지친 채로 계단을 내려간다. 계단참에까지 오면 식당에 앉아 있는 아버지의 뒷모습이 보이고, 그 순간 나는 가슴이 꽉 막힌다. 매번 그 자리에서 똑같이 겪는 일이다. 이제부터 발걸음의 속도를 조절하고 소리를 내야 한다. 혹시라도 그냥 들어갔다가 졸고 있던 아버지가 깨면 보나마나 '뒤통수'를 쳤다고 혼낼 것이다. 나는 계단에서 일부러 소리를 내어 걷는다. 혹시라도 제대로 한 것 같지 않으면 조용히 올라갔다가 제일 소리가 많이 나는 쪽을 힘주어 밟으며 다시 내려온다.

그렇게 식당에 들어간 뒤에는 고개를 숙이고 앉는다. 어머니가 오고 저녁식사가 시작될 때까지 움직여서는 안 되고, 말도 하면 안 된다. 앞에 아버지가 있으면 내 마음속에는 공포와 혐오감이 뒤섞여 요동친다. 나는 땀냄새와 시큼한 기름내가 진동하는 끔찍한 낡은 조끼를 입고 의자에 구부정하니 힘없이 앉아 있는 아버지의 모습을 곁눈질한다. 그러다 곧 미친듯이 널뛰는 마음을 억누르며 거리로 향한 창문 쪽으로 고개를 돌린다. 큰 커튼 너머 생토메르로 가는 길을 달리는 자동차와 트럭 들이 보인다. 언젠가 어머니가 영국으로 가는 차들이라고 알려주었다. 아! 저 트럭에 올라타 떠날 수 있다면!

　나는 같은 악몽을 자주 꾼다. 꿈속에서 눈을 뜨면 놀랍게도 내 방이 환하다. 심지어 집 전체가 햇빛에 잠겨 있다. 정해진 기상시간은 이미 지났다. 내가 이렇게 늦게까지 자도록 아버지 어머니가 그냥 내버려두었을 리 없다. 벌떡 일어나서 어머니 방을 노크한다. 아무도 없다. 아버지 방도 텅 비었다. 재빨리 식당으로 달려가도 마찬가지다. 내가 어제저녁 무언가 지시를 받아놓고 까맣게 잊었나? 내 손목에 시계도 없다. 혼란스러워진 나는 떨면서 교실로 올라가 문을 연다. 그런데 칠판 옆 커다란 탁자 밑에 아버지와 어머니가 나란히 누워 있다. 나는 몸을 숙여 살핀다. 둘 다 죽었다. 그 순간 나는 머리가 빙빙 돈다. 갑자기 한 가지 생각이 떠오른다. '내가 죽였어.' 아버지가 자주 들려주던 몽유병 환자들 얘기처럼 내가 밤에 자다가 깨어나서 죽인 것이다. 됐다, 다 끝났다. 믿기 힘들 정도로 강렬한 안도감이 밀려온다. 그리고 바로 그 순간 죄의식이 덮친다. 나는 경악한다. 돌이킬 수 없는 잘못을 저질렀다. 어떻게 할까? 아버지 어머니 때문에 마음이 아프지는 않다. 오로지 부모를 죽인 죄로 감옥에 가야 한다는 걱정뿐이다. 아버지와 어머니는 죽어서까지도 나를 붙잡고 있다. 주검을 저대로 두고 아무 일도 없었던 것처럼 이 집에서 그대로 살아갈까? 그러다 잠에서 깨어난다. 온몸이 땀에 젖어 있고, 가슴이 두근거린다. 내 악몽이 실현된 걸까? 내가 무의식 상태로 아버지와 어머니를 죽인 걸까?

크리스털 공

아르튀르의 무덤 위에 지어진 체조장은 바닥에서 천장까지 높이가 8미터나 되고, 안마와 평행봉, 평균대, 링, 오르기용 밧줄, 사다리까지 갖춰져 있다. 이제 나는 숙련된 체조선수가 되어야 한다. 트레이너는 어머니뿐이지만, 당연히 나의 의지력이 해결해줄 것이다. 주문한 운동용품들과 검은색 운동화, 반바지도 왔다.

반바지는 처음 입어본다. 나는 한 시간 동안 체조 연습을 하기 위해 어머니가 기다리는 체조장으로 간다. 지나가는 나의 허벅지 뒤쪽의 무언가가 외벽 타일을 마무리하던 레미의 주의를 끈다. "그 큰 흉터 뭐야?" 레미가 놀라서 묻는다. "이거? 몰라요. 여기도 똑같은 거 하나 더 있는데." 그러면서 나는 조끼 위로 갈비뼈 쪽을 가리킨다. 레미는 더 놀란 표정이다. 갑자기 수치심이 나를 덮친다. 원래부터 있었지만 한 번도 의문을 품어본 적이 없는 흉터들이다. 누구나 몸에 이런 게 있지 않나?

나는 체조장에 들어가자마자 어머니에게 묻는다. 어머니는 나를 임신했을 때 엑스레이 촬영을 하는 바람에 생긴 자국이라면서 말

끝을 흐린다. 하지만 레미가 내 흉터 앞에서 드러냈던 거부감이 이미 내 가슴속에 비수처럼 박혔다. 마치 도살장으로 끌려가길 기다리는 가축처럼 몸에 '낙인'이 찍힌 느낌이다. 매일 체조장의 커다란 거울 앞에 서면, 아무리 안 그러려고 해도 엉덩이 주름 아래 가로선을 그리며 이랑처럼 파인 흉터에 저절로 눈이 간다.

주름을 닮은 상처의 형상이 내 머릿속을 떠나지 않는다. 매번 체조장 거울 앞에서 몸을 꼬아가며 고개를 돌려 자세히 보려고 애쓴다. 그렇다. 이가 군데군데 빠진 커다란 입이 안쪽으로 입술을 삼킨 채 듬성듬성 꿰매진 것 같다. 목욕을 하는 날에는 왼쪽 옆구리에서 겨드랑이로 이어지는 다른 흉터도 자세히 살펴본다. 뒤틀리고 부어오른 칼자국 위로 비스듬한 감침질 자국이 있다. 상처를 손가락으로 훑어보면 단단해진 살갗이 요철처럼 들쑥날쑥하다. 나는 『웃는 남자』의 주인공 그윈플렌*처럼 몸이 훼손된 기분이다. 그윈플렌처럼 "가슴속에 고통과 분노가 뒤엉킨 시궁창이, 얼굴에는 만족한 표정의 가면이" 있는 것 같다.

몇 주일 후에 다시 어머니에게 흉터에 관해 묻자 설명이 달라진다. 허벅지 흉터는 우리가 이 집에 들어온 지 얼마 안 되었을 때 네 살이던 내가 정원에서 놀다 지하실의 환기창으로 떨어지는 바람

---

* 빅토르 위고의 소설 『웃는 남자』의 주인공 그윈플렌은 어릴 때 납치되어 얼굴이 찢기고 기형이 된다.

완벽한 아이

에 생겼고, 가슴의 상처는 거기서 끌어낼 때 생겼다는 것이다. 지난번에 말한 엑스레이 얘기는 잊은 걸까? 몇 주 뒤 다시 첫번째 설명으로 돌아온 걸 보면 잊은 건 아니다. 그러고서 얼마 후에 다시 묻자 어머니는 모호하게 '입문 의식'을 들먹인다.

아버지에게는 물어볼 엄두가 나지 않는다. 중요하지 않은 문제를 아버지한테 묻다니, 생각조차 할 수 없는 일이다. 더구나 어머니한테 이미 답을 듣고 나서 다시 아버지에게 묻는 것은 '뒤통수'치는 배신행위다.

굳이 묻지 않아도 아버지가 먼저 죽은 자들에 대해 가르치며 내 흉터를 언급하지만, 엑스레이나 환기창 얘기는 없다. "너는 빛의 존재들처럼 죽은 자들의 왕국과 산 자들의 왕국 사이를 돌아다니는 법을 배우게 된다. 네 몸의 흉터가 식별표지가 될 테니, 그 왕국들에서 마주친 빛의 존재들이 널 알아볼 거다."

식별표지가 환기창에 떨어지느라 생긴 상처와 무슨 상관일까? 어쩌면 아버지가 비의를 전수받은 선지자들을 위한 암호화된 언어를 쓰고 있어서 나는 아직 더 깨우친 뒤에야 알아들을 수 있는 걸까? 아버지가 내 몸의 끔찍한 흉터는 사라질 거라고 말해주면 좋겠다. 레미가 내 흉터를 보고 창백해졌던 그날 이후 나는 전보다 더 외톨이가 된 기분이다. 아버지 입으로 옛날에는 강제노역을 할 죄수에게 T 자를, 위조범으로 잡힌 죄수에게 F 자*를 불에 달군 인두로 지져 영원히 흔적을 남겼다고 말하지 않았는가. 나는 그 죄수들처럼 되고 싶지 않다. 나는 죄수가 아니다. 빛의 존재들이 나를 알아보고 나면 더 이상 몸의 흉터가 있어야 할 이유가 없으니 사라져도 되지 않는가.

다행히 나의 입문 의식은 순조롭게 진행된다. 일 년에 서너 번, 정확한 날짜를 아는 아버지가 그날이 되면 어머니에게 말한다. "자 닌, 부를 때까지 방에 가 있어." 그러고는 나를 무도회실로 부른다. 크리스털 공 의식을 치른다는 뜻이다. 직접 그 명칭으로 부르는 건 아니다. 아버지가 그 공을 뭐라고 부르는지, 정말로 공이 크리스털 로 되어 있는지는 알 수 없다. 아무튼 아버지는 흰 장갑을 낀 뒤 제 일 큰 서가에 놓여 있는 정사각형의 밝은색 나무상자를 꺼낸다.

우리는 마주앉는다. 아버지가 상자의 뚜껑을 열고, 공이 놓인 소중한 받침대를 두 손으로 잡아 조심조심 탁자에 내려놓는다. 크 리스털 공은 받침대 위에서 균형을 잡고 있다. 절대 만지면 안 되고, 손가락 끝도 닿지 않아야 한다. 크리스털의 순수성을 훼손해서는 안 되기 때문이다. 아버지가 두 손을 공 표면에서 몇 센티 정도 떨어뜨 린 채로 허공에 이리저리 원을 그리면, 이어 나도 시계 방향으로 원 을 그려야 한다. 에너지의 평형을 되찾아야 할 때는 반대 방향으로 도 그린다.

나는 이 모든 것에 어떤 의미가 있는지 알지 못하고, 알고 싶지

• 프랑스어로 강제노역은 '트라보 포르세(Travaux forcés)'이고 위조범 은 '포세르(Faussaire)'이다.

　　　　　　　　　　　　　　　완벽한 아이

도 않다. 내 마음속 깊이 묻혀 있던 본능이 속삭인다. "조심해. 저 안에 발을 들여놓았다가는 영원히 나오지 못해." 그와 동시에 나는 에너지의 올바른 방향에 대해 연신 강조하는 아버지 앞에서 혹시라도 실수를 할까봐 두렵다. "히틀러는 '만' 자 십자가를 뒤집는 바람에 모든 게 눈앞에서 깨져버렸다."

이어 아버지는 진자를 꺼낸다. 우리집에는 진자가 수십 개 있지만, 아버지가 제일 좋아하는 건 초록색 케이스에 든 초록색 끈이 달린 초록색 진자다. 아버지가 크리스털 공 위로 진자를 돌려 에너지를 충전하는 동안 나는 숨도 못 쉬고 바라본다. 지금 눈앞에서 무언가 엄청나게 중요한 일이 일어나고 있는 것 같다. 그 일이 끝나면 아버지는 뒤로 물러나 앉고 나 혼자 크리스털 공 앞에 남는다. 나는 '나 자신을 열기' 위해 가만히 응시하며 크리스털 공의 가르침을 받아들여야 한다.

어느 날, 크리스털 공에 집중하고 있는데 갑자기 코 고는 소리가 들린다. 재빨리 돌아보니 아버지가 잠들어 있다. 나는 호기심의 악령을 풀어주기로 한다. 눈앞의 공이 너무 궁금하다! 정말 크리스털일까? 만져봐야겠다. 천천히 손을 가져가는 동안 호흡이 가빠진다. 내 손이 닿는 순간 정말로 크리스털이 깨져버리면 어쩌지? 하지만 어쩔 수 없다. 꼭 알아야겠다. 손이 공에 닿는 순간 나는 소스라친다. 하지만 아무 일도 일어나지 않는다. 내 손가락도 그대로 있다. 정말 신기하리만치 이상한 물질로 된 공이다. 유리가 아니고 무언가

속이 꽉 찬, 안이 들여다보이지 않는 물질이다. 나는 공을 살짝 들어올려본다. 생각했던 것과 달리 무척 무겁다. 놀라서 몸이 약간 비틀리며 하마터면 공을 놓칠 뻔한다. 그 순간 머릿속에서 공포가 터지고, 무거운 공을 들고 있는 손이 떨리기 시작한다. 다행히 아버지는 여전히 코를 골고 있다. 나는 공을 잡은 채로 의자 소리를 내지 않으려 애쓰며 조심스레 일어선다. 공을 잡은 두 손에 힘을 주어 버티면서 받침대에 잘 내려놓아야 한다. 공이 균형을 잡을 수 있도록 나는 한참 동안 씨름한다. 그러자 기적이 일어난다. 각도가 딱 맞아서 공이 완벽하게 받침대 속으로 들어간다.

나는 의자에 주저앉고, 그 소리에 아버지가 깨어난다. 아버지는 잔기침을 하면서 다가온다. 나는 마치 주문에 걸린 사람처럼 꼼짝하지 않고 공만 뚫어져라 바라본다. 얼굴은 땀범벅에 두 눈의 초점이 흐릿해진데다가 콧물까지 가늘게 흘러내린다. 아버지는 흡족한 표정이다. "그래! 이제야 너도 이 가르침을 받아들이기 시작하는구나!"

그 순간 공에 남은 내 손자국이 보인다. 나는 겁에 질린다. 공이든 아버지의 분노든 아무튼 나를 이 자리에서 태워버릴 것이다! 그런데 아버지의 큰 손이 공의 받침대를 잡아 든다. "오늘은 이만하면 됐다." 아버지는 경례하듯 고개를 숙인 뒤 공과 받침대를 함께 상자 안에 넣는다. 나는 더듬거리며 몸이 좀 안 좋다고 말하고 화장실로 달려가서 토한다.

화장실에서 나오는데 아버지가 문 앞을 지키고 있다. 나는 가슴

완벽한 아이

이 덜컥 내려앉는다. 어쩌지? 아버지가 공에 남은 내 범죄의 흔적을 봤나봐! 아버지의 눈길이 나를 살핀다. "그래, 이제 가르침을 이해하고 받아들이기 시작하는구나." 나는 화장실에 한번 더 가고 싶다고 웅얼거리듯 말한다. 놀랍게도 아버지가 그러라고 한다. 화장실 문밖에서 아버지의 목소리가 들린다. "네 몸과 정신의 오염이 떠나가는 중이다. 곧 너도 비의를 받아들이게 될 거다."

이따금 나는 밤에 몰래 수건을 들고 내려가 공에 묻은 자국을 지워야 하지 않을까 생각한다. 하지만 용기가 나지 않는다. 그날 이후 아버지가 무도회실로 부를 때마다 나는 온몸이 후들거린다. 아버지가 상자를 여는 순간 공이 "모드가 날 만졌다!"라고 외칠 것만 같다. 아니면 아버지가 공에 남은 내 손자국을 보게 될 것 같다. 불안에 휩싸인 나는 침을 삼키고, 얼굴에서는 굵은 땀방울이 떨어진다. 그런 모습을 보며 아버지는 내가 비의에 다가가고 있다고 확신한다. 다행히 나의 입문 의식에 어머니는 배제된다. 어머니가 있었더라면 내 손가락이 공에 남겨놓은 신성모독의 흔적을 단번에 알아차렸을 것이다.

페리소

이 년에 걸친 서툴고 힘겨운 시도 끝에, 마침내 나는 사흘 연속 삼회전 공중제비에 성공한다. 아버지가 상으로 조랑말을 한 마리 사주고 '페리소'•라는 이름을 지어준다. 아르튀르는 이 년 전에 죽었다. 나에게 필요한 건 아르튀르다. 새 조랑말이 온다고 아르튀르가 살아나지는 않는다. 아버지는 그걸 모른다.

페리소가 오는 날, 라이트밴 한 대가 집 앞에 멈추더니 차의 커다란 철책 문이 열린다. 상인이 밤색과 베이지색이 섞인, 얼핏 개처럼 보이는 어린 조랑말을 내려놓는다. 태어난 지 몇 달 안 된 셰틀랜드산 포니다. "최소한 생후 육 개월이 될 때까지는 기다렸다 타야 합니다. 그전에 타면 척추가 부러질 수 있어요."

아버지는 조련 계획을 이미 세워두었다. 페리소는 정원의 잔디 깎기에 보탬이 되어야 한다. 그러기 위해 잔디밭 한가운데 박힌 쇠

•   페리소(Périsaut)는 '공중제비'를 뜻하는 프랑스어 '소 페리외(saut perilleux)'를 연상시킨다.

           완벽한 아이

기둥에 페리소를 아침 8시부터 저녁 8시까지 묶어놓는다. 그러면 페리소가 쇠기둥을 중심으로 원을 그리며 반경 안의 풀을 뜯어먹으리라는 게 아버지의 생각이다. 내가 마구간에 가서 페리소를 데려오자 어머니가 목줄에 쇠사슬을 건다. 하지만 아버지가 계획한 일은 일어나지 않는다. 페리소는 너무 작아서 쇠사슬 무게에 눌려 앞무릎을 펴지 못한다. 쇠사슬을 로프로 바꾸기로 한다. 그러자 이번에는 페리소가 로프에 이빨 자국을 내면서 잔디밭에서 빈둥거릴 뿐이다.

아버지는 페리소가 원의 반경 안 잔디를 뜯어먹게 하겠다는 계획을 조용히 포기하고 나에게 '조건화' 과정을 지켜보라면서 새로운 조련을 시작한다. 몇 달 전에 정원 평평한 자리에 공중제비 연습용으로 그려놓은 지름 3미터의 원 안에 페리소를 데려다 놓고 절대 벗어나지 못하게 하는 것이다. 아버지는 나더러 전기울타리 끝자락을 끌어오게 한 뒤 페리소의 목끈도 꽉 잡고 있으라고 한다. 나는 페리소의 발굽이 원의 흰 선을 밟을 때마다 가슴에 전기가 통하게 해야 한다. 반대쪽에서는 어머니가 승마 채찍을 들고 있다가 페리소가 원을 벗어나려 하면 곧바로 등을 후려친다. 페리소는 겁에 질려 마구 내달리고 힝힝거린다. 나는 그 발굽에 몇 번 차이기도 한다. 팔도 세게 깨물려서 아직 흉터가 남아 있다. 나는 마음으로 용서를 빌면서 계속 페리소를 괴롭힌다.

마침내 페리소가 굴복한다. 이제는 원 안에 들어가면 고개를 숙이고, 밖으로 나갈 생각 없이 얌전히 있다. 저녁이면 아버지가 나를 방으로 불러 페리소의 원이 보이도록 바깥의 불을 켜고는 조건화 과정을 잘 지켜보게 한다. 종종 비가 내려, 원 안에 멍하니 서 있는 페리소의 갈기 위로 빗물이 흘러내린다.

페리소가 훈련받는 동안 나에게 허락된 일은 오직 물을 가져다주는 것뿐이다. 나는 페리소에게 너만이 아니라 나도 이게 무엇을 위한 훈련인지 알지 못한다고, 하지만 우리가 모르는 무슨 이유가 있을 거라고 말한다. 페리소가 슬픈 눈으로 나를 쳐다볼 때마다, 그 눈이 이렇게 묻는 것 같다. "왜?"

페리소의 '왜?'가 지금껏 내 머릿속에 맴돌던 모든 '왜?'들과 하나가 되어 울려퍼지기 시작한다. 왜 린다를 가두지? 왜 페리소를 묶어두지? 왜 나는 밖에 나가면 안 되지? 왜 맛있는 음식을 즐기면 안 되지? 왜 이브는 담뱃불을 내 무릎에 대고 끄지? 왜 레몽은 나에게 그 짓을 하지? 왜 내 방에는 난방을 틀면 안 되지? 왜 씻으면 안 되지? 왜 아무도 소설책에서처럼 나를 안아주지 않지? 왜 나는 다른 아이들과 함께 학교에 가면 안 되지? 왜?

하지만 가장 중요한 '왜?'는 따로 있다. 왜 어머니는 나를 미워하지? 어제 나는 거미한테 물려 부어오른 눈꺼풀을 어머니에게 보여주었다. "내 얼굴이 꼭 괴물 같아요." 거울을 보면서 말하는 나에게 어머니가 차가운 대답을 던진다. "네 눈에 그렇게 보인다면 그게 네 진짜 얼굴인 거야. 네 마음속에 괴물이 있는 거지."

메니 그레구아르

아버지가 내게 읽어야 할 책들의 목록을 건넨다. 목록의 첫 줄부터 혐오스럽다. 다름아닌 사드다. 아버지는 '사드 후작'이라고 부르며 거의 황홀한 듯 말한다. "모든 것을 이해한 사람, 양떼에 속지 않았고, 조종하는 자들한테도 속은 적 없지! 그래서 갇혀 지내야 했지만……" 때로 아버지는 사드의 책을 한 권 꺼내서 한 구절을 고른다. 보통은 철학적인 구절로, 그 시작과 끝을 아버지가 압지로 표시해두었다. 아버지는 나에게 당구장에 혼자 앉아 그 구절을 읽으라고 한다. 몸을 얼어붙게 만드는 끔찍한 말들이다. 내 머릿속엔 한 가지 생각뿐이다. 빨리 읽자. 아버지가 와서 책을 다시 꽂아두도록 어서 읽고 식당 문을 세 번 두드리자.

내 안에 있는 '멍청이'의 면모를 끔찍하게 싫어하는 아버지는 성스러운 사드의 사상이 그런 면을 없애줄 수 있다고 믿는다. 어쩌다 내가 다른 사람을, 예를 들어 『오디세이아』의 인물들을 좋아하는 것 같으면 아버지는 말한다. "사람들이 너한테 믿게 하려는 걸 그대로 믿어선 안 된다. 페넬로페는 절대 남편에게 충실하지 않았고, 오히려 구혼자들하고 놀아났다. 어차피 그 어떤 여자도 충실함과는 거리가 멀지만. 그 아들 텔레마코스로 말하자면, 그애는 동성애자였다. 오디세우스의 개가 주인을 보고 꼬리를 흔든 것 역시 자기한테 뼈다귀를 던져주리라 기대했기 때문일 뿐이다."

나는 수긍한다는 뜻으로 고개를 끄덕인다. 하지만 에드몽 당테스, 가브로슈,* 로돌프, 프라이데이, 오디세우스, 텔레마코스는 나에게 소중한 인물들이다. 나는 텔레마코스가 들려주는 자기 아버지의 여정 이야기에 귀를 기울인다. 텔레마코스처럼 나에게도 모험을 즐기는, 달리고 뛰어오를 수 있는 아버지가 있으면 얼마나 좋을까.

나는 『형사 알리스 루아』에서 만난 알리스와 토론도 한다. 하지만 알리스의 세계와 내 세계를 이어주는 가교가 없어서인지 우리의 대화는 늘 짧게 끝난다. 알리스는 정말 아름답고, 헤어스타일도 멋지고, 친구도 많고, 아버지의 인정도 받는다. 그런 알리스에 비하면 나는 나 자신이 수치스럽고, 이렇게 틀어박혀서 살아가는 내 삶이 수치스럽다.

'눈에 보이지 않는 친구들'과의 대화는 내가 아주 어릴 때부터 해온 일이다. 제일 처음 나에게 나타난 것은 아테나였다. 물론 우리집 계단 아래서 지혜의 공을 들고 있는 아버지의 아테나가 아니라

* 빅토르 위고의 소설 『레 미제라블』의 등장인물로 파리 거리를 떠도는 소년이다.

완벽한 아이

『오디세이아』의 아테나, 내가 그 지혜와 아름다움을 너무나 사랑하는 아테나다. 내 마음이 공포로 질리기 시작하면 아테나가 와서 내 마음을 달래준다. 다음날의 일정이 두려워 안절부절못할 때면 훌륭한 조언도 해준다. 한밤중에 정원에 나가 오리 연못 옆에 있는 스위치를 못 찾고 헤맬 때도 내 귀에는 아테나의 목소리가 울린다. "길 잃지 않게 몇 발자국째인지 세어가면서 걸어. 스물여덟번째 걸음에서 오른쪽으로 돌면 스위치가 있다는 거 알잖아."

물론 이런 이야기를 아버지나 어머니에게는 절대 하지 않는다. 상대가 누구든 내가 누군가와 자유롭게 대화한다면 아버지가 좋아할 리 없다. 무엇보다 나는 『지하로부터의 수기』를 읽고 난 뒤로 내 정신건강이 그리 나쁜 상태가 아님을 알게 되었다. 그 책의 주인공도 아무도 듣지 않는 말을 한참 동안 혼자 떠들어대기는 하지만 그래도 미치지 않았다. 그냥 고약한 인간일 뿐이다. 미친 것과 다르다.

때로 집 안에서 이상한 소리가 날 때 나는 오빠라는 존재를 생각해내기도 한다. 상상의 오빠는 당장 유령이 튀어나올 것 같아 겁을 먹은 내 마음을 달래준다. "아무 일도 없을 거야. 내가 있잖아." 같은 반 친구들도 만들어내서 함께 속삭이며 계단을 내려간다. 너무 떠들면 엄한 교장 '디디에 선생님'한테 벌받을지 모른다고, '자닌 선생님'이 가서 우리가 떠든다고 이를 거라고 소곤대면서 말이다. 우리는 무섭지만 그래도 웃는다.

하지만 생명력으로 진동하는 가장 아름다운 목소리는 몰래 들는 라디오에서 나온다. 아버지 모르게 밤에 〈상냥한 트럭 운전수들〉*을 듣고 싶었던 어머니는 작은 트랜지스터라디오를 손에 넣어 낮 동안에는 교실에 숨겨둔다. 아무 때나 어머니 방과 내 방을 마구 뒤지는 아버지도 이유는 모르지만 아무튼 교실만큼은 절대 뒤지지 않는다. 오후에 나 혼자 교실에 남아 있는 시간이 점점 길어지는 참이라, 나는 숙제를 재빨리 해치우고 남는 몇 분 동안 몰래 라디오를 듣는다.

그러다 우연히 메니 그레구아르**의 방송을 알게 된 나는 엄청난 충격을 받는다. 정말이지 세상에서 가장 아름다운 목소리다. 그 목소리는 눈 한번 깜빡할 사이에 나를 집 밖으로 데리고 나가 아버지와 떨어뜨려놓는다. 특히 나는 메니가 "난 판단하고 싶지 않아요"라고 말할 때가 가장 좋다. 그녀는 무척 친절하면서도 스스로의 입장에 대해 아주 단호하다. 메니에게 온 편지들은 모두 나 같은 사람들, 겁쟁이들, 스스로 바보 같고 추하고 사랑받지 못한다고 느끼는 사람들이 쓴 것이다. 메니는 그 사람들을 '이해'한다. 절대로 비겁자 혹은 나약한 인간으로 보지 않는다. 그리고 단순하지만 적절한 조언을 건넨다. 심지어 그들을 사랑한다. 어쩌면 세상 어디엔가 나를 사

---

* 1972년부터 약 10년간 RTL 라디오방송에서 막스 메니에가 진행한 프로그램.
** 프랑스의 기자이자 작가. 오랫동안 RTL 라디오에서 〈여보세요, 메니〉 프로그램을 진행했다.

완벽한 아이

랑하는, 아니 사랑까지는 아니더라도 적어도 바보 취급하며 미워하지 않는 사람이 있을지 모른다는 상상을 나는 살면서 처음으로 하게 된다. 메니는 위대한 아테나이고, 하물며 온기까지 갖춘 아테나이다.

아버지의 세계로의 귀환은 잔인할 정도다. 아버지는 이제 페리소를 대상으로 다양한 음식과 술을 가지고 실험한다. 우선 잔디 깎기 임무를 끝내 거부한 페리소를 말의 본능을 저버린 잡식성 말로 바꾸어놓기로 한다. 제아무리 본능이라 해도 결국 아버지의 힘에 굴복할 수밖에 없음을 보여주겠다는 것이다. 그렇게 페리소는 우리와 같은 것을 먹기 시작하고, 특히 오믈렛에 맛을 들인다. 이제 페리소는 나와 똑같이 토마토소스 스파게티를 제일 좋아한다.

어느 날 아버지는 도축업자에게 주문한 말고기를 어머니에게 주며 요리하게 한다. 이어 가장 중요한 과학적 실험에 참여하라고 근엄하게 통고한다. 아버지는 말고기를 그릇에 채운 뒤 토마토소스를 붓는다. 페리소는 허겁지겁 먹어치운다. 아버지가 의기양양한 표정으로 내 쪽으로 고개를 돌린다. "생명이란 게 어떤지 잘 봤느냐? 넌 페리소가 착하고 다정하다고 믿지만, 지금처럼 때가 되면 망설임 없이 너까지 먹어버릴 수 있다. 자기 동족을 저렇게 잘 먹지 않느냐! 인간들도 마찬가지다. 모두 동족을 먹을 수 있다. 언제든 널 배반하고 널 삼켜버릴 수 있단 말이다. 나 외에는 그 누구도 믿어서는 안 된다! 알겠느냐?"

"네, 네. 알아요." 나는 대답한다. 하지만 사실은 페리소를 동족을 먹어치우는 말로 바꿔놓은 일이 어째서 저토록 만족스러운 일인지 의아하다. 자기가 아끼던 토끼를 요리해 거짓말로 먹게 만든 할아버지 이야기를 하며 흥분하던 아버지는 지금 자신의 끔찍했던 아버지에게 복수를 하는 걸까?

페리소는 매일 술도 마셔야 한다. 그러곤 내가 했던 테스트 그대로 바닥에 흰색으로 그려놓은 좁은 길을 지나간다. 페리소는 백포도주와 적포도주, 물을 섞은 리카르 그리고 따뜻하게 데운 포도주 모두에 금방 익숙해진다. 하지만 리카르 원액만은 단호하게 거부한다. 발버둥치는 페리소의 목구멍 속으로 리카르 원액 한 잔을 쏟아붓도록 어머니와 레몽과 내가 붙들고 있어야 한다. 우리가 놓아주는 순간 페리소는 비명을 지르며 달려간다. 나는 가슴이 찢어질 것 같다. 페리소는 흰색 길을 벗어나지 않으면서 제대로 지나는 데 단 한 번도 성공하지 못한다. 그러기는커녕, 고개를 앞으로 박으며 넘어지기까지 한다. 아버지는 깊이 실망한다.

어머니도 실망한다. 페리소가 절대 그 누구도 자기 등에 태우려 하지 않기 때문이다. 아무리 채찍질을 해도 안장을 얹을 수가 없다. 심지어 어머니를 물고, 아버지 바지도 잡는다. 도저히 다룰 수가 없다. 아버지와 어머니는 결국 포기한다.

　　　　　　　　　　　　　　　완벽한 아이

헝가리 랩소디

이브에게 배우기 시작한 지 삼 년째다. 지난 삼 년 동안 이브가 일주일에 몇 번씩 나를 학대하고 있다는 뜻이다. 특히 돈이 필요할 때 이브는 제정신이 아니다. 문제는 그가 늘 돈이 필요하고, 늘 빚이 있고, 늘 집달리들에게 쫓기고 있다는 것이다. 어느 날 아버지가 우리집 삼층에 방을 하나 내어줄 테니 아내 미레유와 함께 와서 지내라고, 물론 무도회에 가서 연주하는 날은 빼고 나에게 여덟 시간씩 음악 수업을 해달라고 한다. 그렇게 이브가 몇 달 동안 우리집에 머물게 된다. 나에게는 악몽이다. 나는 음악을 거의 증오하게 된다.

이브의 일정표에 따라 내 일과표가 뒤죽박죽이 된다. 순회공연을 떠나 있는 몇 주 동안은 나도 비로소 숨을 쉬며 지낸다. 하지만 공연에서 돌아오는 순간 다시 내 머리 위로 지옥이 떨어진다. 이브는 아버지의 제안 때문에 수업이 늘어난 데 대한 복수를 나에게 하는 셈이다. 피아노를 치고 있는 내 머리카락을 세게 잡아당기며 고함친다. "조금 전에 내가 말했어? 안 했어?" 무게가 12킬로그램이나 나가는 끔찍한 아코디언을 매고 서서 한 시간 넘게 연주하라고 시키기도 한다.

나는 하루에 여덟 시간, 피아노와 아코디언, 클라리넷 그리고 색소폰과 트럼펫을 연습한다. 너무 커서 네크 부분에 내 손가락이 닿지도 않는 열두 줄 기타도 있다. 심지어 우리집에 음악 교사가 머무는 동안 드럼과 페달 오르간도 배워야 한다면서 아버지는 이브에게 드럼과 페달 오르간도 대신 사다 달라고 한다.

두 줄 오르간을 처음 본 나는 그 건반에 매혹된다. 피아노를 칠 줄 아는데다가 데콩브 선생님과 함께 이미 에밀 슈바르츠의 솔페지오 연습을 많이 한 덕분에 나는 오선 셋으로 그려진 악보도 어렵지 않게 읽어낸다. 바흐의 〈칸타타 147〉도 처음 본 악보로 쉽게 칠 수 있다. 이브가 깜짝 놀라면서 배운 적이 있냐고 묻는다. "없어요. 그냥 전에 데콩브 선생님이 가르쳐준 대로 했어요." 그 순간 내 눈 속에서 데콩브 선생님을 향한 존경심의 광채를 간파한 이브는 분노에 휩싸여 피아노 위에 놓여 있던 악보들을 모두 밀쳐낸다. 그중에는 나의 소중한 〈헝가리 랩소디〉도 있다. 숨이 멎을 것 같다. 내 마음을 알아차린 이브가 문제의 악보를 주워들고는 사악한 눈빛으로 갈기갈기 찢어버린다.

나에게 리스트의 〈헝가리 랩소디〉 2번은 더없이 소중하다. 그 악보는 말하자면 성물聖物이다. 오래전에 데콩브 선생님이 나에게 악보를 주면서 이렇게 말했다. "이 곡을 목표로 나아가렴. 언젠가 나

완벽한 아이

중에 같이 익히자꾸나." 지금까지 아무리 슬퍼도 〈헝가리 랩소디〉만 생각하면 용기를 되찾을 수 있었다. 〈헝가리 랩소디〉가 나에게 다른 미래가 가능하다고, 영원히 이곳에 묶여 있지는 않을 거라고 말해주는 것만 같았다.

내가 왜 이브의 아내 미레유에게 갔는지는 나도 잘 모르겠다. 사실 그녀는 나에게 말을 걸지 못한다. 그랬다가는 걸핏하면 화내는 남편한테 손찌검을 당할지도 모른다. 어쨌든 나는 그녀에게 셀로판테이프 좀 빌려달라고 살짝 말한다. 우리집에는 셀로판테이프가 없지만, 이브는 가지고 있다. 자기 악보를 붙이는 것을 본 적이 있다. 미레유가 조용히 셀로판테이프를 건네준다. 그녀의 친절에 내 가슴이 부풀어오른다. 그래도 불안해서 아무한테도 말하지 말아달라고 부탁한다. 그녀는 자기 입술에 손가락을 올리며 속삭인다. "걱정하지 마. 다 알아." 밤에 나는 소중한 나의 〈헝가리 랩소디〉를 마치 퍼즐조각처럼 하나하나 맞추어 붙인다. 그런 뒤에 두꺼운 체르니 연습곡집 사이에 숨긴다. 이브가 싫어하는 책이니 열어볼 일이 없을 것이다.

나는 열 살이 되고, 몇 달 전까지만 해도 생각조차 할 수 없던 일들을 하고 있다. 예를 들어, 원래는 밤중에 방 밖으로 나갈 수 없지만, 그러거나 말거나 일어나 나가서 집 안을 '배회'한다. 물론 즐거운 배회는 아니다. 나는 벽에 일부러 부딪친다. 내 몸을 멍들게 하면서 이 지긋지긋한 집도 나 때문에 멍들기를 바란다. 난 이 집을 증오하고, 집도 그 사실을 알았으면 좋겠다.

더 심한 짓도 한다. 밤에 별로 춥지 않으면 소리 나지 않게 덧창을 열고 창문턱을 넘어 베란다의 지붕 위로 뛰어내린다. 그곳에서 개집 지붕을 타고 내려가면 정원으로 갈 수 있다. 한밤중에 정원 걷는 훈련을 해온 터라 아무리 어두워도 어디가 어딘지 알 수 있다. 여전히 조금 두렵기는 하지만, 두려움보다 자유의 취기가 강하다. 린다가 달려온다. 우리는 함께 페리소에게 간다. 페리소는 닭장 옆에 서서 잔다. 마구간을 싫어하고, 그 안에 들어가는 것을 무서워한다. 하지만 나와 린다가 함께 있을 때면 말 안 해도 먼저 마구간으로 달려가서 짚 위에 눕는다. 린다와 나는 페리소의 배에 몸을 웅크리고 순수한 행복에 젖는다.

나는 자꾸 벌을 받는 페리소가 걱정된다. 리카르 원액을 마시지 않으려 하거나 레몽을 물기 때문이다. 그러면 페리소는 마구간 바깥쪽 문과 안쪽의 녹색 철책 사이에 갇힌다. 내가 싫어하는 곳이다. 끔찍한 레몽이 나를 덮치려고 기다리는 곳. 페리소는 이따금 사흘 연속으로 그 어두컴컴한 곳에 갇히기도 한다.

아버지는 페리소가 여기저기, 특히 베란다 옆에 있는 벤치 앞쪽의 잔디를 뜯어먹기를 바란다. 페리소가 안 하면 벌을 준다. 방으로 올라가기 전에, 나는 그쪽으로 가서 마구간에서 가져온 가위로 벤치 주변의 잔디를 한 타래 한 타래 자른다. 매일 잔디 길이를 확인하는 아버지는 '조건화 훈련'이 효과를 보고 있다며 만족해한다. 페리소는 이제 잡식성이고, 풀을 점점 더 싫어한다. 아버지가 페리소에게 깎으라고 명하는 그 자리의 잔디만 예외다.

아스프로

이브와 미레유는 늘 삼층 자기들 방에서 식사를 한다. 아주 조심스럽게 지내면서, 우리와 같은 공간에 있기를 피한다. 하지만 저녁이면 문을 닫고 싸우는 소리가 들린다. 나한테와 마찬가지로 이브는 아내한테도 다정하지 않은 것 같다. 아침에 미레유가 눈가에 시퍼렇게 멍이 들고 침통한 표정으로 내려올 때도 있다.

미레유는 친절하고, 동그스름한 얼굴에 화장을 진하게 한다. 원래 직업이 미용사다. 그녀의 진갈색 머리카락이 나의 호기심을 끈다. 나도 미레유처럼, 그리고 '라르두트' 카탈로그에 나오는 여자들처럼 단발머리로 자르고 싶다. 아버지는 어머니와 나에게 머리카락을 단 1센티미터도 못 자르게 한다. "매춘부들이나 머리를 짧게 자르고 다닌다. 그 증거로 전쟁 동안에……" 어머니와 나는 아버지의 논리가 당황스럽다. 어쨌든 우리는 머리카락이 허리까지 닿을 정도로 길다. 머리를 매만지는 일도 최소한으로 줄여야 하고, 머리를 감는 것도 한 달에 한 번만 할 수 있다. 어머니는 늘 뒤로 묶어서 틀어 올리고, 나는 땋아서 늘어뜨린다. 아버지에 따르면 "머리카락이 어

완벽한 아이

깨에 찰랑거리는 여자들은 행실이 나쁜 여자들"이다. 또한 이마를 드러내고 있어야 '예지력의 순환'이 일어날 수 있다. 어리석은 여자들이나 커튼처럼 이마 위로 머리카락을 늘어뜨리고 다닌다.

독일어 수업이 끝난 뒤, 드디어 나는 용기를 내 아버지에게 불경한 요청을 한다. 미레유한테 부탁해서 내 머리카락을 조금만 자를 수 있게 해달라는 말에 아버지는 침울한 눈빛으로 나를 바라본다. "정말 그러고 싶으냐? 좋다." 그런 뒤에 더이상 말이 없다. 며칠이 지나도록 다시 물어볼 용기가 나지 않는다. 그러다 어느 날 복도에서 미레유와 마주친 아버지가 묻는다. "지금 시간 있소?" 미레유의 얼굴이 파랗게 질린다. 그녀도 나만큼이나 아버지를 무서워하는 것이다. "필요한 도구 가지고 있소? 챙겨 오시오. 모드 머리 좀 자르게." 미레유가 긴장을 푼다. "그럼요. 그런데 우선 머리부터 감아야 하는데요." "그럴 필요 없소."

미레유가 올라가서 작은 손가방을 가져온다. 아버지가 말한다. "머리를 완전히 밀어주시오." 미레유는 잠시 얼어붙은 듯 가만히 서 있다가 떨리는 목소리로 간신히 대답한다. "아주 예쁘게 짧게 자를 수 있는데요." "그냥 다 밀어주시오."

이발기가 내 머리 위를 지나는 동안 거울 속에서 미레유는 미안해 어쩔 줄을 모른다. 바닥에 떨어지는 내 금발 머리카락은 마치 겨울에 얼지 말라고 수도관에 감아두는 대마 끈을 닮았다. 나는 내 모습을 보지 않으려 애쓴다. 수치심이 밀려온다. 내가 독일군과 자기라도 했단 말인가. 아버지는 독일군과 몸을 섞는 수치스러운 짓을 한 여자들에 대해 여러 번 이야기했다. 나에게 그 여자들과 같은 벌을 내린다는 것은 나 역시 수치스러운 인간이라는 뜻이다. 레몽에게 끌려가서 당하고 마는 그 추한 짓 때문에 벌이 내려지는 걸까?

나는 미레유가 끝내기를 기다린다. 그러곤 눈을 들어 내 모습을 보는 순간 그대로 굳어버린다. 내 얼굴이 아니다. 전보다 더 추하다. 머리카락이 없어지면서 어릴 적 벽에 머리를 박곤 했을 때 생긴 열댓 개의 흉터들이 드러난다. 그 이후 몇 주 동안 나는 자꾸 머리가 가렵다. 내 몸이 점점 더 낯설어진다. 나는 거울을 보지 않으려 애쓴다. 원래부터 내가 거울 보는 것을 싫어하던 아버지와 어머니는 흡족해한다. 어쩌다 내가 아주 살짝 거울을 힐끗거리기만 해도 아버지는 콧소리로 흥얼거린다. "조조의 새 모자를 보셨나요?"• 나는 수치심에 휩싸인다. 미레유는 내 민머리 때문에 죄책감이 드는지 아예 나를 피해 다닌다.

그런데 새로 나기 시작한 내 머리카락은 더이상 금발이 아니라 밝은 밤색이다. 아버지는 무척 곤혹스러워한다. 블랑딘 얘기를 할 때마다 빛나는 머릿결을 들먹이면서 불만의 눈길로 내 머리카락을 쳐다본다. 비의를 깨우친 여자들은 모두 선명한 금발이다. 어릴 때 어머니는 머리카락이 흰색에 가까울 정도로 연했고, 아마도 그 사실

• 모리스 슈발리에가 부른 노래 〈조조의 모자〉의 후렴 부분이다.

이 아버지가 어머니를 선택하는 데 결정적 요인이 되었을 것이다. 나도 분명 선명한 금발이었다. 어쩔 수 없다. 이제는 그 어떤 것도 중요하지 않다.

나는 다시 자라난 머리카락을 고약하게 멋대로 자른다. 앞머리가 마치 원시의 계단처럼 삐뚤삐뚤해진다. 머리카락을 움켜쥐고 아무렇게나 자르기 때문에 옆쪽과 위쪽은 쥐가 파먹은 것 같다. 그렇게 스스로의 모습을 일그러뜨리는 동안 환희에 가까운 기쁨이 느껴진다. 지하실에서 몰래 가져온 작은 집게를 삼층 카펫 고정쇠 밑에 숨겨두었다가 오래전부터 짙어진 눈썹도 뽑아버린다. 덕분에 그야말로 부엉이 눈이 된다. 정말 꼴이 말이 아니다. 아버지는 아무것도 모르는 것 같다. 어머니는 의기양양하다. "네가 제정신이 아니구나!"

아버지가 나에게 다시 한 번 레몽의 일을 도우라고 말한다. 연장이 있는 지하실로 들어가자 레몽이 곧바로 따라온다. 벗어날 구멍이 없다. 한 번씩 겪을 때마다 나는 조금씩 더 죽어간다. 그런데 한순간 지하실의 다른 출입문이 열리는 소리가 난다. 레몽은 헐떡거리느라 듣지 못한다. 이제 무슨 일이든 일어나서 이 악몽을 끝내려나 보다. 분명 어머니의 발소리다. 살았다. 내가 무슨 일을 겪는지 어머니도 알게 될 것이다. 이제 레몽은 끝장이다. 정말로 어머니가 들어온다. 어머니가 나를 보고, 나와 눈이 마주친다. 그런데…… 고개를 돌린다! 지하실에 내려와서 하려던 일마저 포기해버린다! 정말로 어머니는 그대로 나가버린다.

문 열리는 소리가 들리고 불과 몇 초 사이에 일어난 일이다. 나는 깊은 절망에 빠진다. 등 뒤에서 내 몸을 감싸 안고 서 있던 레몽을 어머니가 보지 못했을 리 없다. 어머니가 내 절망을 보지 못했을 리 없다. 나는 도움 받을 자격조차 없는 나쁜 아이일까?

겨울이 다가온다. 여전히 저격수가 숨어 있을까봐 두려운 아버지는 더 소심해져서 저녁이 되면 불을 켜기 전에 무조건 모든 덧창을 닫게 한다. 얼마 전부터 빽빽한 크랭크를 돌려 덧창을 닫는 것도 내 일이다. 아버지는 크랭크를 돌리는 나를 잔뜩 경계하는 눈길로 살피기도 한다. 그러다 결국 선언한다. "이제부터 봄까지 아예 덧창을 열지 말거라." 이미 방들이 얼음처럼 차가운데 어둠에 잠기기까지 하면 겨울을 어떻게 날까. 나는 천길만길 나락으로 떨어진 기분이다. 지하실에서 어머니와 눈길을 주고받던 순간을, 마치 환각처럼 지나간 그 순간을 계속 되씹는다. 어머니는 나를 봤다. 그런데 고개를 돌렸다. 정말 나를 봤을까? 정말 나를 그 식인귀의 더러운 손에 남겨둔 채로 나가버린 걸까? 혹시 내가 꿈을 꾼 게 아닐까?

아침에 아버지 시중을 들 때도 방 안에는 음산하고 흐릿한 빛뿐이다. 아버지가 소변을 보는 동안 내가 들고 있어야 하는 요강은 표면이 매끈한 병이라 자칫 떨어뜨릴까봐 겁이 난다. 나는 아버지가, 나 자신이, 이 집이, 온 세상이 혐오스럽다. 소변을 비우러 화장실에 들어가면 욕지기가 치밀어올라 서두르게 되고, 그러다가 내 발에 소변을 쏟기도 한다. 그 순간 나는 두려움으로 굳어버린다. 나에게는 여분의 바지도 구두도 없다. 이 끔찍한 냄새가 내 옷에 배고 내 살갗에 달라붙어 영원히 나를 따라다닐 것이다. 욕지기가 더 강하게 올라온다.

기온이 이미 내려갔지만, 아직도 9월이다. 10월까지는 일주일에 세 번씩 삼십 분 동안 수영을 해야 한다. 나는 낭떠러지에 몸을 던지는 기분으로 시커먼 물속에 들어간다. 차라리 바닥까지 내려가서 숨을 멈추면 모든 게 끝나지 않을까?

음울한 잿빛의 날들이 이어진다. 내 안에 기쁨을 위한 자리는 단 한 곳도 남지 않았다. 무엇을 하든 내일은 오늘과 같거나 더 나쁠 것이다. 오로지 독서만이 탈출구다. 하지만 책을 덮자마자 다시 목구멍이 죄어온다. 위고의 「뤼 블라스」에서 독약을 마시는 뤼 블라스를 보면 마치 내가 죽는 것 같다. 로미오가 독약을 마실 때는 나도 그와 함께 떠난다. 이 집에서 나가고 싶다. 죽으면 이곳을 떠날 수 있지 않을까? 독약을 먹고 죽으려면 어떻게 해야 할까? 어디 가야 독약을 구할 수 있을까?

독약 대신 우리집의 유일한 약품인 아스프로는? 모아둔 아스프로는 모두 손님방의 서랍에 들어 있다. 어느 날 나는 수업을 마치고 내려오다가 몰래 손님방에 들어간다. 그러곤 약이 거의 가득한 통으로 대충 골라서 꺼낸다. 결심했다. 오늘 나는 이 집에서 탈출할 것이다.

저녁이 되기를 기다려 나는 매트리스 밑에 숨겨두었던 약통을 꺼낸다. 어머니가 가끔 내 침대를 확인하기 때문에 지체해서는 안 된다. 그런데 물을 가져다 놓을 생각을 못했다. 그냥 두 알을 삼켜본다. 세번째 알이 목에 걸린다. 탈출을 내일로 미루는 수밖에 없다. 나는 약통을 벽난로 옆에 숨긴다. 이튿날 보니, 물을 떠놓을 그릇이 없다. 결국 욕실 세면대의 물을 연필꽂이에 받아서 조끼 안에 숨겨 방으로 들어온다.

책을 읽을 시간에 나는 약통의 약을 한 알씩 삼킨다. 그런 다음 자리에 누워 내일 아침 아버지와 어머니가 힘없이 늘어져 있는 나를 발견할 순간을 상상한다. 도와달라고 소리치며 병원으로 달려가리라. 두려움에 떨고, 나를 보살피고, 나는 살아나리라. 그러면 내일은 더이상 오늘 같지 않으리라.

하지만 곧바로 다른 광경이 떠오른다. 아버지와 어머니가 마구 화를 내고, 내가 아프거나 말거나 내버려두는 것이다. 나는 길고 긴 죽음의 고통을 치른다. 결국 아무런 도움 없이 기력을 회복하고, 그렇게 해서 얻는 교훈은 더욱 가혹하다! 그렇다, 내일은 오늘과 같지 않다. 더 나쁘다. 나는 다시 일어서서 바닥에 깔린 모켓 밑에 분홍색 약통을 숨긴다. 내가 무슨 약을 먹었는지 아무도 몰라야 한다. 그래야 내가 죽을 확률이 더 높아진다.

나는 서서히 몽롱해지길 기다린다. 하지만 '알코올과 의지력' 훈련 때처럼 내 정신이 싸우며 버틴다. 나의 일부는 떠나가고, 나머

완벽한 아이

지 일부는 결과를 생각하며 긴장한다. 내가 없어서 린다가 계속 갇혀 있게 되면, 아무도 문을 열어주지 않아 린다가 개집 안에서 미쳐 죽으면 어쩌지? 비비슈와 새끼들한테 먹을 것은 누가 챙겨주지? 나는 밤새도록 악몽에 시달리며 자다 깨다를 반복한다. 아침 6시에 눈이 떠진다. 나는 여전히 이곳에 있고, 전날과 똑같은 하루가 시작된다. 그저 조금 이상한 느낌이 들 뿐이다. 이제 조금 있다가 죽게 되는 걸까? 하지만 다시 저녁이 오고, 나는 탈진해서 쓰러진다. 나는 제대로 죽지도 못한다.

니체

통신교육의 내용이 아버지의 가르침과 다를 때가 있다. 그럴 때
는 어머니가 진실을 바로잡는다. 베르셍제토릭스가 왜 역사 교재에
는 용감한 전사이고 로마 군단에 맞선 탁월한 장군으로 나오느냐고
물으면, 어머니는 반박 여지가 없는 단호한 어조로 대답한다. "사실
은 어리석기 그지없는 자였어." 아버지가 템플기사단이 잔 다르크를
구해줬다고 했는데 교재에는 왜 화형당했다고 나오는지 물으면, 어
머니는 이렇게 대답한다. "신경쓸 거 없어. 어차피 이제는 하나도 중
요하지 않은 일이야."

아버지가 아무리 내 독서 목록을 엄격하게 통제해도 내 머릿속
은 종종 아버지가 용납하지 않는 것들로 채워진다. 아버지는 늘 근
엄하게 강조한다. "넌 절대 양떼처럼 행동해서는 안 된다. 남들이 말
하는 걸 그대로 믿어서는 안 돼." 무조건 아버지의 가르침만 그대로
받아들여야 한다. 우선 종교적 개념들이 그렇다. "신과 악마를 보자.
대부분 사람들은 둘이 반대라고 생각하지만, 사실은 하나다. 신도
악마도 우주의 위대한 설계자에게서 나왔으니까." 아버지에 따르면,

완벽한 아이

'선한 신'은 신자들을 길들일 목적으로 교회가 만들어낸 개념이다. '악마' 역시 사람들에게 그 어떤 창조 능력도 부여하지 않기 위해서 일부러 '악마화'해버린 개념이다. 예를 들어 종교재판은 가장 근원적인 질문들에 대해 다른 답을 추구하는 위대한 이들을 쫓아내기 위해 악마 개념을 사용함으로써 인류를 퇴보시켰다.

사실 우리가 사는 세상은 우주의 위대한 설계자가 만들어낸 작품이다. 루시퍼 역시 그 설계자의 창조물로, 원래는 빛의 주인이었다. 그런데 목표를 벗어나 다른 길로 빠지고 말았다. 사람들이 루시퍼에 대해 하는 말을 그대로 믿으면 안 된다. 물론 비의를 깨우친 이들만이 가능한 일이지만, 사람들의 행동 속에서 루시퍼의 흔적을 발견할 수 있다. 예를 들어 우주의 에너지를 반대 방향으로 돌리려는 유혹이 대표적인 루시퍼의 흔적이다.

예수의 경우는 실존 인물이 맞는다. 선한 사람이었고, 비의도 깨우쳤다. 하지만 신의 아들은 아니다. 멍청한 인간들이 예수를 십자가에 매달았다. 그 처형 이야기도 액면 그대로 받아들이면 안 된다. 아버지가 길게 설명한 바에 따르면, 몸무게가 80킬로그램인 사람을 양쪽 손바닥에 못을 박아 매달 경우 손이 찢어지고 몸은 바닥으로 떨어지게 된다. 사람을 예수처럼 십자가에 못박아 처형하는 것은 불가능하다. 예수는 밧줄로 십자가에 묶였다. 마리아 역시 훌륭한 여인인 건 맞지만 당연히 동정녀는 아니다! 심오한 메시지를 제대로 파악할 능력이 없는 양떼를 위해 교회가 자극적인 이야기를 만들어냈을 뿐이다. 그래야만 양들이 관심을 갖기 때문이다.

아담과 이브, 천사들과 성자들 얘기 역시, 비의를 전수받은 블랑딘 같은 드문 경우를 제외하고는 모두 멍청한 인간들을 위해 지어낸 이야기들이다. "얼간이들을 벗겨먹고 교회를 살찌우기 위해 만들어진 헛짓거리의 성소聖所"인 루르드*만 봐도 알 수 있다.

교회의 좋은 점이 전혀 없지는 않다. 대성당들을 보라. '에너지가 집약된 장소'에 대성당들을 지은 것은 예루살렘에 시바의 여왕을 맞이하기 위해 완벽한 성전을 지었던 티레의 히람의 후계자들이다. 아버지가 환생한 티레의 히람이기 때문에 아는 일이다. 옛날 대성당들은 입문 의식이 치러지는 장소였다. 가르침을 받을 자격이 없는 자들이 비의를 전수받으려 하면 그 머리 위로 돌이 떨어졌다. 또한 대성당은 가난한 자들과 불행한 자들이 불의를 피해 머물 수 있는 성스러운 장소이기도 했다.

하지만 교회는 자신들의 권력을 벗어난 자유로운 선지자들의 존재를 용납하지 못했다. 어리석은 가톨릭교도들이 절멸시킨 진정한 빛의 존재들인 카타리파의 역사를 보라. 카타리파 신도들은 비의를 전수받은 자들이고, 환생이 가능하다. 한 번씩 새로 태어날 때마다 좀더 완성되어가며 소중한 지식을 쌓아나간다. 그래서 교회가 그

* 프랑스 남서쪽 피레네 근처의 마을. 19세기 중엽에 동굴에서 기도하는 소녀에게 성모가 여러 차례 발현한 뒤 가톨릭의 성지가 되었다.

들의 힘을 두려워한 것이다. 하지만 교회는 카타리파 교단을 완전히 없애지 못했다. 카타리파는 숨어서 살아남았다.

템플기사단도 마찬가지다. 기사들은 모두 우월한 존재들이다. 기사단 조직은 비밀로 유지되기 때문에, 역사책에 기록된 것과 달리 완전히 사라지지 않았다. 단지 숨어 있을 뿐이다. 그들은 보이지 않는 곳에서 여전히 존재하고 행동한다. 내 아버지가 템플기사단에 속한 기사라는 사실이 그 증거다. 나 역시 아버지의 가르침을 열심히 따라간다면 나중에 기사가 될 것이고, 그렇게 우주의 비밀에 다가가게 될 것이다.

아버지가 빛의 존재들에 대해 이야기하는 동안 내 눈은 오로지 아버지만을 향해야 한다. 단 한 번 깜빡거려서도 안 된다. 내 마음 깊은 곳에서는 경계의 신호가 울리고, 비밀스러운 저항이 시작된다. 하지만 아무리 듣지 않으려 해도 내 정신의 한 끄트머리가 아버지 입에서 나오는 이상하고 신비로운 이야기에 귀를 기울이게 된다. 예를 들어 성경에 잘못 기록되었다는 위대한 노아의 이야기가 그렇다. 노아는 인간이든 동물이든 빛의 존재를 알아볼 줄 아는 견자見者였다. 그는 이 땅에 창조된 것 모두가 만족을 모르고 물질적 부만 추구하느라 타락해버린 탓에 사라질 운명임을 알았다. 그래서 빛의 존재들을 자신의 방주에 태웠다. 스스로를 희생한 것이다. 나의 아버지가 그랬듯이 노아는 보호해야 할 존재들을 지켜내기 위해 세상을 등졌고, 그 덕분에 대홍수 이후에도 이 땅에 생명이 이어질 수 있었다.

　마음 깊숙이 나는 노아에게 매혹된다. 죽은 오시리스의 아내이
자 모든 프리메이슨의 어머니인 이시리스에게도 매혹된다. 아버지
는 이따금 나를 당구실로 불러 헤르메스 트리스메기스토스*에 대해서
도 가르친다. "세 번 위대한 헤르메스다." 내 안에서 작은 목소리가
빈정거린다. 또 '3'이네…… 그러면서도 아버지가 펼쳐 보이는 커다
란 책 앞에서 황홀해진다. 간지間紙 아래쪽에 있는 "도서 인쇄 및 판
매, 디디에 상사"라는 구절을 보며 나는 이 멋진 책을 아버지가 썼나
보다 생각한다. 나는 내용이 다소 모호한 발췌 구절들을 읽어야 하
고, 어떤 대목에서는 손을 종이에 스치며 시계 방향으로 세 번 돌려
야 한다(이번에도 '3'이다). 그러면 아버지의 깊은 목소리가 내 머릿
속에 울린다. 그 목소리가 말하길, 진정한 지혜로 들어가게 해주는
열쇠가 바로 이 책에 들어 있다. 최고 수준의 연금술로, 우주에 대한
이해로. 이 책 속의 지식이 내 머리로 들어올 것이다. 나는 그것을
받아들여야 한다. 정신을 열어야 한다.

　다 마치고 방을 나설 때면 나는 혼란스럽고 불안하다. 아버지는
나중에 프리메이슨 선지자들이 나를 확인할 수 있도록 암호도 외워
두라고 한다. 상대가 "비가 오는군요"라고 말하면 내가 응답해야 할

---

*　그리스의 헤르메스와 이집트의 토트가 결합된 헬레니즘 시대의 신이다.
연금술, 점성술, 신성 마법 세 가지를 알았기 때문에 '세 번 위대한 헤르메스'
라는 뜻의 이름이 붙었다.

　　　　　　　　　　　　　　　　　　　　　　완벽한 아이

말이 정해져 있다. "전 읽을 줄도 쓸 줄도 모릅니다. 철자만 익혔습니다. 첫 글자를 알려주시면 제가 두번째 글자를 말하겠습니다." 만일 상대가 약속된 방식대로 내 손을 잡고 악수하면 나도 응답해야한다. "전 일곱 살입니다." 연습하면서 나는 신이 난다. 이 말대로라면 언젠가 나도 집을 나가 다른 사람들을 만나는 것 아닌가. 물론 비의를 전수받은 사람들만 만날 수밖에 없대도, 아무도 못 만나는 것보다는 낫다.

이제 니체의 『선악의 피안』을 읽어야 한다. 아버지는 니체가 나를 초극으로 이끌어줄 중요한 철학자라고 믿는다. 사실 아홉 살 때 읽은 『자라투스트라는 이렇게 말했다』는 꽤 재미있었다. "신은 죽었다"라는 말이 놀라웠고, 동물들과 주고받는 대화도 마음을 끌어당겼다. 문장들이 무엇을 의미하는지는 몰라도 그 책에 담긴 말소리가, 예를 들어 "나는 사람들을 사랑한다"라는 말의 울림이 좋았다. "나는 사랑한다." 니체는 이 말을 자주 한다. 우리집에서는 절대로 사용되지 않는 그 말이 마치 달콤한 꿀처럼 내 뇌 속을 흐른다. 심지어 '초인'이라는 말도 자라투스트라의 입에서 나올 때는 아버지의 입에서 나올 때처럼 딱딱하거나 날카롭지 않았다.

읽어야 할 책이 니체의 것임을 알고 나니 기분이 좋아진다. 이번에는 좀더 많이 이해할 수 있을 것 같다. 그런데 막상 읽어보니 정반대다. 아버지는 무조건 내가 다 이해했다고 믿는다. 감정을 완벽하게 조절하는 초인이 되어 완전범죄를 성공하겠다는 계획에 매혹당한 두 미국인 청년 네이선 레오폴드와 리처드 로엡● 이야기를 들려주기도 한다. 그들은 열네 살짜리 소년을 죽임으로써 자신들의 우월성을 증명하고자 했다. 하지만 완전범죄에 실패했다. 한 명이 나약했기 때문이다. 레오폴드와 로엡은 체포되었고, 그들의 소송은 온 세계를 들썩이게 했다. 아버지는 레오폴드가 '진정한 니체의 제자'라면서 찬탄한다. 의미가 충만한 행위로서의 범죄를 꿈꾸었고, 그렇게 초인의 상태에 이르려 했다는 것이다. 반면 로엡은 '추종자'에 지나지 않는 인물이며 경멸받아 마땅한 '괴물'이다. 증거도 있다. 레오폴드는 감옥에서도 계속 진화했고, 이제는 자유의 몸이 되어 여전히 빛을 향해 나아가고 있다. 하지만 로엡은 감옥에서 죽었다.

나는 아버지가 하고 싶은 말이 무엇인지 이해하지 못한다. 완전범죄를 통해 우월성을 증명하려 해서는 안 된다는 경고일까? 반대로 나도 한번 해보라는 말일까? 답을 찾지 못해서 마음이 복잡하다. 나는 다시 삼층 교실의 탁자 아래 아버지와 어머니의 시체가 누워 있는 꿈을 꾸다가 소스라치며 깨어난다. 이번에는 불안을 벗어나는 게 더 힘들다. 몇 초 동안이지만 나는 바로 내가 아버지와 어머니를 죽였다고 확신한다. 입문 의식을 위해서…… 초인이 되기 위해서……

● 　레오폴드와 로엡은 시카고 부유층 가정의 청년들로, 1924년에 완전범죄를 꿈꾸며 한 소년을 납치하여 살해했다. 종신형을 선고받은 뒤, 로엡은 1936년에 동료 죄수에 의해 살해되고 레오폴드는 1958년에 가석방되었다.

　　　　　　　　　　　　　　　　　　　完벽한 아이

마틸드

한 달에 한 번 죽음에 대한 명상이 이어진다. 죽은 자들이 내 안으로 들어와야 하기 때문에 나는 절대 움직여서는 안 된다. 그들은 한쪽으로 들어와 가르침을 내려두고는 다른 쪽으로 나간다. 나는 '순수'하기 때문에 당연히 가르침 중에서도 '밝은 것'만을 취할 수 있다.

내가 끔찍하게 싫어하는 흉터를 아버지가 다시 들먹인다. 그 흉터는 아주 유용하다. 덕분에 아버지는 어떤 경우에도 나를 알아볼 수 있다. 몸 '양편'에 표시가 되어 있어서 아버지, 혹은 아버지의 스승이었던 선택받은 자들의 혼령이 내 안에 들어오면 곧 알아보고 안심할 수 있다는 것이다. 겉으로는 순수해 보이지만 실제로는 빛의 존재를 죽이려는 '사냥꾼'들이 '악마의 미끼'를 준비해둘 때도 있으므로 혼령들은 극도로 조심해야 한다. 만일 그 미끼에 걸려들면 '악령'이 그들의 지식을 모두 빨아들일 테고, 그 결과 세상의 존속을 위태롭게 만드는 재앙이 닥칠 것이다.

사실 나는 내가 지하실에서 죽은 자들의 혼령을 받아들여야 하

는 이유를 깨닫고 싶은지 아니면 아무것도 모르는 채로 있고 싶은
지, 그조차도 잘 모르겠다. 나는 죽은 자들의 혼령이 쥐들만큼이나
무섭다. 아무리 선택받은 자들의 혼령이라 해도 죽은 자들이 내 안
에 들락거리는 게 싫다. 나처럼 잘못 선택된 아이에게 지식을 전수
하기 위해 아버지가 그토록 많은 에너지를 쏟아붓는 것도 슬프다.
하지만 그와 동시에, 나를 그 엄청난 공포의 바다에서 허우적거리며
헐떡이게 만드는 아버지가 원망스럽다. 저녁에 잠이 들면 선한 혼령
들과 사악한 혼령들, 빛나는 혼령들과 음흉한 혼령들이 내 머릿속에
서 우글댄다. 아버지의 목소리가 들리지 않도록 뚜껑을 덮어버리고
싶지만, 도저히 안 된다. 밤이 깊어지면 내 베개 뒤편에 선 벽이 서
서히 열리고, 열린 틈으로 두 손이 나와 내 머리를 잡아당긴다. 아무
리 발버둥치고 비명을 지르려 해도 입에서는 아무 소리도 나오지 않
는다. 나는 벽 속으로 빨려들어간다. 마침내 벽이 닫힌다. 나는 산채
로 벽 안에 갇히고, 내가 그 벽 안에 있다는 사실을 아무도 모른다.

　새로운 악몽에 너무 자주 시달리는 바람에 이제 나는 잠들기가
두렵다. 머리와 발의 방향을 바꾸어 누워본다. 그렇게 누우면 침대
와 벽난로 사이에 꽤 넓은 공간이 확보된다. 하지만 이번에는 벽난
로가 열린다. 역시나 혼령들이 손이 내밀고, 길게 뻗친 손들이 내 머
리를 붙잡고 잡아당겨 벽난로 도관으로 끌고 들어간다. 그렇게 나는
아무도 있는 줄조차 모르는 '숨겨진 지하실'에 갇힌다.

　더는 못 버티겠다. 아! 최소한 내 마음대로 죽을 수 있다면! 나

　　　　　　　　　　　　　완벽한 아이

의 정신이 강해져서 나와 린다를 함께 이 증오스러운 곳에서 멀리 데려가준다면! 나는 정신력 훈련을 해야 한다. 세상의 주인이 되기 위해서가 아니라 이곳을 벗어나기 위해서다. 나는 아버지가 시키는 훈련법을 혼자서 해본다. 뇌를 쥐어짜듯 의지력을 총동원한다. 눈을 질끈 감은 채, 내 흉터가 열리고 이어 내가 그 흉터들을 통해 흘러나가는 상상을 한다. 내 몸이 액체가 되어 린다의 집을 감싸고, 린다를 일으키고…… 나와 린다는 다른 곳에서 눈을 뜬다.

어떨 때는 내 안으로 내려간다. 마치 빙하 속 같다. 점점 깊이 내려간다. 나의 생체 기능이 서서히 약해진다. 바로 이 방식으로 수용소를 탈출한 죄수들 얘기를 아버지한테 들은 적이 있다. 죄수들은 심장박동까지 늦추어 마침내 겉보기에 죽은 사람처럼 되어서, 시신들을 내가는 수레에 실려나와 시체 더미 틈에 던져졌다. 그런 뒤에 자신이 불속에 있다고 상상하며 정신력으로 다시 체온을 높였다. 나도 심장박동을 서서히 줄이는 연습을 하고 있지만, 린다를 데리고 나갈 방법까지는 아직 찾지 못했다.

나는 식사도 더는 감내할 수 없다. 어째서 어머니가 접시에 담아주는 것 전부를 먹어야 한단 말인가. 어떨 때는 아무리 노력해도 안 된다. 예를 들어 검은 버터소스와 함께 나오는 신발 깔창처럼 질긴 스테이크는 도저히 삼키지 못한다. 아버지의 눈길이 화살처럼 날아와 꽂힌다. "다 먹거라. 일 분 안에 끝내야 한다." 그 순간 나는 벌컥 화가 치밀어 스테이크를 통째로 입안에 밀어넣는다. 하지만 내려가지 않는다. 끔찍하다. 숨이 막힌다. 끔찍하다. 공기가 없다. 살려줘. 목구멍이 막혀버린다. 이대로 질식해 죽는 걸까…… 아버지는 움직이지 않는다. 나는 손가락을 입안에 집어넣어 목구멍을 막고 있는 스테이크를 꺼낸다. 정신이 멍하다. 아버지가 말한다. "고기를 주워서 화장실에 가져다 버리거라."

내가 기계도 아닌데 어째서 뭐든 다 삼켜야 한단 말인가. 정말 진저리가 난다. 숨막히는 것을 참으며 억지로 먹고, 그런 뒤에 경멸 어린 아버지의 눈길을 받으며 토해내는 것도 진저리난다. 금요일에는 내가 싫어하는 또다른 음식과 다시 한 번 전쟁을 치룬다. 겨자소스 생선이다. 그동안은 욕지기가 이는 것을 참아가며 꾸역꾸역 먹었지만, 이제 싫다. 나는 아무 말 없이 팔짱을 끼고 앉아 버틴다. 점심식사 시간이 끝난다. 어머니가 식탁을 치운다. 아버지가 근엄한 어조로 말한다. "다 먹기 전에는 꼼짝도 말거라." 아버지도 내 앞에 계속 버티고 앉아 있다. 아버지의 눈길이 나를 잡아먹을 기세다. 그래도 어쩔 수 없다. 나는 고개를 들지 않는다. 시간이 흐른다. 내 마음 깊은 곳에서 분노가 치밀어오르고, 나는 바위가 된다. 결국 아버지가 일어서며 말한다. "넌 그대로 있거라." 좋다. 나는 움직이지 않는다. 저녁식사가 나온다. 아버지와 어머니는 나를 아예 없는 사람 취급하면서 내 앞에서 저녁을 먹는다. 상관없다. 단지 소변이 마려운게 문제다. 아버지와 어머니가 자러 올라간다. 이런 상황에서도 아버지의 잠자리 시중은 내 몫이다. 처음으로 나는 아버지의 요강을

완벽한 아이

비우는 일이 좋다. 나는 그 틈을 이용해 소변을 본다. 이어 어머니가 나를 데리고 내려와 다시 접시 앞에 앉힌다. 나는 불 꺼진 식당에, 끔찍한 겨자소스를 뒤집어쓴 끔찍한 생선 앞에 그대로 앉아 있다. 어떤 일이 있어도 절대로 먹지 않을 것이다.

이튿날 아침 시중이 끝나자 아버지가 말한다. "점심식사 때는 일단 치워도 좋다. 나중에 먹거라." 저녁식사 때 다시 내 앞에 생선이 놓인다. 하지만 양이 반으로 줄었다. 그나마 낫다. 나는 먹는다. 일단 다음주 금요일까지는 휴전이다.

나는 언제든 다시 싸울 준비가 되어 있다. 정확히 말해서, 싸울 준비가 된 나는 마틸드다. 모드는 가련한 낙오자다. 모드는 두려움에 떨고, 늘 복종한다. 하지만 마틸드는 전사다. 전투를 치르는 것은 마틸드다. 『적과 흑』에서 만난 마틸드가 내 마음을 사로잡았다. 나는 마틸드의 에너지와 그 열정이 좋고, 이상을 위해 인생을 바칠 준비가 되어 있는 기질이 좋다. 마틸드는 나의 은밀한 친구가 되어 나에게 용기를 주고 기운을 북돋는다. 언젠가 아버지가 이름에 대해 말하면서 끝에 'e'가 붙은 '모드'와 그냥 '모드'에 대해 설명한 적이 있다. 그에 따르면 끝에 'e'가 안 붙은 'Maud'는 '마들렌'에서 나온 이름이다. 마들렌이라는 이름을 가진 여자들은 눈물이 많다고도 했다. 반면 'e'가 붙은 'Maude'는 다름아닌 '마틸드'에서 온 이름이다! 그게 정말인지는 알 수 없지만, 어쨌든 그 순간 나는 그토록 용기 있고 똑똑하고 아름다운 마틸드와 내가 한 핏줄일지 모른다고 상상한다.

그날부터, 나는 루이 디디에의 딸이기만 한 게 아니라 마틸드의 쌍둥이 자매이기도 하다. 그리고 싸움을 벌여야 할 때면 늘 마틸드가 앞에 나선다.

마틸드가 절대로 참지 못하는 순간이 있다. 아버지가 손님들 앞에 불러 세워놓고 아코디언 연주를 시킬 때다. 알베르와 레미가 함께 식사하는 날 식전주 자리에서, 혹은 아버지를 찾아온 프리메이슨 손님들 앞에서다. 아버지도 내가 '재주 부리는 원숭이' 역할을 단 한 번도 받아들인 적이 없다는 걸 알 것이다. 오늘 아버지가 레몽에게 11시 30분에 함께 리카르를 마시자고 한다. 그 쓰레기 같은 인간을 위해 내 손으로 술을 내와야 한다. 이어 아버지가 말한다. "이제 〈파리의 다리 아래서〉 한번 연주해보거라!" 나는 싫다고 한다. 아버지가 윽박지르지만 나는 계속 버틴다. 아버지가 화가 나서 고함치기 시작한다. 아버지가 무슨 말을 하는지 나는 알지 못하지만, 마틸드는 격노한다. 아코디언을 잡아 아버지의 얼굴에 던진다. 결국 막대기로 등짝을 얻어맞고, 일과표 외에도 추가로 예순 시간 동안 아코디언을 연습해야 한다. "한 달 동안 한 시간 늦게 자고 한 시간 일찍 일어나거라."

무거운 벌이다. 하지만 마틸드는 레몽 앞에서 절대 아코디언을 연주하지 않을 것이다. 꼭 알고 있기를.

송아지

석 달에 한 번 도축꾼이 오는 날이 점점 괴롭다. 송아지를 안심시키는 위선적인 역할이 점점 힘들다. 날짜가 정해지면 며칠 전부터 송아지를 놓아주는 상상을, 배달 트럭 때문에 우리집 대문이 열려 있는 몇 분의 틈을 이용해서 함께 달아나는 상상을 한다. 하지만 결국 도축꾼이 오고, 송아지는 매번 나에게 배신당해 쓰러지고 만다.

이번에는 송아지를 묶어놓은 사슬의 고리가 다른 때보다 가늘다. 나는 송아지와 단둘이 남은 틈을 이용해서 사슬을 벗겨본다. 성공이다! "도망가, 도망가." 열린 철책 쪽으로 송아지를 밀어주지만, 송아지는 다른 곳으로 마구 뛰어다닌다. 그야말로 난장판이 된다. 도축꾼이 고함을 지르며 송아지를 잡으러 달려가고, 어머니는 나에게도 어서 가서 잡으라고 소리친다. 아마도 자고 있었을 아버지까지 소란 때문에 깨어나서 창가에 선 채 허공에 대고 총을 쏜다. 뛰어다니다가 전기울타리에 부딪친 송아지는 사방팔방으로 점점 더 난리를 친다.

마침내 도축꾼이 송아지를 잡는다. 송아지가 다시 침착해져야 도축할 수 있으므로 스물네 시간을 기다려야 한다. 송아지를 묶은 고리가 왜 풀렸는지 본 사람이 아무도 없으니 나는 혼나지 않는다. 하지만 가련한 송아지를 구하지 못했다는, 오히려 공포를 안겼다는 생각에 수치심이 밀려온다. 송아지에게 자유와 안도감을 주고 싶었는데 실상은 더 큰 고통만 안긴 셈이다.

마틸드가 벌인 반항 때문일까? 마틸드를 복종시키고 속박하기 위한 우회적 방법이었을까? 아버지가 벽장에서 목발을 꺼내더니, 그때부터 마치 장애인이 된 것처럼 목발에 의지한다. 아버지는 분명 넘어진 적도 다친 적도 없으니 아무 문제 없이 걸을 수 있다. 하지만 바로 옆으로 옮겨가고 자리에 앉고 변기에 앉고 다시 일어서고 할 때마다 내 부축을 받는다. 어머니와 내가 아침과 밤에 시중드는 동안에도 절대 힘을 쓰지 않는다. 우리가 바지를 입힐 때도 엉덩이를 들지 않는다. 내가 양말을 신길 때도 다리를 들지 않는다. 또한 나는 매일 크고 시커먼 흉측한 발톱이 달린 냄새나는 아버지의 발을 주물러야 한다. 너무 나쁜 딸이라는 죄의식이 나를 괴롭히지만, 그러는 동안에도 나는 아버지를 원망하고 증오한다. 아버지도 그것을 느끼고 나를 길들이려는 걸까?

여름이다. 우리는 베란다에서 점심을 먹는다. 오래된 네덜란드 치즈를 잘라야 하는데 굳어서 잘 안 된다. 어머니가 화를 내며 치즈와 칼을 빼앗아가다가 손을 벤다. 어머니가 나 때문에 다쳤다고 화를 낸다. 아버지는 "정신 번쩍 나게 혼내줘야겠다"고 고함을 친다.

완벽한 아이

그 순간 나는 고함소리에 진저리가 난다. 칼을 집어들어 치즈 도마 위에 놓인 다른 쪽 손에 힘껏 내리꽂는다. 그러곤 가슴이 터질 듯이 크게 외친다. "마음대로 해요! 뭘 어쩔 건데?" 아버지의 눈이 나를 뚫어버릴 기세다. 나는 아버지의 눈길을 버텨낸다. 죽이고 싶으면 죽이라지. 절대 고개 숙이지 않을 것이다. 시간이 얼마나 지났는지 모르겠다. 내 손에는 여전히 칼이 박혀 있다. 아버지가 진다. 아버지가 졌다. 어머니에게 소리친다. "위스키 가져와. 그 손 상처에 반창고도 붙이고."

나는 어머니에게 악을 쓴다. "그래, 빨리 가서 위스키 가져와. 더 센 거 있으면 그것도 가져오고. 그 손가락 상처에도 내가 부어줄 테니까." 어머니는 자리를 떴다가 조니 워커를 들고 온다. 나는 칼을 뽑고 피가 철철 흐르는 상처에 위스키를 붓는다. 위스키가 바닥에 흘러내리든 말든 상관없다. 내 눈은 여전히 아버지를 향한다. 어떤 일이 있어도 저 눈을 피하지 않을 것이다.

나는 피아노에 가서 앉는다. 건반이 피로 물든다. 마틸드는 내가 한 일이 만족스럽다. 하지만 불편한 무언가가 마음을 들쑤신다. 조금 전 내가 위스키를 부을 때 아버지의 이글거리던 눈 속에서 보인 어떤 것 때문이다. 그 희미한 그림자…… 그것은 자부심이었다. 그 사실을 깨닫는 순간 내가 실현해낸 반란에 대한 만족감이 수그러든다. 지금 나는 오히려 아버지의 기대에 부응하고 있는 게 아닐까? 힘, 용기, 결단, 위력…… 아버지가 바라는 이런 것들을 실천하고 있는 게 아닐까? 나는 스스로 무얼 하는지도 모른 채 아버지의 정신적 지령에 복종하는 불쌍한 꼭두각시일 뿐일까?

아버지가 나를 조종하고 있는 걸까? 나는 아버지의 명령에 따라 행동하고 있을 뿐일까? 화가 치밀어오른다. 나는 분노를 간신히 억누른 채, 잔디를 깎기 위해 잔가지부터 줍는다. 아버지는 나무상자에 앉아 지켜본다. 계속 몸을 숙이고 있느라 등이 아프다. 나는 몸을 일으킨다. 해서는 안 되는 일이다. 게으른 인간들이 하듯이 한쪽 무릎을 땅에 대거나 몸을 일으켜서는 안 된다. 아버지가 고함을 지른다. 나는 지렁이 한 마리를 줍는다. 내 손가락 사이에서 지렁이가 꿈틀댄다. 아버지를 향해 지렁이를 던지는 척하자 아버지가 움찔하며 몸을 뒤로 물린다. 나는 사악한 미소를 지으며 지렁이를 내 얼굴 앞에 늘어뜨리고는 입을 크게 벌려 입안에 넣어버린다. 그렇게 아버지를 똑바로 쳐다보면서 지렁이를 씹는다. 그러곤 소리친다. "나한테 이래라저래라 하지 마! 아무것도 하지 말라고!"

심장박동이 미친듯이 격해진다. 나는 분노의 물결 위에서 더이상 버티지 못한다. 삼켜버린 지렁이 때문에 위장이 뒤집힌다. 나의 존재 전체가 안으로부터 흔들린다. 허공에 떠 있는 것 같고, 광기의 문턱에서 비틀대는 것 같다. 무엇을 하든 나는 결국 나를 해치게 된다. 결코 이 지옥에서 벗어날 수 없다는 뜻일까? 다시 몸을 숙이고 잔가지들을 줍기 시작한다. 나는 벗어날 수 없는 위험에 빠져 있다. 도와줘. 이렇게 미치나보다. 어머니 말이 맞는다. 내가 갈 곳은 바이월의 정신병원이다.

나는 아버지의 책상 아래쪽 서랍에서 본 작은 주머니칼을 훔쳐 와 내 방의 모켓 밑에 숨긴다. 저녁에 칼을 꺼내 쳐다본다. 날이 무뎌진 낡은 칼이다. 아버지가 아는 사람 중에 전쟁 동안 적에게 항복할 수 없다며 정맥을 칼로 그어 자살한 사람이 있다고 했다. 나도 그러기로 한다. 내가 그렇게 죽고 나면 아버지는 자신이 나에게 적이었음을 깨닫게 될 것이다. 나는 칼로 손목을 긋는다. 살갗만 벗겨질 뿐, 날이 지나가도 정맥은 그대로다. 날이 무딘가? 아니면 내가 너무 얕게 그은 걸까? 내 안에서 죽겠다는 결정에 맞서 강렬한 본능이 꿈틀댄다. 그래도 나는 정말 죽고 싶다.

내 삶은 그대로이지만, 바깥세상에서는 무언가 중요한 일이 벌어지는 것 같다. 우리집에서 50미터쯤 떨어진 곳에 철로가 있는데도 기차 소리가 거의 들리지 않는다. 국도를 달리는 트럭들도 뜸해졌다. 밤이면 거의 적막하다. 아버지가 어머니에게 말한다. "자긴, 내일 협동조합에 전화해서 설탕 40킬로하고 식용유 20리터 가져다 달라고 해." 아버지는 정전될지 모르니 냉동고들도 가능한 한 열지 말라고 한다. 발전기가 있기는 하지만 혹시라도 정전될 때를 대비해서 냉동고 온도를 최대한 낮춰둬야 한다는 것이다. 결국 고기를 꺼내느라 냉동고를 여는 일을 피하기 위해 우리는 점심과 저녁에 달걀을 먹기 시작한다.

나에게 죽도록 괴로운 일은, 레몽이 평소보다 세 곱절이나 자주 우리집에 온다는 것이다. 됭케르크 항만이 파업에 들어갔고, 그래서 레몽처럼 시에 고용된 사람들이 출근하지 않기 때문이다. 레몽은 아버지와 함께 식전주를 마시면서 '파리 사건' 이야기를 한다. 학생들이 거리로 뛰쳐나가 길의 포석을 뜯어내서 던졌단다. 나는 가브로슈를 떠올린다. 아버지가 레몽의 이야기를 끊어버린다. "아내는 잘 지내나?" 혹은 "나무 가지치기는 언제 하겠나?" 악마 같은 레몽이 호시탐탐 나를 구석으로 몰고 갈 순간을 노리지만 않는다면 나에게는 신나는 상황이다. 하지만 더는 못 참겠다. 이제 그만 레몽이 일터로 돌아갔으면 좋겠다. 파업이 얼마나 오래 이어질까?

완벽한 아이

열쇠

겨울이 지났는데도 거리 쪽으로 난 덧창들은 여전히 닫혀 있다. 카틀랭 공장의 노동자들, 영국으로 가는 트럭들을 더이상 볼 수 없다. 심지어 아버지는 일층 정원 쪽 덧창들까지 계속 닫아두게 한다. 이제 아래층의 넓은 방들은 음산한 미광이 어슴푸레 감도는 거대한 영구대 같다.

집 안에 생명이 꺼져가는 동안 아버지의 감독과 수색은 오히려 활기를 띤다. 물론 그 어떤 것도 아버지가 직접 하지는 않는다. 내 방이나 어머니 방에 소리 없이 나타나서 명령할 뿐이다. "침대 펼쳐!" 그런 뒤에 우리가 이불을 치우고 시트를 벗기고 매트리스를 뒤집는 것을 지켜보다가 잠시 후 원래대로 해놓으라고 손짓하고는 나가버린다. 일 년에 한 번 일어날 수도, 한 달에 세 번 일어날 수도 있는 일이다. 아버지가 무엇을 찾는지는 나도 모른다. 그저 우리를 불안하게 만들려는 것 같다. 어머니는 나와 같은 대우를 받는다는 사실에 짜증이 난다. 아무 말도 하지 않지만 거친 몸짓에서 그대로 드러난다.

한 달째 아무도 나에게 말을 걸지 않는다. 내가 접시 더미를 밀쳐 떨어뜨려 그 와장창 깨지는 요란한 소리에 놀란 아버지가 심장발작을 일으킬 뻔했기 때문이다. 사실 지금처럼 노골적으로 길게 이어지는 무시가 짧은 순간들로 미세하게 흩어진 괴롭힘보다 나을지도 모른다. 아무하고도 말을 나누지 않으면 나는 세상에서 가장 초라한 인간이 되지만, 어차피 내 눈에도 나는 그런 인간이니까 상관없다. 나는 아버지와 어머니를 증오하고, 나 자신을 증오한다.

나는 다시 내 허벅지와 팔을 마구 할퀴기 시작한다. 이중커튼의 끈을 내 팔과 팔목에, 허벅지와 장딴지에 감아서 힘껏 조이다가 숨을 가다듬고 한 번 더, 고통으로 숨을 쉴 수 없게 될 때까지 조인다. 잡초를 뽑을 때도 쐐기풀을 맨손으로 잡는다. 이제는 고통도 화상도 두렵지 않다. 내가 원해서 만들어내고 멈추는 것도 나의 결정인 고통은 괜찮다. 내 양손에 가시가 가득 박힌 것을 아버지 어머니도 알고 있다. 하지만 아무 말도 하지 않는다.

이제 나는 나중에 무엇이 되고 싶은지 안다. 나는 '세상의 주인'이 아니라 '머리 고치는 외과의사'가 되고 싶다. 최근에 『페스트』를 읽었는데 거기 나오는 의사 리외가 머리도 몸 못지않게 고통을 겪는다는 사실을 가르쳐주었다. 전에 『백치』를 읽었을 때는 멋진 미시킨 공작의 뇌전증을 꼭 낫게 해주고 싶었다. 아버지는 늘 "의사들은 모두 얼간이"라고 말한다. 정말인지 아닌지 나는 알 수가 없다. 나는 의사들을 한 번도 본 적이 없다. 내가 아플 때는 아버지가 백포도주와 아스프로로 치료한다. 하지만 책에서 만난 의사들은 벅찬 감동으로 내 마음을 부풀어오르게 만든다. 발자크의 『시골 의사』에 나오는 의사는 단순히 몸을 치료하는 일에 그치지 않고 진정으로 선을 행한다. 그는 마을 사람들이 건강하게 살도록, 자라나고 아름다워지도록 돕는다. 내가 생각하는 빛의 인간은 바로 그런 사람이다.

책에서 읽는 이야기들이 나를 물들이는 걸까? 내 안에 수많은 생각과 인물과 이야기가 들끓는다. 어머니가 수업중에 과제를 내주고 자리를 비울 때면 나는 짧은 글을 쓰기 시작한다. 일종의 시적 소설이다. 주인공은 우리집 정원의 오스트레일리아 포플러에 날아온 새 한 마리다. 새는 나무 꼭대기에 앉아 이 이상한 집에 사는 이들을 바라본다. 자기가 앉은 나무 바로 밑 연못에서 헤엄치는 오리들을 보고는 이 집의 주인이라고 생각한다. 사자(린다)와 얼룩말(페리소)과 기린들(아버지, 어머니, 그리고 나)이 사는 동물원을 보면서는 저 동물들이 원래 자라던 곳에서 어떻게 이렇게 멀리 와 있을까 궁금해한다.

나는 이 이야기가 마음에 든다. 재미있으면서도 교육적이다. 작문을 가르치는 어머니도 이 이야기를 좋아하지 않을까? 내가 어머니 생각만큼 부족한 학생은 아니라는 사실을 알려주고 싶다! 나는 내 작품을 어머니에게 헌정하기로 한다. 읽고 나면 어머니가 더는 나를 미워하지 않을지도 모른다.

프랑스어 수업 도중에, 나는 조금 두렵기는 하지만 용기를 내서 어머니에게 원고를 내민다. 놀란 어머니가 종이를 힐끗 쳐다본 뒤 대각선으로 훑어나간다. 그러곤 내 얼굴에 던져버린다. "이런 거나 상상하고 있으니 내가 어떻게 네 말을 믿겠니?" 어머니에게는 상상력과 거짓말이 똑같다. 내가 자기를 기린에 비유해서 더 짜증이 난 것 같다. 나는 미안한 마음이 들어서 작은 새의 눈에는 어머니가 굉장히 커 보이지 않겠냐고 설명한다. "시간이 남아도는 모양이구나. 가서 주황색 책을 가져와야겠다. 계산 문제를 풀어야 정신을……"

나는 퇴각한다. 어머니한테 다시는 아무것도 보여주지 않을 것이다.

그래도 머릿속에서 온갖 시나리오가 넘쳐난다. 현기증이 날 정도다. 그것들을 밖으로 꺼내야 한다. 나는 아버지의 책상에서 얇은 종이를 몰래 꺼내와 저녁마다 침대에서 빽빽이 써내려간다. 그러곤 잠들기 전에 종이를 반으로 접어서 들고 까치발로 걸어나가 계단 카펫과 모켓 사이에 끼워넣는다. 아버지와 어머니는 아침마다 그곳을 지나가면서도 내가 밑에 무언가를 숨겨놓았으리라고는 꿈에도 모를 것이다. 나는 불안이 섞인 일종의 기쁨으로 전율한다.

하지만 계속 그 자리에 두기에는 위험이 너무 크다. 계단까지 가려면 어머니 방 앞을 지나가야 하는데, 언젠가는 어머니가 내 발소리를 듣게 될 것이다. 내 방에 숨길 곳이 없을까 살펴보다가 옷장 밑판이 방바닥에서 80센티미터쯤 올라와 있는 것을 알아챈다. 밑판을 들어내니 그 아래 벽돌들이 깔려 있다. 여기다. 여기에 비밀 창고

완벽한 아이

를 만들자.

우선 벽돌 하나를 골라 가장자리의 이음새부터 공격하기로 한다. 삼층 열쇠 하나를 훔쳐와서 시멘트를 긁어보니 제법 쓸 만하다. 나는 매일 저녁 계속한다. 긁어 떨어진 부스러기는 옷 주머니에 넣어두었다가 이튿날 정원에 버린다. 이음새의 석회는 금방 다 떨어진다. 이제 본격적으로 벽돌을 들어내려면 빈 이음새 자리에 맞는, 작으면서도 더 튼튼한 연장이 필요하다.

아버지의 연장을 가져올 수는 없다. 모두 작업대 위쪽 벽의 공구판에 그려진 저마다의 자리에 걸려 있다. 문득 레몽이 이따금 가져오는 굵은 열쇠가 떠오른다. 그 열쇠 때문에 내가 다친 적도 있다. 맞아, 그 열쇠! 충분히 벽돌을 팔 수 있다. 그 열쇠가 필요하다. 어떻게든 손에 넣기로 한다. 레몽은 올 때마다 닭장 옆 온실에 점퍼를 벗어두는데, 핑계를 대면 온실에 들어갈 수 있다. 나는 정말로 거기 들어가서 레몽의 주머니를 뒤진다. 열쇠 꾸러미가 없다! 매일 계속한다. 몇 주 뒤, 드디어 기회가 미소 짓는다. 열쇠들이 있다. 나는 그것을 가지고 나와 땅에 구멍을 파서 묻어둔다.

아주 위험한 일이었다. 하지만 이루 말할 수 없이 기쁘다! 열쇠 꾸러미를 분실했으니 레몽은 입장이 곤란해질 것이다. 우선 오늘 저녁에 자기 집에 들어가지 못할 테고, 무엇보다 고용주인 됭케르크시의 시설물인 창고 열쇠를 잃어버린 데 대해 해명해야 할 것이다. 열쇠 비용을 월급에서 제해버리라지! 일단 나는 기쁨을 감춘 채, 사색이 된 레몽이 넓은 우리집을 구석구석 뒤지고 다니는 모습을 지켜본다.

적당한 기회가 오자 나는 열쇠 꾸러미를 땅에서 꺼낸다. 그중 제일 굵은 열쇠를 떼어내고 나머지는 정원의 변소에 던진다. 역시나 레몽의 열쇠는 딱 맞는 도구다. 나는 몇 달 동안 밤마다 벽돌을 긁어내고 낮에는 주머니를 비운다. 나는 에드몽 당테스고, 동시에 파리아 신부다. 나는 영적인 탈출을 위해서 일한다. 이제 그 어떤 것도 나를 잡아둘 수 없다. 마침내 나의 원고와 손전등이 들어갈 만한 공간이 만들어지고, 나는 레몽의 열쇠를 나머지 열쇠들이 있는 변소에 던져버린다.

어머니는 내가 무언가 해서는 안 되는 일을 하고 있다는 낌새를 챈다. 어머니가 독자적으로, 아버지 몰래 내 방을 기습한다. 아버지보다 더 악착같이 방을 뒤진다. 전부 뒤집어보고, 서랍을 열어 확인하고, 옷장을 비우고, 카펫 밑도 살피고, 바닥 몰딩 뒤쪽까지 살핀다. 하지만 나의 비밀 창고는 발각되지 않는다. 아무리 찾아도 소용없다. 어머니가 말한다. "두고봐. 내가 꼭 찾아낼 테니까."

완벽한 아이

비행기구

셰익스피어는 한 명의 작가가 아니다. 그의 안에는 여러 명의 작가가 있다, 정확히는 다섯 명이다. '정의롭고 완전한' 로지*가 그렇듯이, 셰익스피어 안에는 비의를 전수받은 다섯 명의 선지자가 있다. 그들은 셰익스피어의 유명한 희곡들 속에 평범한 사람들은 알아차릴 수 없는 암호들을 넣어두었다. 그것이 장애물을 피해 프리메이슨의 사상을 영원히 이어갈 수 있는 가장 안전한 방법이었다. 런던에 있는 셰익스피어 글로브 극장 역시 에너지가 집약된 상징적인 장소다. 극장은 숨겨진 사상들을 전파하고 영국의 패권에 기여할 수 있게끔 세례당처럼 다각형으로 지어졌다. 아버지는 나에게 셰익스피어의 작품을 많이 읽혔다. 「헨리 4세」「리처드 3세」「리어 왕」「코리올레이너스」「햄릿」…… 모두 낡은 영어본이다. 사실 나는 무슨 말인지 하나도 이해하지 못한다. 아버지도 다르지 않을 것이다. 어차

---

* 로지(lodge)는 프리메이슨이 모이는 곳을 말한다. '정의롭고 완전한' 로지가 되기 위한 장인과 도제의 수가 정해져 있다.

피 중요하지 않다. 아버지가 단언하길, 이런 식의 깜깜이 독서가 나의 정신을 효과적으로 살찌울 수 있기 때문이다. 나는 멋진 책들에 매료된다. 종이가 어쩌나 두꺼운지 마치 그 위에 글씨가 조각된 것처럼 보인다. 마음을 평온하게 해주는 차분한 독서의 분위기가 만들어진다. 어쩌면 아버지 말이 틀리지 않을지 모른다. 이 책들이 정말로 나에게 자양분을 줄 것 같다.

아버지는 레오나르도 다빈치의 발명을 다룬 멋진 책들도 보여준다. 나는 황금빛 장정을 어루만지면서 손가락으로 가죽에 움푹하게 새겨진 제목을 읽어본다. 책장을 넘겨나가다가 마법 같은 그림들에 놀라서 무슨 그림인지 해석하려 해본다. 아버지의 설명에 따르면, 다빈치는 비행기가 제작되기 훨씬 전에 이미 하늘을 나는 비행 기구를 상상했다. 다빈치는 천재였고, 위대한 선지자였다. 그는 프랑수아 1세*를 깨우쳐주었으며, 종교가 지배하는 무지몽매의 상태를 밀어내는 데 성공했다. 다빈치는 빛의 존재의 환생이었기에 에너지를 이용하는 법을 알았다. 특히 '신성한 비율'을, 생명이 있든 없든 모든 우주에 존재하는 '황금률'을 완벽하게 알았다. 오각형 혹은 꼭짓점이 다섯 개인 성형星形과 마찬가지로 인간의 육체도 그 비율을 따른다. 피라미드 건축에도 그 비율이 사용되었고, 티레의 히람이

---

* 16세기 발루아왕가의 왕으로, 르네상스기에 프랑스의 문화 부흥을 이끌었다.

지은 솔로몬 신전 역시 마찬가지다.

아버지는 다빈치가 계속 환생해서 지금도 살고 있다고, 베네치아에서 비밀 로지들을 이끌고 있다고 주장한다. 나는 다빈치의 재능과 지혜로움과 박식함에 넋을 잃는다. 어떻게 그렇게 많은 것을 알 수 있을까? 환생하면서 어떻게 그 모든 것을 다 기억할까? 나는 아무것도 모른다. 나의 전생들을 하나도 기억하지 못한다. 언젠가 다빈치를 만날 수 있을까? 다빈치를 만날 수 있는 방법을 아버지는 알까?

다빈치 같은 지혜를 갖는다면 얼마나 멋질까! 아버지 말이 맞는 것 같다. 내가 만일 초인이 된다면, 다빈치 같은 존재가 나를 주목할 것이다. 그러면 사람들이 나에게 무엇을 바라는지 이해하지 못해 머릿속이 뒤죽박죽되는 끔찍한 이 고통에서도 벗어날 수 있다. 그러니 주어진 책임을 받아들여야 한다! 우선 나의 어리석은 측면부터 버리기로 한다. 나는 린다를 꺼내주러 가면서 눈길을 주지 않겠다고 결심한다. 다시 가둘 때도 미안해하거나 다정하게 만져주지 않아야 한다. 나는 계획을 실천한다. 린다가 나의 눈길을 구걸하지만, 나는 엄한 목소리로 짧게 말한다. "나와!" 나 때문에 린다가 얼마나 속상할지 생각하면 마음이 찢어지는 것 같다. 이를 악물고 버틴다. 하지만 이튿날 아침에 끝나고 만다. 아침에 린다의 눈길과 마주치는 순간 나의 결심은 그대로 녹아버린다. 나는 린다에게 용서를 빈다. 내가 한 짓을 자책한다. 린다는 날 원망하지 않는다. 그저 나를 다시 찾은 기쁨에 좋아 어쩔 줄 모른다.

초인들은 어떻게 모든 감정에 초연할 수 있을까? 몇 주 동안 이 질문이 나를 괴롭힌다. 나는 상대가 누구든 작은 고통이라도 안기고 나면 너무 힘든데…… 나 자신에게만 예외다. 나는 감상적인 생각들에 빠지는 스스로를 벌한다. 그동안 몰래 종이에 써놓은 글들도 찢어버린다. 〈헝가리 랩소디〉 악보도 찢을까? 머릿속에서 한 목소리가 외친다. "안 돼! 헝가리 랩소디는 데콩브 선생님이야! 찢지 마!" 다른 목소리가 응수한다. "웃기고 있네! 말도 안 되는 핑계 집어치워!"

그러다가 어느 날, 알 수 없는 이유로 내 마음속의 싸움이 멈춘다. 무표정 훈련이 너무 길었던 탓일까? 죽음에 대한 명상이 평소보다 힘겨웠나? 하필 안 좋을 때 담력 훈련을 치렀기 때문일까? 아무튼 초인에 대한 매혹이 한순간에 증발해버린다. 그리고 아버지가 내 눈앞에 있는 모습 그대로 보인다. 아버지는 친구가 없고 사랑이 없는, 따뜻한 손길을 받을 줄 모르고 주는 법도 모르는, 동물들마저도 겁을 먹게 만드는 남자다. 심지어 어머니도 남편에게 친근하게 말하지 못하고 이름조차 부르지 못한다. 라디오도 몰래 숨어서 들어야 한다. 깨우친 빛의 존재를 향한 길이라는 게 정녕 그런 걸까? 다빈치가 꿈꾸던 비행기구와 정반대가 아닌가? 아버지는 하늘을 날려 하지 않는다. 오히려 하늘을 나는 새들에게 총을 쏴서 떨어뜨린다. 그리고 이 지긋지긋한 철책 안에 틀어박혀 있다. 나는 자유롭고 싶고, 날아오르고 싶다. 집 없이 살아야 한다면, 괜찮다. 제대로 먹지 못할지도 모른다면, 그것도 괜찮다. 개 한 마리가 보내주는 사랑의 눈길만 있으면 더이상 먹지 않아도 좋다. 살아갈 용기를 가진 사람들을 만날 수만 있다면 어떤 것도 상관없다. 사상의 스승인 아버지가 횡설수설 이상한 말을 쏟아내는 것을 막을 힘은 없지만, 적어도 아버지가 말하는 이른바 초인들의 세계에 대한 매혹은 이제 나와 상관없는 일이다.

다행히도 음악과 독서가 내 마음을 달래준다. 나는 저녁에 『레미제라블』을 다시 읽으면서 아주 큰 힘을 얻는다. 뇌 속에 거의 물리적인 쾌락이 느껴진다. 마치 머릿속에서 무언가 열리는 것 같다. 그 책은 다른 사람들이 살고 있고 다른 이야기들이 펼쳐지는 다른 세계로 나를 데려다준다. 모두 지어낸 이야기라는 건 알지만, 그래도 나는 그 내용이 내 진짜 삶과 아주 가깝다고 믿는다. 퓨즈가 나가서 방이 깜깜해지면 책을 가슴 위에 얹고 조금 전까지 읽은 내용들을 머릿속에 떠올리며 기쁨에 젖는다. 『파리의 노트르담』을 읽을 때는 벼락같은 충격을 겪는다. 나는 처음으로 사랑에 빠진다. 나의 사랑은 카지모도다. 나는 카지모도의 숨겨진 아름다움에 감동한다. 어둠 속에서 눈을 뜬 나는 카지모도의 손을 잡고 자랑스럽게 거리를 걸어다니는 내 모습을 상상한다. 우리가 지나가면 사람들이 돌아본다. 돌아보는 사람들도 카지모도의 아름다움에 눈부셔한다.

우정

어머니와 내가 잔디를 깎아서 긁어모은다. '소각 작전'은 아버지의 몫이다. 좀처럼 풀이 마르지 않는 이 지역에서는 까다로운 작업이기 때문이다. 아버지는 구멍을 몇 개 파서 기름을 붓고, 신문지 몇 장을 말아 불을 붙인 뒤 하나씩 구멍 안으로 던진다.

어느 날 종이 횃불 하나가 목표를 빗나가는 바람에 불꽃이 아버지 다리 쪽으로 날아간다. 아버지는 새끼 염소처럼 팔짝거리기 시작하고, 심지어 바지 아래쪽에 붙은 불을 끄기 위해 몸을 비틀기까지한다. 어머니와 나는 눈앞에서 펼쳐지는 꼭두각시춤 앞에서 어리둥절해진다. 지난 몇 년 동안 아버지는 마치 다리에 심각한 문제가 있는 사람처럼 제대로 걷지 못했다. 아버지가 처음 목발을 꺼내든 그날 이후, 어머니와 나는 심지어 아버지에게 휠체어가 필요한 게 아닐까 걱정하기도 했다.

어머니가 입안에서 우물거리듯 내뱉는다. "네 아버지는 아주 가식적인 인간이야. 난 저 사람을 증오해." 어머니는 내가 자기 말에 전적인 동의를 표하기를 기다린다. 하지만 혹시라도 나중에 지금 내

완벽한 아이

가 하는 말을 빌미 삼아 공격할지 모른다는 두려움 때문에 나는 입을 열지 못한다. 결국 어머니가 다시 내뱉는다. "그래, 넌 늘 저 사람 편이지." 그때 아버지가 호통친다. "뭐하고 있어? 빨리 불붙여!" 나는 정신을 차리고 아버지의 말대로 한다. 마음속 깊은 곳에서는 왜 어머니가 내민 손을 잡지 못했을까 너무 슬프다.

아버지 앞에서 나는 겁을 먹고 주눅이 든다. 하지만 어머니가 아버지에 대해 무슨 말을 할 때는 머릿속에 불이 붙은 것처럼 혼란스럽다. 보통은 함께 계단을 내려갈 때, 혹은 아버지가 기다리는 정원으로 갈 때, 혹은 아버지가 우리를 같이 '소환'했을 때다. 어머니는 웅얼거리는 소리로 불쑥 내뱉는다. "난 저 사람을 증오해. 이게 다 무슨 짓거리야? 네 아버지는 대학 문턱도 못 밟아봤어. 그래놓고 자기가 뭐라도 되는 줄 알지." 하지만 그러다가도 아버지가 나타나는 즉시 몸을 사리고 고분고분해진다. "그야 당연히 그렇죠." "지금 바로 할게요." 나는 어리둥절하다. 체조장에 앉아 스트레칭을 하는 나에게 상체를 더 굽히라며 뒤에서 힘껏 밀 때처럼, 어머니의 태도는 내 마음에 고통스러운 분열을 불러온다.

어떨 때는 어머니의 분노가 내 부정적인 생각을 털어놓게 만들기 위한 함정이 아닐까 생각되기도 한다. 하지만 아니다. 어머니의 증오심은 진짜다. 특히 그 증오심의 대상에 나까지 포함될 때는 정말 그렇다. 나에게는 벼락같이 닥치는 순간들이다. 어머니가 뜬금없이 묻는다. "넌 네가 뭐라고 생각하니?" 나는 덜컥 겁이 나고, 무슨 뜻인지 몰라서 잔뜩 긴장한다. 어머니는 마치 머릿속에서 대답을 듣 기라고 한 듯 격한 분노를 쏟아낸다. "네 아버지 딸이라고? 그래, 아 주 좋겠구나. 내가 여기 이 집구석에 처박혀 있어야 하는 게 전부 너 때문인데! 전부 네 탓이라고!" 나는 충격으로 눈물을 참지 못한다. 그런 나에게 어머니는 다시 내뱉는다. "가증스러운 쇼 좀 집어치워!"

그러다가 어떨 때는 아버지가 얼마나 훌륭한 사람인지, 아주 오 래전부터 어떤 희생을 치렀는지 늘어놓는다. 그렇게 오랫동안 돈을 대가며 자기를 공부시킨 것은 나를 위해서, 지금 내가 그것을 누릴 수 있게 하기 위해서라는 말도 잊지 않는다. 그런 아버지의 기대를 저버린다면 나는 진정 배은망덕한 딸이다.

나는 어머니가 정확히 무엇을 원하는지 알지 못한다. 어떻게 해 야 어머니를 만족시킬 수 있을까? 나는 어머니가 이렇게 말해주길 기다린다. "아버지가 우리를 가둬두고 있으니까, 우리 둘이 합심해 서 도망가자." 그러지 않을 거면 차라리 어머니가 아버지를 사랑한 다고, 아버지를 위해서 뭐든지 할 거라고, 내가 불만이라 해도 할 수 없다고 말하면 좋겠다. 그러면 명확해지고, 누구와 싸워야 하는지 알 수 있지 않겠는가. 어머니가 제발 이랬다저랬다 해서 내 마음을 엉망진창으로 뒤흔들지 말았으면 좋겠다.

하지만 이미 내 마음속 깊은 곳에는 어머니에 대한 기대가 남아 있지 않다. 밤마다 나는 내 방 안에 비밀 창고를 만들기 위한 작업을 이어간다. 그리고 마침내 계단 카펫 밑에 숨겨두었던 종이들을 전부 꺼내온다. 비밀 창고에 감추기 전에 그동안 쓴 이야기들을 전부 다시 읽어본다. 가장 감동적인 것은 1870년 전쟁 때 참호에서 일어난 일을 그린 이야기다. 프로이센 병사 레오폴트가 부상당한다. 프랑스 병사 장바티스트가 죽이려고 달려든다. 하지만 총검을 꽂으려는 찰나에 두 병사의 눈길이 마주친다. 장바티스트는 프로이센 병사를 죽이지 못한다. 오히려 부상당한 적군을 전선에서 멀리 데려가고, 그러느라 탈영병이 된다. 장바티스트는 레오폴트를 보살핀다. 두 병사는 서로 말이 통하지 않기 때문에 모든 소통이 눈빛과 손짓으로 이루어진다. 그들은 프랑스군에게 함께 잡혀 총살당하게 된다. 형을 집행할 병사들 앞에 선 장바티스트와 레오폴트는 힘차게 악수를 한다. 프랑스 장교가 격노하며 발사 명령을 내리고, 두 친구는 손을 잡은 채로 쓰러진다. 프랑스 병사와 프로이센 병사의 우정이 모두의 마음을 흔든다. 프랑스군 참호에서 병사들이 레오폴트의 이름을 외치는 동안, 프로이센군 참호의 병사들도 마음이 움직인다. 양쪽 진영의 병사들은 무기를 던지고 서로에게 다가가서 장바티스트와 레오폴트가 했던 것처럼 악수를 나눈다. 양쪽 군대에서 반란이 일어난다. 그렇게 전쟁이 끝난다. 프랑스와 프로이센 사이에 '레오폴트-장바티스트' 조약이 체결되고, 그것은 세계평화조약이 된다. 1914년과 1940년의 전쟁은 절대 일어나지 않을 것이다.

잠자리에 누워 나는 이 이야기에 제목을 붙인다. 「우정」이다.

탈레스의 정리

열세 살이 되면 나도 생리를 시작할 거라고 아버지가 이미 몇 번이나 말했다. 이제 나는 열세 살이고, 팬티에 피가 묻어 있다. 나는 수업시간을 기다렸다가 어머니에게 말한다. "생리가 시작된 것 같아요." 어머니는 곧바로 아버지에게 알리러 간다. 잠시 후 생리대 꾸러미를 가지고 와서 아무런 설명 없이 나에게 건넨다. 다행히 포장지에 사용법이 나와 있다. 어머니가 수업을 일찍 끝내면서 말한다. "무도회실에 가서 아버지 기다리고 있어."

나는 긴장한다. 또 무슨 이야기를 하려는 걸까? 무도회실에 들어서는데 놀랍게도 방 안이 빛으로 가득하다. 조금 전 어머니가 내려왔을 때 일 년 넘게 닫혀 있던 덧창들을 모두 열어놓은 것이다. 나는 서서 기다린다. 잠시 후 방으로 들어서는 아버지는 흥분해서 당장이라도 울 것 같은 표정이다! 아버지는 술과 잔이 놓여 있는 쪽으로 다가가더니 가장 아끼는 크리스털 잔 두 개에 시바스 위스키를 채워 들고 온다! 나는 너무 놀라 돌처럼 굳은 채 그대로 서 있다. 아버지가 손수 잔을 찾아 들거나 직접 병을 들고 음료를 따라준 적은

완벽한 아이

지금껏 한 번도 없었다! 아버지가 말한다. "앉거라. 이제 여자가 되었구나. 축하할 일이다. 전부 마시거라."

목구멍을 태워버릴 듯한 술을 한 모금씩 삼키는 동안, 아버지는 이미 수없이 되풀이해온 생리에 관한 가르침을 다시금 늘어놓는다. 첫째, 생리로 인한 복통은 히스테리 환자들의 머릿속에 존재할 뿐이다. 둘째, 생리는 이틀 반, 길어도 사흘이면 끝나고, 정확히 이십팔일 후에 다시 시작된다. 셋째, 생리는 열림의 기간이다. "생리중에는 좋은 에너지든 나쁜 에너지든 네 안에 쉽게 들어올 수 있기 때문에, 네가 언제 생리를 하는지 아무도 알아서는 안 된다. 그 기간 중에는 동물들도 멀리해야 한다. 동물들은 후각이 뛰어나기 때문에, 의도치 않게 네 정보를 적들에게 넘길 수 있다."

생리 기간은 내가 가장 많이 열리고 가장 많이 투과되는 시기이기에 뇌 속으로 받아들이는 것들도 평소보다 주의깊게 선별해야 한다. '가벼운' 책들을 읽어서는 안 되고, 광고도 듣지 말아야 한다. 오로지 지혜로운 것들, 그리고 혼령들과 함께하는 명상으로 머리를 채워야 한다. 그렇다고 불안해할 필요는 없다. 어머니를 닮아 생리주기가 시계처럼 정확할 테니, 내가 언제 생리중인지 알 수 있는 아버지가 오염되지 않도록 나를 지켜줄 것이다.

생리중인 여자는 특별한 능력을 갖는다. 자연적으로 흐르는 생리혈은 생명의 피, 갱생의 피다. 남자들에게는 없는 능력이다. 남자들의 피는 오로지 폭력 속에서만 흐른다. 그래서 남자들은 갱생이 불가능하고, 결국 에너지가 고갈된다. 물론 비의를 전수받은 선지자들은 예외지만, 어차피 그건 별개의 얘기다. 종교는 여자들만이 가진 이런 능력을 두려워한다. 그래서 예를 들어 유대교는 여자들 스스로 불결하다고 믿게 만듦으로써 그런 힘을 눌러버렸다. 여자들로 하여금 배가 아프다고 믿게 만드는 물질계의 원리 역시 그 때문이다. 나는 이런 오류들을 전부 피해야 하고, 나의 힘을 써서 아버지의 가르침을 더 잘 흡수해야 한다.

내가 진짜 여자가 되었기 때문일까? 아니면 아버지도 나의 음계 연습을 온종일 듣고 있기 지겨웠던 걸까? 이번 여름에는 정원에 음악실을 따로 짓는다. 추위도 더위도 막을 수 있도록 단열 처리가 된 그 방에 악기들을 모두 가져다 놓고, 나도 그 방에서 연습을 한다. 생리를 시작한 이후로 석공들을 돕는 일꾼 노릇 또한 줄어든다. 어쩌다 할 때도 어머니가 가까이 있다. 내가 알베르나 레미 옆에서 어떻게 행동하는지 감시하려는 것이다.

어머니는 통신수업 과정에 보낸 내 숙제가 나쁜 점수를 받을까봐, 심지어 평균 점수밖에 못 받을까봐 전전긍긍한다. 아버지는 내가 있는 앞에서도 어머니를 마구 꾸짖는다. 어느 날 우연히 답안지를 미리 구할 수 있는 방법을 알게 된 어머니는 내 답안지를 고친 뒤 다시 베껴 쓰게 한 '숙제'를 제출한다. 그러니 내 점수는 항상 '최우수'다. 아버지는 만족스러워하고, 어머니도 안도하면서 나 역시 그러리라 믿는다. 하지만 나는 어머니가 원망스럽다. 나는 배우고 싶다! 좋은 성적이 무슨 소용이란 말인가! 어머니는 이렇게 대답한다. "경고하는데, 아버지한테 얘기하기만 해봐. 고친 답을 네 손으로 베껴 썼다고 말할 거야. 정말 그랬으니까!"

어머니에게는 20점 만점에 18점, 19점도 충분하지 않다. 자신이 지닌 교사로서의 재능으로 아버지를 놀래주고 감동시키고 싶은 것이다. 그러니 눈부신 성과가 필요하다. 결국 나는 중학교 2학년과 3학년 과정을 일 년 만에 마친다. 열세 살 반에 이미 중학교 4학년이다.* 정답을 베끼니 어려울 게 없다. 하지만 어머니와 나는 알고 있다. 전부 가짜다! 나는 점점 더 화가 난다. 제대로 성장해서 언젠가 이곳을 떠날 수 있을 만큼 강해지려면 진정한 교육을 받아야 하는데, 어머니가 모든 기회를 앗아가고 있다. 내가 받고 있는 '순수'하고 '우월'하다는 잘난 교육은 가짜다. 이 집에서 내가 누린다는 알량한 보호도 가짜다. 아버지의 거창한 가르침도 가짜다. 나의 삶을 이루는 모든 게 가짜다. 내가 '진짜 수업'을 받고 싶다고 말하면 어머니는 대답한다. "답을 베끼면서 익혀. 지능과 의지만 있으면 충분히 할 수 있어."

문제는 수학이다. 수학은 베레지나 패전**에 맞먹는 재앙이다.

- 프랑스의 공교육은 일반적으로 초등학교 5년, 중학교 4년, 고등학교 3년으로 이루어진다.
- 1812년 모스크바에서 철수하던 나폴레옹군은 벨라루스의 베레지나강에서 벌어진 전투에서 참패했다.

어머니 역시 수학은 전혀 모르기 때문에 나에게 도움을 주지 못한다. 나는 교재를 붙들고 씨름해보지만, 도움 없이 혼자서는 도저히 해낼 수가 없다. 성적이 늘 우수하기 때문에 통신학교 선생님에게 물어볼 수도 없다. 도움 받을 곳이 어디에도 없다. 나는 지금 탈레스의 정리를 배워야 한다. 정리를 읽어본다. 무슨 말인지 하나도 모르겠다. 안타까운 마음에 삼각형을 그리고 또 그려본다. 전부 허사다. 아버지는 피라미드에 대해서 잘 아니까 이것도 알지 않을까? 가서 질문하고 싶지만, 어머니가 절대 안 된다고 한다. 나더러 어쩌란 말인가. 수학을 못하면 의학 공부를 할 수 없다. '머리 고치는 외과의사'의 꿈은 영원히 끝이다. 박사님들, 병을 고쳐주는 사람들, 나의 영웅들과 영원히 안녕이다. 나는 영원히 이 집에 갇혀 있어야 한다. 언젠가 기적적으로 집을 벗어난다 해도 아무것도 할 수 없다.

신전지기

린다는 곧 열한 살이다. 독일셰퍼드로서는 늙은 나이다. 린다는 이제 다리를 절고 앞도 잘 보지 못한다. 그런데도 낮 동안에는 계속 갇혀 지내야 한다. 저녁에 풀어줄 때 보면 자기 집 안에 배변 실수를 해놓기도 한다. 린다가 창피해서 몸 둘 바를 모른 채 나를 올려다보면 너무나 가슴이 아프다. 아니야, 네 잘못이 아니야. 불쌍한 린다. 널 이렇게 철책 안에 가둬두면 안 되는데……

어느 날 저녁, 린다의 설사에 피가 섞여 있다. 나는 곧바로 어머니에게 알린다. 어머니도 불안한 기색이지만 지금 아버지 몸 상태가 좋지 않으니 아무 말도 하지 말라고 한다. 린다를 어떻게 보살펴야 하는지 어머니와 나는 알지 못한다. 린다는 먹지도 않는데다 눈에 띄게 쇠약해져 있다. 아버지가 자리보전을 시작한 참이라서 어머니와 나는 며칠이고 아버지 곁에 붙어 있어야 한다.

페리소는 린다 곁에서 한 발짝도 움직이지 않는다. 저녁에 먹이를 주러 내려가보면 페리소가 늘 린다의 집 철책 사이로 머리를 밀어넣고 있다.

어머니와 나는 이틀 밤을 새우며 아버지를 간호한다. 밤중에 구슬픈 울음소리가 적막을 찢는다. 페리소가 울고 있다. 어머니도 귀를 기울인다. 하지만 내가 뭐라 말을 하려 하자 얼른 속삭인다. "조용히 해. 아버지 깨우지 말고." 내 심장이 미친듯이 뛰기 시작한다. 나는 알 수 있다. 무슨 뜻인지 알 수 있다. 린다가 죽었고, 그래서 페리소가 울고 있는 것이다. 아르튀르가 죽었을 때 린다가 얼마나 슬퍼했는지 나는 기억하고 있다. 그 순간, 사랑하는 존재의 죽음 앞에서 겪었던 어린아이의 고통이 되살아난다.

아버지는 잠에서 깨자마자 나에게 정원에 무슨 일이 있는지 가보라고 한다. 나는 테라스 계단을 내려간다. 발굽으로 땅을 파던 페리소가 나에게 달려왔다가 린다의 집으로 달려가고, 다시 부엌 쪽으로 달려온다. 페리소는 어쩔 줄 몰라 날뛴다. 나는 차마 걸음을 떼지 못한다. 내 눈으로 린다를 보지 않는 이상 린다는 계속 살아 있다. 하지만 나는 결국 린다의 집 앞에 서 있다. 피가 가득한 바닥에 린다의 몸이 늘어져 있다. 린다의 엉덩이에도 피가 가득하다.

나는 돌아가 소식을 전한다. 어머니는 놀란 것 같다. 오전이 지나갈 무렵에 나와 어머니가 새장 옆에 무덤을 판다. 아르튀르가 묻힌 자리에서 멀지 않다. 지난밤에 비가 많이 왔기 때문에 땅이 무르다. 페리소가 따라와서 지켜본다. 어머니는 페리소를 마구간에 가둔다. 전에 린다가 아르튀르의 무덤을 팠던 것처럼 페리소가 린다의 무덤을 파헤칠까봐서다. 린다를 묻는 동안 슬픈 말 울음소리가 들린다. 나는 페리소를 꺼내주러 간다. 하지만 페리소는 나오지 않는다. 마치 속죄의 고행을 하는 것 같다. 어머니와 나는 아버지 곁으로 돌아가서 사흘째 밤샘 간호를 한다. 페리소가 아침까지 운다.

나는 너무 슬퍼서 눈물도 나오지 않는다. 린다의 삶을 생각하면 마음이 찢기는 것 같다. 집이 이렇게 크고 정원이 이렇게 넓은데 어째서 린다를 그토록 고통스럽게 가둬두어야 했는지 도저히 이해할 수 없다.

아버지는 새 개를 들이기로 한다. 독일셰퍼드 한 마리를, 물론 암컷으로 데려오자고 한다. 이름은 린다로 짓겠다고 덧붙인다. 비의를 전수받은 선지자들에게는 생명도 다른 생명으로 대체될 수 있는 걸까?

다음 토요일, 아버지가 나에게 지하실에 가서 연장을 하나 가져오라고 한다. 레몽이 따라온다. 그가 등 뒤에서 두 손으로 나를 껴안으려는 순간 나는 갑자기 돌아선다. 그러곤 말없이 레몽의 눈을 노려본다. 그를 노려보는 동안 과거의 한순간이 섬광처럼 떠오른다. 레몽이 손을 내밀며 빙그레 웃었다. "이쪽으로 와봐." 그의 미소가 조금 이상하기는 했지만, 어차피 나에겐 모든 미소가 낯설었기에 나는 악의의 미소를 가려내지 못했다. "가까이 와." 그의 손이 내 어깨에 놓였다. "한번 안아볼까?" 누군가 나를 안아주는 순간을 꿈꿔왔기에 기분이 좋을 줄 알았다. 하지만 아니었다. 그의 냄새가 싫었다. 그가 숨쉬는 것도 이상했다. 그는 몸을 내 몸에 대고 세게 문질렀다.

정말 싫었다. 그다음 번에 다시 반복될 때는 더 많이, 아주 더 많이 나아갔다. 지금, 그동안 쌓여 있던 나의 증오심이 한꺼번에 솟구친다. 지난 칠 년의 슬픔과 수치심과 증오가 치솟아오른다. 레몽이 수없이 내뱉은 협박들이 떠오른다. 나의 거센 분노가 그 모든 것을 쓸어내버린다. 나는 그의 눈을 뚫어져라 쳐다보고, 이제 그가 겁을 먹는다. 뭐가 두려운 걸까? 내가 입을 열까봐? 내가 누구한테 말할 수 있단 말인가. 어차피 날 도와줄 사람은 아무도 없는데. 하지만 레몽은 그 사실을 모른다. 그의 눈에는 오로지 내 분노만 보인다. 레몽이 뒷걸음질친다. 다시는 나에게 다가오지 못할 것이다. 절대로. 그리고 오늘밤, 악몽을 꾸는 건 그가 될 것이다.

저녁에 침대에 눕는 순간, 린다의 죽음 이후 간신히 내 눈물을 막고 있던 둑이 마침내 무너진다. 나는 린다의 죽음이 슬퍼서 울고, 린다가 죽고 나서야 그 흡혈귀 같은 인간에게서 벗어났다는 사실이 슬퍼서 운다.

올여름에도 인부들이 와서 정원 안쪽에 공사를 한다. 이번에는 빵 화덕과 함께 작고 둥그런 방을 지었다. 약 20제곱미터 크기의 그 별채를 아버지는 '바'라고 부르면서 매일 저녁 그곳에 머문다. 방에는 음악실의 소리를 들을 수 있도록 인터폰도 설치된다. 그 인터폰으로 나의 일거수일투족을 확인할 수 있으리라는 생각에 마음을 놓은 아버지는 독일어 추리소설을 베껴 쓰면서 대부분의 시간을 보낸다. 두꺼운 판지에 만년필로 곱게 써나가는데 날이 갈수록 손이 떨려 글씨가 비뚤비뚤하다. 나는 매일 11시 30분에 독일어 수업을 하러 아버지의 별채로 간다.

오늘은 아버지가 나를 당구실로 부른다. 창이 전부 닫혀 있고, 엄숙한 분위기다. 준엄하고 확신에 찬 얼굴로 방 한가운데 앉은 아버지가 앞에 놓인 스툴을 가리킨다. 함께 호출당한 어머니는 내 뒤편, 문 앞에 서 있다. 드디어 아버지가 말한다. "알고 있겠지만, 너는 신전을 지켜야 할 사람이다." 내 머릿속에 경계경보가 울린다. "난 죽고 나서 이곳 정원에 묻힐 거다. 그러니 내가 죽으면 네가 영원히 내 무덤을 지키거라." 아버지의 말이 이어질수록 나는 점점 더 공포에 휩싸인다. "너 혼자가 아니니 두려워할 필요는 없다. 내가 찾아오겠다. 내가 늘 네 곁에 머물면서 계속 가르침을 줄 거다." 아버지는 자신의 무덤자리를 알려준다. 베란다 맞은편의 벤치를 다른 곳으로 옮기고 그 자리를 아버지 무덤으로 만들어야 한다.

방을 나설 때 보니 어머니 역시 나 못지않게 창백하다. 우리는 교실로 들어가서 미친듯이 속삭인다. "말도 안 돼! 말도 안 돼! 영원히라니!" 어머니도 나처럼 아버지가 죽고 나면 아버지의 기억을 '지키는' 게 내 임무라고 생각하기는 했다. 하지만 아버지는 아직 예순아홉 살이니 한참 후에나 닥칠 일이었다. 내가 아버지의 무덤을 지켜야 하고, 아버지의 무덤이 이 집 안에 만들어질 거라니, 그런 생각은 어머니 역시 단 한 번도 해보지 않은 것이다. 내가 말한다. "난 떠날 거예요." 그 순간, 어머니의 마음속에 내가 없어진 뒤 혼자서 아버지의 분노를 감당해야 한다는 커다란 두려움이 고개를 든다. "안 돼! 그건 안 돼. 그건 나도 반대야." 제발 자길 버리고 떠나지 말라며 애원하는 것 같다.

저녁에 자리에 누운 나는 아버지의 말을 되씹어본다. 아버지는 정말로 내가 자기 무덤을 지킬 거라고, 내가 죽은 아버지를 다시 보고 싶어하리라고 믿는 걸까? 환생하는 사람들 모두가 딸에게 무덤을 지키라고 할까? 레오나르도 다빈치는 딸도 없는데? 게다가 새로운 삶으로 환생할 사람이라면 다음 생을 위해 뭔가 준비해야 하는 것 아닌가? 나는 아버지나 어머니가 뭐라도 준비해놓은 것을 전혀 본 기억이 없다. 훌륭한 사람들은 가치를 수호한다. 예를 들어 빅토르 위고는 정의를, 졸라는 평등을 수호한다. 무슨 말인지도 모르면서 그저 독일어 추리소설을 베껴 쓰기만 하는 것 말고 아버지는 무얼 하고 있단 말인가.

넌 그리 생각하지

어느 날인가 슬그머니 나타났던 아버지의 목발은 역시나 소리 없이 사라졌다. 이제 아버지는 매일 아침 9시에 집을 나서 정원 제일 안쪽에 있는 '바'로 이동한 뒤 온종일 그곳에 머문다. 그리고 매일 저녁 8시에 다시 거꾸로 이동한다. 별채에 화장실과 작게 딸린 부엌, 그리고 빵 화덕도 설치되었다. 이제 어머니는 그곳에서 식사 준비를 하고, 우리의 식사도 그곳으로 옮겨간다. 아버지는 도대체 왜 온종일 그 좁은 방에 틀어박혀 작은 여송연만 피워대는 걸까? 아직 일흔 살밖에 안 된 아버지는 꼬부랑 늙은이 행세를 한다. 여전히 변기에 앉을 때도 나의 부축을 요구하고, 바지를 올리는 데도 내 도움이 필요하다. 나는 아버지의 냄새가 수치스럽고, 아버지를 수치스럽게 생각하는 내가, 아버지를 증오하고 아버지의 '희생'을 고마워하지 않는 내가 수치스럽다. 머릿속에서 격한 감정들이 들끓어 편두통을 일으킨다.

최고의 술꾼이던 아버지는 이제는 전처럼 알코올을 감당해내지 못한다. 자꾸 비틀거려서 부축 없이는 저녁에 집으로 돌아오지도 못한다. 아버지는 건강 탓이라고 하지만, 음주량이 늘어났기 때문이다. 아버지는 매번 큰 잔에 시바스 위스키를 가득 채운다. 고급 샴페인도 자주 등장한다. 일 년에 두 번 술이 잔뜩 집으로 배달된다. 아버지는 가진 돈을 술값으로 날려버리고 싶어 안달하는 사람 같다.

몸도 점점 더 안 씻는다. 일주일이 아니라 이 주에 한 번, 심지어 삼 주에 한 번 씻을 때도 있다. 원래는 내가 그 물을 받아 씻게 되어 있다. 하지만 나는 목욕 장갑 낀 손을 욕조에 넣고 휘저어 물소리만 낸다. 얼마 전 아버지가 침실들에 세면대를 설치한 뒤로 나는 밤에 살짝 그 세면대에서 씻는다. 아주 가느다란 물줄기만 흐르도록 살짝 틀어놓아야 파이프에 진동이 일지 않는다.

나는 구렁텅이를 향해 서서히 흘러가는 물길에 휩쓸리지 않기 위해 발버둥친다. 아버지는 살아 있지 않다. 몸은 살아 있지만 이미 죽은 사람이다. 우리는 그 체취와 지저분한 때 속에 몸을 담그고 살아간다. 아버지는 땅에 묻힌 지 십이 년째고, 우리도 이 넓은 집의 철책 뒤에 아버지와 함께 묻혔다. 이곳 정원에 자신의 영묘를 세우겠다니! 아예 피라미드까지 세우라지! 요즘 들어 아버지는 위대한 파라오들의 숭고한 입문 제의를 쉼없이 들먹인다. 파라오들처럼 아예 아내를 피라미드 속으로 데리고 들어가고 싶은 걸까?

그러거나 말거나, 나는 절대로 그 무덤을 지키지 않을 거라고 조용히 다짐한다.

내가 마음의 혼란을 달래는 몇 안 되는 방법 중 하나가 바로 새

곡을 처음 연주해보는 것이다. 그러고 있노라면 이런저런 생각들이 한순간 곡의 템포를 따라가면서 머릿속이 차분해진다.

어쨌든 아주 특별한 일이, 내 인생에서 엄청나게 중요한 사건이 기다리고 있다. 6월, 바칼로레아를 위한 프랑스어 시험을 쳐야 한다. 어머니가 밀어붙인 덕에 나는 한 해에 두 학년을 마쳤고, 아버지의 바람대로 열다섯 살에 프랑스어 시험을, 열여섯 살에 바칼로레아를 치르게 된 것이다. 어머니는 나를 위해 감색 벨벳 바지정장 한 벌과 새 구두를 주문한다. 신분증도 필요하다. 나는 어머니와 함께 면사무소에 간다. 어머니는 스카프를 두르고, 검은 선글라스를 끼고, 커다란 핸드백도 들었다. 몇 년 만에 본다. 마지막으로 본 게…… 그렇다. 데콩브 선생님 집에 다닐 때였다! 어머니는 '살짝' 나가자면서 정원 쪽의 작은 문으로 간다. 몇 년만의 외출이지? 세어본다. 팔 년? 구 년? 기분이 이상하다. 바깥은 공기의 냄새부터 다르다. 트럭 한 대가 내 곁을 지나가는 바람에 나는 소스라치게 놀란다. 꼭 트럭에 빨려들어갈 것만 같다. 우리는 잠시 후 오른쪽 길로 꺾는다. 그러곤 열린 창틀에 화분들을 매달아놓은 예쁜 집들을 따라 걸어간다. 화분에 키우는 꽃은 처음 본다. 나는 또 우리집 정원의 시멘트 깔린 길만 다녀 버릇한 탓에 모양 다른 포석들이 깔린 길을 잘 걷지 못한다. 자꾸 비틀거린다. 걸음을 늦춘다. 하지만 어머니가 걸음을 재촉한다. 어머니의 초조하고 불안한 마음이 느껴진다. 줄지은 집들 너머로는 까마득히 들판이 펼쳐져 있다. 멀리 보이는 지평선이 얼마나 아름다운지! 그 누구도 지평선을 빼앗긴 채 살아서는 안 된다.

성당이 있는 광장에 이르자 책에서 본 삼색기가 걸린 면사무소가 보인다. 친절한 한 부인이 우리를 맞아 서류를 작성한다. "눈 색깔은?" 부인이 나를 쳐다보며 말한다. "세상에, 눈이 참 예쁘구나." 어머니와 나는 집으로 돌아오다가 길을 잃는다. 어디로 가야 할지 몰라 헤매다가 계속 같은 길로 돌아온다. 그 순간 말도 안 되는 생각이 떠오른다. 우리가 이대로 떠나버리면, 다시는 집으로 돌아가지 않으면 어떻게 될까? 어머니는 겁에 질려 안절부절못한다. 스카프가 흘러내리고, 계속 입술을 깨문 탓에 입가에 피가 맺힌다. 그때 기차가 지나가는 소리가 들린다. 어머니는 철길 쪽으로 달려간다. 이제 철로만 따라가면 곧 집 대문이 보일 것이다.

집으로 들어가기 전에 나는 다시 한번 우리집 철책을 따라 이어져 생토메르까지, 저기 멀리 지평선까지 나아가는 길을 바라본다.

시험 통지서가 온다. 아르망티에르시의 폴아자르 고등학교에 아침 8시까지 가야 한다. 아버지와 어머니가 길을 설명해준다. 대문을 나가서 왼쪽으로 30미터 떨어진 역으로 갈 것. 릴 방향 플랫폼에서 기차를 탈 것. 아르망티에르에서 내릴 것. 택시를 타고 폴아자르 고등학교로 갈 것.

시험 전날 나는 잠을 이루지 못한다. 모험으로의 출발을 앞둔 내 마음이 흥분 상태인지 겁먹은 상태인지도 알 수 없다. 아침에 드

완벽한 아이

디어 집 밖으로 나선다. 어머니는 아버지 곁에 있어야 하기 때문에 나 혼자 간다. 나 혼자! 하지만 너무 긴장한 탓에 집 밖에 나왔다는 실감도 나지 않는다. 나는 십 초마다 시계를 보면서 지금 내가 배운 대로 잘 가고 있는지 확인한다. 기차를 여기서 타는 게 맞겠지? 나 자신이 너무 작게 느껴진다. 아스팔트 밑으로 사라져버릴 것만 같다. 그와 동시에 너무 크게 느껴지기도 한다. 나는 내 큰 키가 싫다. 다른 사람들 옆에 서면 꼭 거인 같다. 사람들이 자꾸 쳐다본다. 기차가 오면 제대로 문을 열고 탈 수 있을까? 나는 다른 사람들 뒤에 붙기로 한다. 다른 사람들이 움직이는 대로 움직이고, 다른 사람들을 따라 열차에 오르고, 다른 사람들이 앉는 자리 뒤에 가서 앉는다. 이어 기차가 달리는 동안 또다른 불안이 찾아온다. 기차가 아르망티에르역에 얼마 동안 멈춰 있을까? 잘 내릴 수 있을까? 폴아자르 고등학교는 어떻게 찾아갈까? 나는 아즈브루크역에서 내리는 사람들을 관찰한다. 별로 어려워 보이지는 않는다.

기차가 아르망티에르역에 들어서자 사람들이 우르르 일어선다. 아! 미처 생각을 못했다. 오늘 시험 치는 학생이 나 혼자가 아니다. 정말 다행이다! 나는 무리 지어 걸어가는 젊은이들의 행렬에 끼어들어, 아무것도 묻지 않고 따라간다. 아버지가 말한 택시가 어떻게 생겼는지 모르지만 굳이 찾을 필요도 없다. 마침내 그동안 꿈꿔온 일이 실현된 것이다. 무리에 섞이고, 사람들의 행렬에 끼고, 다른 사람들이 하는 대로 하는 것! 나는 지금 고등학생 무리 틈에서 걷고 있다! 그런데 그들의 걸음에 보조를 맞추기가 조금 힘들다. 나만 빼고 모두들 발맞추어 걷는 것 같다. 내 다리는 그 리듬을 따라가지 못한다. 나는 음악을 연주할 때를 떠올리며 박자를 세어본다. 헛발질이 줄어든다. 그런데 이 슬픔은 뭐지? 이 외로움은? 나만 혼자 외톨이로 뒤쳐진 느낌이다. 너무 큰 벨벳 재킷과 너무 짧은 바지를 입고 역시나 발이 아프도록 죄는 구두를 신은 내 모습은 기이하기까지 하다. 다른 아이들은 청바지를 입었고, 머리카락이 바람에 휘날리고, 마음껏 웃고, 수다를 떤다. 그들은 아름답고 나는 추하다. 마침내 학교에 도착해서 교문으로 들어선다. 행복을 만끽해야 할 순간이지만 나는 계속 어색하고 좌불안석이다.

내 자리를 찾아 앉는다. 놀랍게도 세 가지 주제 중에 하나를 고르는 문제다. 하나는 알고 있던 대로 논술이고, 나머지 두 가지, 그러니까 '텍스트 설명'과 '텍스트 요약'은 처음 보는 유형이다. 내가 할 줄 아는 것은 논술뿐이다. 하지만 다른 것도 마찬가지 아닐까? 나는 그냥 '텍스트 설명'을 선택해버린다. 제시된 텍스트가 「소녀야, 넌 그리 생각하지」*라는 멋진 시였기 때문이다.

이어지는 구두시험은 나를 더 불안하게 한다. 원래 나는 말하는 데 익숙하지 않고, 더구나 모르는 사람한테 말하는 것은 더더욱

---

* 프랑스의 작가 레몽 크노의 시로, 젊음의 아름다움을 누리는 소녀에게 지금이 영원하다고 생각하지 말라는 내용이다.

완벽한 아이

힘들다. 말을 하려 해도 소리가 뜻대로 나오지 않는다. 목소리가 파르르 떨리고, 갈라지고, 목멘 소리가 나오고, 그러다 아예 아무 소리도 안 나오기도 한다. 다행히 내가 좋아하는 보들레르의 시「향기」가 주제로 출제된다. 시험관으로 온 여자 선생님도 그 시를 좋아하는 것 같다. 처음에는 더듬거렸지만, 선생님의 친절한 눈빛에 용기를 얻어 내 목소리도 점차 안정된다. 나중에는 그냥 대화를 나누는 느낌이다. 집으로 돌아온 나에게서 구두시험 전에 작성한 초안을 받아 확인한 어머니는 만족한 얼굴이다.

마침내 성적표가 온다. 나에게 훌륭한 교육을 베풀었다고 자신하는 어머니가 자부심 가득한 표정으로 봉투를 뜯는다. 이럴 수가! 구두시험은 20점 만점에 16점이지만, 필기시험은…… 2점이다! 아버지와 어머니는 마치 살인을 저지르고 돌아온 자식을 대하는 듯한 눈으로 나를 쳐다본다. 나는 '구제불능'임이 증명된 셈이다. 아버지는 그래도 필기시험에 대한 채점 평을 보자고 한다. "철학 논술로 훌륭함. 텍스트 설명이 아님."

이번 일을 계기로 내가 받은 교육이 제대로 된 것이 아님을 아버지와 어머니가 깨달았으면 좋겠다. 나는 제발 나를 기숙학교에 보내달라고 다시 어머니에게 말한다. 어머니가 화를 낸다. "어떻게 그런 걸 바랄 수 있지? 네가 가버리면 아버지가 살 수 있을 것 같아?"

몰랭 선생님

아버지는 음악실에 놓을 중형 그랜드피아노를 사기로 한다. 직접 사러 갈 수는 없으니 어머니에게 전화 문의를 시킨다. 어머니가 여기저기 통화한 끝에, 됭케르크에서 제일 좋은 악기점을 운영하는 앙드레 몰랭 씨가 우리집에 와주기로 한다. 문을 열러 나간 내 눈앞에 자그마한 남자가 목발에 의지해 서 있던 모습을 나는 영원히 잊지 못할 것이다. 육십대로 보이는 몰랭 씨는 배가 조금 나오고 눈빛이 아주 친절하다. 나를 보고 미소 지을 때면 마치 내 몸속으로 햇살이 파고드는 것 같다. 몰랭 씨의 온화한 분위기는 아버지까지 사로잡는다. 거실에 있는 소형 그랜드피아노를 살펴보던 몰랭 씨는 아버지가 피아노 조율에 대해 들어본 적조차 없다는 사실에 놀란다. 하지만 임기응변을 발휘하여 큰 문제가 아닌 것처럼 말한다. "괜찮습니다! 아주 가끔만 해줘도 되니까요." 그러고 나서 마치 우리집의 기운이 피아노를 조율할 수 있기라도 한 듯 이렇게 덧붙인다. "이렇게 멋진 집에 있는 피아노라면 더 그렇죠!" 몰랭 씨에게 깊은 호감을 느낀 아버지는 한번 조율해주겠느냐고 묻는다. 그러곤 덧붙인다. "다

완벽한 아이

른 악기들도 봐주시겠소? 피아노 말고도 모드는 몇 년 전부터 다른 악기들도 배우고 있다오. 아코디언, 클라리넷, 색소폰, 트럼펫, 오르간, 드럼······" 악기 이름이 나열될수록 내 고개는 바닥을 향한다. 다시 재주 부리는 원숭이가 된 기분이다. 몰랭 씨는 별다른 말이 없다. "음······ 음······" 나는 차마 그와 눈을 마주치지 못한다. 그런 나에게 아버지가 명령한다. "모드, 잔 가져와." 자리에서 일어서며 몰랭 씨와 눈이 마주친 순간 나는 그의 얼굴에 번지는 불안과 놀라움을 간파한다. 몰랭 씨의 표정은 전에 내 손의 긁힌 상처를 본 데콩브 선생님의 표정과 같다.

"위스키 괜찮지요?" 아버지가 묻는다. 오전 9시다. 몰랭 씨가 눈을 치켜뜬다. 하지만 망설임은 한순간으로 끝난다. 몰랭 씨는 의연하게 잔을 비운 뒤 프랑스호•의 오케스트라 단원으로 곳곳을 누비고 다녔던 이야기를 하고, 덕분에 여러 악기를 연주해봤다고 덧붙인다. 아버지의 눈이 반짝인다. 이브는 아버지에게 돈을 빌려간 뒤로 나타나지 않고, 여러 악기를 가르칠 마땅한 선생님을 찾지 못하던 참이다. 아버지가 묻는다. "아코디언도 할 줄 아시오?" "물론이죠!"

됐다. 이제 몰랭 씨가 나의 새 음악 선생님이 된다. 너무 훌륭한 선생님이다! 훌륭한 음악가일 뿐 아니라 선함 그 자체다. 몰랭 선생

• 1962년부터 십이 년 동안 프랑스를 대표하던 여객선으로, 주로 노르망디 르아브르항에서 출발하여 미국 뉴욕까지 운행했다.

님에게 배우니까 심지어 아코디언마저도 나에게 행복을 준다. 내가
15센티미터 더 크지만 선생님은 나를 '꼬마'라고 부른다. 지금껏 그
누구도 나를 그렇게 부른 적이 없다. 새 곡을 배울 때면 선생님은 우
선 누가 작곡했는지 알려주고, 그 작곡가가 삶의 어떤 시기에 만든
곡인지도 말해준다. 음악이 내 안에서 생명력을 띤다. 음악은 더이
상 음표의 나열이 아니다. 나는 체르니의 민첩성을 떠나 아름다움의
영역으로 들어선다. 이제는 아버지가 억지로 배우게 한 아코디언 춤
곡 〈진주 구슬〉마저 시적으로 느껴진다.

몰랭 선생님은 목발을 짚고 절뚝거리며 일주일에 두 번 와서 한
번에 네 시간씩 수업을 한다. 우리는 새로 지어놓은 음악실에서 피
아노와 아코디언을 익힌다. 나 못지않게 귀가 밝은 선생님은 아버지
가 음악실 소리를 듣기 위해 인터폰을 들면 금방 알아차린다. 그 순
간 선생님의 말투는 엄격해지지만 눈빛은 여전히 너무도 다정하다.
선생님의 입이 꾸지람을 내뱉는 동안 우리의 눈은 미소 짓는다. "왜
이렇게밖에 못하지? 아코디언이 왜 이렇게 안 느는지…… 됭케르크
의 내 연습실에 불러 연습시키면 좋겠구나. 그래야 힘든 게 뭔지 제
대로 알고 실력도 늘 텐데!"

아마도 몰랭 선생님은 우리집에서 벌어지는 일을 눈치챈 것 같
다. 내 마음이 폭발 직전이라는 것도 알고 있다. 어떻게 알게 되었는
지는 모르겠다. 나는 아무 말도 한 적이 없는데. 아마도 육감이었을
것이다. 선생님은 얼굴만 보고도 내 상태를 짐작하고, 아버지의 마

음도 마치 펼쳐놓은 책을 읽듯 훤히 읽어낸다. 선생님은 나를 돕기 위해 아버지의 환심을 얻을 전략을 짠 것 같다. 수업이 끝날 때쯤 어머니가 와서 봉투를 건네고 선생님을 급히 대문으로 안내하려 하면, 선생님은 어머니의 난처한 표정을 못 본 척하면서 명랑하게 말한다. "아무리 그래도 디디에 씨께 인사는 드리고 가야죠." 그러곤 대문 대신 아버지가 있는 별채로 향한다. 선생님은 절대 술을 마시면 안 되는 상태지만, 아버지가 건네는 술 한 잔을 받아 마신다. 그래야만 아버지의 호감을 얻을 수 있음을 알기 때문이다. 수업중에도 아버지가 인터폰을 드는 소리가 들리면 곧바로 무뚝뚝한 말투로 변한다. "넌 여기가 얼마나 편한지 모르지? 내 연습실에서 제대로 배우게 되면 아마 벌벌 떨 거다. 거기서라면 콘트라베이스도 시키고, 제대로 혼내가며 가르칠 텐데 아쉽구나. 악기들도 닦게 하고, 바닥 청소도 시키고……" 웃음을 참아야 한다. 너무 심하다. 통할 리 없다!

하지만 선생님 생각이 맞았다. 다음번 수업 때 아버지가 묻는다. "모드한테 콘트라베이스는 어떨 것 같소?" "모드가요? 생각해본 적은 없는데, 괜찮을 것 같군요." "다음번에 악기를 가져오실 수 있겠소?" 선생님은 자신이 일군 성과에 상당히 흡족한 표정이다. 그런데 아버지가 혹시 수용소 오케스트라에 콘트라베이스도 있는지 아느냐고 묻는다. 선생님은 당황한 기색이 역력하다. 하지만 곧 대답한다. "글쎄요, 그건…… 한번 알아보겠습니다."

몰랭 선생님은 내가 숨쉬는 유일하게 맑은 공기다. 프랑스어 시험 때문에 외출한 날 나는 내가 이 세상에서 얼마나 뒤처져 있는지 깨달았다. 그 격차를 영영 따라잡을 수 없을지 모른다는, 영원히 가짜 삶을 살아야 할지 모른다는, 영원히 주변에 머무르게 될지 모른다는 생각이 들면 죽을 만큼 불안해진다. 몰랭 선생님이 수술 때문에 당분간 수업을 쉬어야 한다고 말하는 순간 나는 파랗게 질린다. "라흐마니노프 전주곡을 두 개 가져다주잖니. 올림 다단조 곡부터 혼자 연습하고 있으렴. 내가 회복하고 나서 다시 같이 해보자."

나는 라흐마니노프에 빠져든다. 저녁에 방에 누워서도 지금껏 해오던 이야기 쓰기 대신 머릿속으로 상상의 건반을 두드린다. 낮에는 몇 시간이고 피아노 앞에 앉아 있다. 아코디언은 무릎에 얹어둔다. 아버지가 인터폰을 드는 소리가 나면 내 두 손이 재빨리 아코디언을 향해 내려간다. 그랬다가 인터폰이 꺼지는 소리가 나면 다시 피아노를 친다. 여름이 한창일 무렵에 그 곡을 거의 다 익혔다. 이어 사단조 전주곡을 시작한다. 그 곡은 더 어려워서, 그야말로 온종일 내 머릿속에는 그 생각뿐이다. 아버지나 어머니가 나에게 무언가 얘기할 때도 말소리가 멀리서 들린다.

마침내 몰랭 선생님이 돌아온다. 나는 두 곡을 다 연주해 보여서 선생님을 놀라게 하고 싶다. 선생님은 정말 놀란다. 하지만 불안한 기색도 보인다. 이제 라흐마니노프 협주곡 2번을 하게 해달라고 하자 선생님은 안 된다고 한다. "조금 다른 것을 해보는 게 좋을 것 같구나." 내가 계속 조르자 선생님은 다른 두 작곡가의 곡도 같이 하

완벽한 아이

는 조건으로 승낙한다.

얼마 뒤 선생님은 엉치뼈 부위의 감염 때문에 수술을 받느라 한 번 더 수업을 중단하게 된다. 나는 미친듯이 라흐마니노프 협주곡에 달려든다. 전주곡들보다 길고 내 수준에는 아직 어렵지만, 악착같이 매달리고 이번에도 온종일 그 생각만 한다. 음표들 사이에서 허우적 대고, 낮이나 밤이나 귀에 음악 소리가 들린다. 다행히도 이번에는 선생님이 빨리 돌아온다. 내 상태를 본 선생님이 다시 놀란다. 나는 너무 급하게 연주하고, 말도 너무 급하게 한다. 자제력을 잃어버린 것이다. 피아노를 치기 전에 아코디언을 무릎에 얹자 선생님의 눈에 당혹감이 어린다. 습관이 굳어져 자동적으로 하게 된 행동이다.

선생님은 협주곡 1번이 실패한 뒤 라흐마니노프가 사 년 동안 깊은 우울증에 시달렸던 이야기를 조용히 들려준다. 라흐마니노프의 스승이자 우상이었던 림스키코르사코프 이야기도 들려준다. 〈왕벌의 비행〉은 신나게 익힐 수 있을 거라고 한다. 신난다는 말이 이상하다. 선생님이 곧 덧붙인다. "하지만 주의하렴. 어려운 작품이거든! 게다가 아코디언용 악보도 있으니까 일석이조지! 네 아버지도 만족하실 거다."

나는 곧 〈왕벌의 비행〉의 매력에 빠져든다. 마누엘 데 파야도 알게 된다. 선생님이 〈불의 춤〉을 연주해 보이는 동안 황홀감에 젖는다. 그렇게 서서히 라흐마니노프 생각이 떨쳐진다. 넉 달 뒤에 다시 전주곡들을 치기 시작한다. 내가 느끼기에도 전과 다르게, 좀더 진지하게 치고 있다. 협주곡 2번은 기꺼이 포기한다. 리스트를, 십 년 전에 데콩브 선생님을 빼앗긴 이후 줄곧 나의 절대적인 꿈이었던 〈헝가리 랩소디〉를 시작하기 때문이다.

완벽한 아이

마리노엘

프랑스어 시험을 치르고 일 년 뒤에 나는 다시 아르망티에르로 가는 기차에 오른다. 이번에는 바칼로레아 시험이라서 전보다 더 큰 두려움이 마음을 짓누른다. "혹시 왜 정규교육 과정을 밟지 않았느냐고 묻거든 천식이 심해서 학교에 다닐 수가 없었다고 대답해." 어머니가 미리 일러두었지만, 정작 아무도 묻지 않는다. 제1외국어는 독일어다. 그동안 실러와 괴테만 공부한 나는 현대 독일어 문장들 앞에서 현기증이 난다. 영어도 마찬가지다. 그동안 익힌 것은 셰익스피어인데, 내 앞에 놓인 것은 표지에 성조기가 그려진 교재에서 발췌된 글이다. 유일한 위안은 선택과목인 음악이다. 나는 라흐마니노프의 올림 다단조 전주곡을 연주한다. 심사하는 선생님이 깜짝 놀란다. "너무 잘 치는구나! 왜 음악 전공 바칼로레아를 선택하지 않았지?" 나는 그런 것이 있다는 사실조차 알지 못했다.

역사-지리 구술시험의 두 주제 중 하나는 다행히 내가 잘 아는 '나폴레옹의 러시아원정'이고, 다른 하나는 조금 자신 없는 '라틴아메리카의 발달'이다. 나는 잘 아는 주제를 고른다. 심사관은 파이프를 피우면서 내 답을 듣는다. 그러다가 신이 난 얼굴로 브라질과 펠레라는 왕에 대해 묻는다. 지금껏 나는 펠레라는 이름의 왕 얘기를 들어본 적이 없다. 심사관이 눈썹을 치켜뜬다. "브라질이 펠레 덕분에 세계 챔피언이라는 걸 모른다고? 얼마 전에 서독에서 월드컵이 시작된 건?" 나는 아무 말도 하지 못한다. "그렇군요. 공부도 좋지만 우선 자기 주변의 세상에 관심을 기울여야 해요. 어차피 열여섯 살이면 바칼로레아를 통과 못한다고 크게 문제될 건 없겠죠. 오히려 나은 일일 수도 있겠군요. 좀더 성숙해지고 호기심도 갖게 될 테니까."

역시나 최악의 성적이 나온다. 음악에서 20점, 철학에서 16점을 받았지만, 바칼로레아는 통과하지 못한다. 그와 함께 나를 바깥 세계로 내보내줄 통행증의 기한이 만료되고, 대학에서 공부하겠다는 꿈도 증발되어버린다. 나는 다시 집에 갇히고, 철책도 다시 굳게 닫힌다. 아버지와 어머니 곁에서는 찬바람이 돈다. 나의 미래에 대한 불안 때문이라기보다는 자신들의 교육이 실패했다는 사실에 화가 난 것 같다. 나는 이제라도 기숙학교에 보내달라고 간청하지만, 어머니는 그랬다가는 아버지한테 치명적인 결과가 야기된다는 말만 되풀이한다. 그렇다면 나에게 일어날 결과는? 지금보다 더 나쁜 곳에, 정신병원에 갇힐지도 모르는 위험에서 누가 나를 지켜주지?

나는 모든 희망이 사라진 구렁텅이에서 일종의 내적 히스테리 상태로 넘어간다. 살갗 아래 신경들이 파들거린다. 더는 안 된다. 무엇이라도 해야 한다. 이야기를 쓰고 음악을 하는 것만으로는 충분하지 않다. 어디든 가야 한다. 집 밖에 한번 나가본 뒤로 나는 마치 마약을 처음 맛본 사람처럼 죽을 듯한 갈증을 느낀다.

밤에 정원을 걷는 동안에도 국도를 따라 이어진 철책 담이 점점 더 강하게 나를 끌어당긴다. 우리집 담 윗부분의 철책은 꽤 높고 꼭대기에는 뾰족하니 위협적인 침까지 솟아올라 있다. 침을 보고 있으면 언젠가 아버지가 아주 자세히 설명해준, 몸에 말뚝이 박혀 처형됐다는 죄수들이 떠오른다. 그래도 아래쪽 낮은 벽돌담 위에 올라선 뒤 양손으로 철책을 붙잡고 일어나 몸을 높여 죽음의 말뚝을 넘어간다. 그러곤 길 위로 뛰어내린다. 됐다. 넘어왔다. 정말 좋다. 이곳은 공기가 다르다. 지평선을 향해 이어진 도로가 보인다. 그렇다, 나는 죽고 싶지 않다. 이렇게 살고 싶다. 하지만 두려움이 나를 놓아주지 않는다. 나는 고리에 고정된 쇠사슬에 묶인 죄수와 같아서, 그 쇠사슬의 길이 밖으로는 벗어날 수 없다. 나는 결국 다시 철책 담을 넘어 정원으로 들어오고, 자유의 공기를 들이마시고 싶은 욕구와 감당하기 힘든 두려움 사이에서 찢긴 상태로 내 방으로 돌아간다.

어느 날 아침 계단을 내려가는데 편지함에 꽂힌 봉투가 눈에 띈다. 아주 예쁜 글씨로 내 이름이 써 있는 것을 보고 나는 너무 놀라 넘어질 뻔한다. 지금껏 편지라고는 받아본 적이 없다. 봉투를 든 두 손이 떨린다. 뒤집어보니 보낸 사람 이름이 써 있다. 마리노엘. 바칼로레아 볼 때 만난, 검은 머리를 포니테일로 묶고 있던 씩씩하고 명랑한 소녀다. 그날 마리노엘이 나에게 말했다. "우리 서로 편지 쓰자. 네 주소 가르쳐줘."

나는 흥분해서 봉투를 뜯고, 파란색 글씨가 앞뒤로 두 장을 가득 채운, 가장자리에 작은 꽃까지 그려진 편지를 펼친다. 마리노엘이 자기는 바칼로레아에 떨어졌다고, 하지만 괜찮다고, 그래도 여름을 즐기고 있다고 썼다. 바칼로레아를 통과하지 못했어도 낙심하지 않는다는 말이 놀랍기만 하다. 마리노엘은 열일곱 살에 결혼했지만, 지금 남편과 사이가 좋지 않다고 했다. 그러다 다른 남자를 만났고, 키스도 했다고 했다. 그 뒤에는 여름휴가 얘기. 휴가를 맞아 '아빠'와 '엄마'를 보게 돼서 너무 기쁘다는, 가서 할 말이 너무 많다는 얘기였다. 나한테 답장을 해달라고, 만나자고도 했다. 부모님이 휴가중인 여름 별장에 와도 좋다고, 부모님도 좋아할 거라는 말도 덧붙였다.

나는 마리노엘이 나를 기억하고 있다는 사실부터 놀랍고 기쁘다! 그 행복한 기운과 기쁨에는 전염력이 있다. 마리노엘의 편지가 나를 행복에 젖게 한다. 바칼로레아에 실패해도 삶이 계속되고, 사랑이 계속되며, 부모님이 딸에게 계속 말을 한다고 알려준다.

뭐라고 답장을 써야 할까? 할 얘기가 없다. 아니, 있다. 내가 읽고 있는 책과 정원에 대해서, 오리치고는 아주 오래 살다가 얼마 전에 세상을 떠난 피투에 대해서 말하자. 피투가 생의 마지막에 어떻게 '절름발이 오리'가 되었는지, 다리를 절어도 내가 피투를 얼마나 사랑했는지 얘기하자. 세상과 단절되어 살고 있지만 나에게도 할 얘

완벽한 아이

기가 아주 많다. 삶은 어디에서나 이어진다. 나는 머릿속으로 마리
노엘에게 몇 페이지짜리 긴 편지를 쓴다. 나에겐 연인이 없지만, 그
래도 삶이, 자연이, 새끼 비둘기 형제가 있다. 나는 어머니에게 집에
예쁜 종이와 우표가 있는지 묻는다. 어머니는 마리노엘한테 온 편지
부터 보여줘야 줄 수 있다고 한다. 편지를 읽은 어머니가 새파랗게
질린다. "겨우 한 번 외출하고 벌써 매춘부 패거리에 합류했니? 열일
곱 살에 결혼하다니 매춘부가 아니고 뭐니? 게다가 다른 남자하고
도 키스를 했다니!" "이혼 과정중이잖아요……" 어머니는 편지를 압
수하고, '더러운 매춘부'하고는 절대 연락하지 말라고 한다.

나는 낙심한다. 이제 무얼 한단 말인가. 나는 나의 새장 안을 맴
돌 뿐이고, 그곳에선 어느 쪽으로 향하든 새장의 봉에 부딪친다. 식
사하는 동안 어머니가 늘어놓는 훈시가 나를 짜증나게 하고 내 마음
에 상처를 입힌다. "널 완벽하게 만들려고 얼마나 애를 썼는데, 결과
가 겨우 이 꼴이라니." 아버지는 이때다 싶어 새로운 기이한 체험을
강요한다. 날더러 닭 모가지를 따서 그 피를 마시라는 것이다. "두뇌
에 좋다."

아니, 이건 아니다. 아버지는 이제 나한테 잃을 게 하나도 없다
는 사실을 모르는 걸까? 자기 앞에 버티고 있는 게 자살특공대라
는 걸? 그렇다. 아버지는 모른다. 그래서 나에게 계속 주장하고, 나
를 야단치고, 나를 위협한다. 아버지의 목소리가 커진다. 어릴 때는
그 목소리만 들어도 피가 얼어붙을 듯이 무서웠다. 지금은 폭발한

다. "싫어요, 싫다고! 닭 피인지 뭔지 오늘도 앞으로도 절대 안 마셔! 그리고 난 절대 아버지의 무덤을 지키지 않아요. 꿈 깨요! 아예 무덤 위에 시멘트를 부어서 아무도 나오지 못하게 해버릴 거야. 시멘트를 부어버릴 거라고!" 내 눈길이 아버지의 눈길 속에 파고들고, 그렇게 나는 아버지의 눈길을 버텨낸다. 분명 내가 아버지보다 잘 버티고 있다. 결국 아버지가 먼저 눈을 돌린다. 나는 쓰러지기 직전이다. 하지만 해냈다. 아버지가 얼음처럼 차가운 어조로 말한다. "그런다고 벗어날 것 같으냐. 넌 날 못 이긴다."

하지만 아버지가 졌다.

며칠 후 아버지가 다시 말한다. "그런다고 벗어날 것 같으냐. 네가 아무리 거부해도 난 절대 널 떠나지 않을 거고, 너도 날 떠날 수 없다. 네 정신은 네가 원하든 원하지 않든 내 손안에 있다."

완벽한 아이

들라타유 씨

몰랭 선생님에게 콘트라베이스를 배우기 시작했다. 나는 콘트라베이스라는 악기가 좋다. 나무 냄새가 좋고, 현絃 위에서 진동하는 활의 느낌이 좋다. 거친 분위기도 협박의 말도 없이 악기를 배우는 게 이렇게 큰 행복이었다니. 일주일에 두 번 몰랭 선생님은 자신의 연습실이 얼마나 엄한 분위기인지 '자랑'하기를 잊지 않는다. 선생님과 함께 술을 마시던 아버지가 마침내 내가 '다른 데' 가서 배우면 실력이 좀더 빨리 늘지 않겠냐고 묻는다. 선생님은 덥석 받아들이지 않는다. "그럴 수도 있겠군요…… 한번 생각해보도록 하죠…… 오히려 안 좋을 수도 있고요." 아버지가 당장 나를 됭케르크의 수업에 받아달라고 요청하게 만들기에 가장 적합한 어조다. 아버지는 나를 봐주지 말고 엄하게 가르쳐달라고도 말한다. 몰랭 선생님은 어쩔 수 없다는 듯 대답한다. "좋습니다. 모드를 내일 오후 2시에 나시오날가 11번지에 있는 제 악기점으로 보내주십시오."

나는 듣고도 믿지 못한다! 내일 됭케르크에 간다니! 게다가 일주일에 한 번씩 음악학교에서 수업도 듣게 된다니! 몰랭 선생님, 선생님은 저의 구세주예요. 날 위해 선생님이 내키지 않는 위스키와 리카르를, 그리고 말도 안 되는 얘기들을 얼마나 많이 참아내셨는 지! 이 년 동안 이어진 몰랭 선생님의 끈질긴 노력과 외교적 수완이 마침내 나를 가둔 감옥의 철책 문을 연 것이다!

어머니가 역까지 따라와서 표를 사준다. 사람들과 '섞이면' 안 되기 때문에 일등칸이다. 어머니는 서둘러 집으로 돌아간다. 이제부 터는 나 혼자 가야 한다. 나시오날가를 어떻게 찾아갈지 막막하다. 다행히 선생님이 역에서 기다리다가 곧바로 나를 음악학교로 데려 간다. 커다란 건물에서 아주 좋은 냄새가 난다. 안에는 사람들이 여 기저기 모여 있고 즐거운 분위기다. "안녕! 잘 지내?" 같은 인사말 도 들린다. 아버지가 말하던 정글은 어디에도 없다. 학생들은 제각 기 키가 다르고 몸무게도 다르고 머리카락 색도 다르다. 전부 달라 도 함께 있으면서 저렇게 편안하다니, 너무나 보기 좋다! 수업 분위 기는 진지하면서도 유쾌하다. 몰랭 선생님은 정말 훌륭한 음악 교사 다. 내가 이 반의 일원이라는 사실이 자랑스러우면서 조금 놀랍기도 하다. 선생님은 왜 나를 여기 데려오기 위해 그렇게 애써주셨을까? 나보다 더 잘하는 학생들이 이렇게 많은데……

아주 드문 사건이 일어난다. 누군지 알 수 없는 손님이 아버지 어머니와 한참 동안 얘기중이다. 이어 아버지가 나를 거실로 부른 다. 그러곤 작고 마른 이상한 남자에게 소개한다. 오십대쯤 되어 보

완벽한 아이

이는 남자로, 목소리가 날카롭고 속되다. 들라타유 씨는 자기가 좋아하는 레이스 손수건 다림질법을 상세히 설명하면서 나를 위아래로 훑어본다. 이어 나에게 플라톤과 아리스토텔레스에 대해, 이탈리아 르네상스에 대해 묻는다. 마키아벨리를 어떻게 생각하느냐고, 인상주의를 좋아하느냐고도 묻는다. 나는 좋아한다고, 나는 원래 인상에 쉽게 좌우된다고 대답한다. 심지어 그가 내 머리카락까지 만지는 바람에 나는 기겁한다.

들라타유 씨가 가고 나자 아버지가 다시 부른다. "이제 너도 결혼을 생각할 때가 되었다. 여자는 결혼을 해야 원하는 걸 할 수 있고 존중받을 수 있다. 일단 결혼하고 나서 이혼하면 된다. 하지만 우선 결혼은 해야 한다." 아버지는 들라타유 씨 이야기를 꺼낸다. 그 사람은 동성애자고, 부자고, 프리메이슨이다. 역시 결혼이 필요한 처지고, 이왕이면 '체면'도 살릴 수 있게끔 젊은 여자와 하려고 한다. 그 사람은 나에게 해되는 일을 절대 하지 않을 거고, 내가 우리집에 와 있어도 상관하지 않을 것이다.

나는 놀라서 아무 말도 하지 못한다. 머릿속이 멍하다. 지금 나에게 주어진 상황은 이 집을 떠날 수 있는 기회일까? 오히려 아버지가 잘 아는 사람과 결혼했다가 또다른 구속에 매이는 건 아닐까? 대답을 오래 망설일 수는 없다. 그런데 어머니가 단호한 목소리로 나선다. "안 돼요! 난 반대예요. 아무리 그래도 모드를 나이가 세 배나 많은 동성애자와 결혼시킬 수는 없어요!" 나는 깜짝 놀라 어머니를 처다본다. 어머니가 아버지에 맞서 내 편을 들기는 처음이다. 나를 결혼시키겠다는 이 이상한 계획이 어렸을 때 자기에게 한번 묻지도 않고 어른들 마음대로 운명을 결정해버린 어머니의 과거를 깨워낸 걸까? 아버지의 반응은 더 믿기 어렵다. "그런가?" 이후 아버지는 들라타유 씨 이야기를 더는 꺼내지 않는다.

혁혁한 승리다. 또한 너무도 씁쓸한 승리다! 어머니가 재빨리 나를 도와주었다는 사실이 고맙지만, 그럴 수 있으면서 무엇 때문에 지금까지는 가만있었는지 원망스럽다. 훨씬 전에 어머니가 나서서 아버지가 만든 일방적인 조약에 이의를 제기해주었으면 좋지 않은가! 성공할 수 있었을지도 모르는데! 어머니가 날 지켜주길 내가 얼마나 바랐는데!

몰랭 선생님이 우리집으로 와서 가르치는 아코디언과 피아노 수업도 계속된다. 수업이 끝난 뒤 아버지에게 인사하러 갈 때 선생님이 나에게 따라오지 말라고 한다. 무언가 계획이 있는데 내가 같이 있으면 오히려 실패할 수 있기 때문일 것이다. 이윽고 아버지가 인터폰으로 나를 부른다. "이쪽으로 오너라." 별채로 들어서니 지팡이를 짚고 서 있는 몰랭 선생님이 얼굴이 굳어 있다. 무언가 아주 많이 잘못된 것 같은 표정이다. 아버지가 말한다. "이제 너도 세상살이가 얼마나 힘겨운지 알고 맞서야 할 때다. 고치 속에 파묻혀 사는 편한 날은 끝났다! 몰랭 씨가 일주일에 세 번 오후에 됭케르크에서 가르쳐주시기로 했다. 아코디언과 바이올린을 본격적으로 배우고, 다

완벽한 아이

른 악기들도 더 잘 다룰 수 있어야 한다. 일도 시작하거라. 토요일에 하루종일 몰랭 씨의 악기점에서 점원 일을 하고 청소도 하거라."

나는 기쁨을 감추느라 애쓴다. 선생님이 가고 나서 아버지가 나를 앞에 앉히고 설명한다. 이제 세상으로 나가서 임무를 수행할 때가 왔다. 결혼도 해야 한다. 그 일 역시 몰랭 선생님이 맡아주실 것이다. 일단 결혼하고 여섯 달만 지나면 다시 선생님이 나서서 합의금을 치르고 이혼시켜주기로 했으니 그때는 집으로 돌아와야 한다. 그사이에 임신은 절대 안 된다. 나는 내 앞에 펼쳐지는 상황을 정확히 이해하지 못하면서도 무조건 알겠다고 한다. 조건 없이 전부 받아들이자! 아버지의 두 눈이 한참 동안 내 눈을 응시한다. 그 순간에 절대로 흥분을 드러내서는 안 된다. 나는 눈길을 돌리지 않고, 아버지가 내 정신을 '조사'하는 동안 머릿속의 벽 뒤에 숨어서 기다린다. 다행히 벽에 반사경을 대어놓았다. 내 머릿속 벽돌담 기술이 최근에 개량된 것이다.

구름 위를 나는 기분이다. 나는 됭케르크로 가는 작은 열차가 좋다. 아버지는 꼭 일등칸을 타라고 하지만, 나는 이등칸이 더 좋다. 이등칸에서 이따금 만나는 철도 인부 두 명이 나를 지켜주고, 심지어 카드놀이도 가르쳐준다. 기차가 역에 설 때마다 당장이라도 내릴 기세로 일어서는 나에게 그들이 말한다. "매번 확인할 필요 없어. 됭케르크는 종점이야."

나는 일요일마다 어머니를 도와 정원 일을 한다. 비 오는 날에는 별채에 머물고, 그 안에서 긴 침묵과 무표정의 시간을 보낸다. 아버지의 설명에 따르면 바깥세상의 오염이 훑고 간 내 몸이 아버지와의 접촉을 통해 다시 에너지를 '채우는' 시간이다. 아버지는 집 밖에서의 삶에 대해 묻지 않는다. 저녁에는 진하게 끓인 버터가 줄줄 흘러내리는 오믈렛이 나를 기다린다. 아버지는 여전히 어머니와 내가 자기와 똑같은 양의 술을 마셔야 한다고 주장한다. 때로 어머니와 나는 개수대에 몰래 술을 버린다. 이제 '가르침'의 시간 동안 아버지는 점점 더 종잡을 수 없이 횡설수설한다.

나는 아침마다 바칼로레아에 어떤 계열이 있는지 확인한다. 음악 전공 바칼로레아는 아버지가 허락하지 않는다. 결국 라틴어 - 문학 계열로 다시 바칼로레아에 도전하기로 한다. 어머니는 나처럼 제대로 따라오지도 못하고 은혜도 모르는 학생을 위해 더이상 기운 빼고 싶지 않다며 내 공부에서 손을 떼버렸기에 나 혼자 해야 한다. 쉽지 않지만 나는 악착같이 매달리고, 작년의 경험을 거울삼아 좀 더 효과적으로 준비하려 애쓴다. 파리아 신부의 교훈을 잊지 않았다. 무슨 수를 쓰더라도 꼭 대학에 가야 한다. 나의 자유가 달려 있다. 물론 지금도 거의 매일 집 밖에 나가긴 한다. 몇 달 전까지 상상도 할 수 없던 일이다. 하지만 나를 묶어두는 쇠사슬이 길어졌을 뿐이다. 여기서 만족하고 주저앉을 수는 없다.

혼자 공부하니 바칼로레아의 결과가 좋지 않다. 또 떨어진다.

완벽한 아이

이번에는 기숙학교에 보내달라고 아버지에게 직접 말한다. 아직 열일곱 살이니까 제대로 공부하면 열여덟 살에는 붙을 수 있다고 한다. 아버지는 나를 위해 보다 '원대한' 계획을 마련해두었다고 대답한다. 그 말을 듣는 순간 나는 불안에 휩싸인다. 이제 현실을 직시하고 인정해야 한다. 의학 공부의 꿈은 접어야 한다. 어쩔 수 없다. 몰랭 선생님이 구상하는 해결책에 온 힘을 쏟을 수밖에 없다. 자유를 향한 터널을 그 방향으로 팔 수밖에 없다.

산티나스 재즈밴드

몰랭 선생님이 마침내 아버지로부터 얻어낸 것은 실로 대단했다. 이제 나는 악기점에서 매일 일하고, 됭케르크의 콩세르바투아르에서 선생님의 콘트라베이스 수업도 듣는다. 저녁 늦게야 끝나는 수업인데도 선생님이 아버지의 허락을 받아냈다. 나는 밤 9시 30분 기차를 타고 돌아온다. 어두컴컴한 시간이고, 기차 안의 남자들이 취해 있을 때도 있다. 물론 집에 와서 그런 일에 대해서는 입도 벙긋하지 않는다. 이미 아버지의 엄숙한 가르침을 받았다. "이제 너는 입문 의식을 완수하기 위해 세상에 나가야 한다. 다시 말하지만, 조심하거라. 임신은 절대로 안 된다! 네가 임신하는 순간 내가 너를 위해 준비한 모든 계획은 물거품이 된다." 이어 아버지는 '사교邪教 집단'을 조심하라고 한다. 그들이 자기들하고 같이 살자고 설득하려 할 거라고, 심지어 그들은 종교 집단도 아니라고, '영적 지도자'라 불리는 우두머리가 이끄는 무리라고 설명한다. 나를 데려가서 그동안 아버지에게서 받은 가르침을 지워버리는 약을 먹일 거라고도 한다. 어머니 역시 나와 둘만 있을 때마다 집요하리만치 계속 같은 얘기를

완벽한 아이

꺼낸다. 어머니가 보기에 나는 워낙 나약해서 사교 집단의 '이상적인 먹잇감'이다. 그들에겐 오로지 나를 침대에 눕히겠다는 한 가지 목적뿐일 텐데 내가 넘어가지 않고 버텨낼 수 있을지 걱정이라는 것이다.

나는 어머니가 계속해서 성과 관련된 얘기를 하는 게 짜증난다. 상대가 누구든 나는 침대에 같이 누울 생각이 없다. 게다가 스스로 느끼기에도 나는 여전히 모든 게 서툴다. 지나치게 큰 내 몸도 싫다. 다행히 나시오날가의 악기점 근처에서 옷가게를 하는 앙젤과 친해졌다. 앙젤은 나에게 여러 가지 옷을 입어보게 하고, 색깔 배합과 옷감들의 차이도 설명해주고, 허리띠와 스카프에 대해서도 알려준다. 앙젤의 조언으로 나는 평범하게 옷을 입을 수 있게 되고, 덕분에 나의 겉모습과 조금은 화해한 상태다.

12월의 어느 수요일, 한창 콘트라베이스 수업을 하는 중에 문이 열리더니 키가 크고 아주 마른 젊은 남자가 고개를 내민다. 정확히는 빨간색 목도리 위로 검은색 머리카락만 보인다. 몰랭 선생님이 외친다. "이런! 우리 껑다리 리샤르 군이로군. 들어오게!" 나는 나만큼 키가 크고 숫기 없는 사람을 처음 본다. 저 사람도 키 때문에 주눅이 든 걸까? "무슨 일이지?" 선생님이 묻자 리샤르는 금요일 수업을 들으러 왔다고 더듬거리며 말한다. 선생님이 빙그레 웃으며 대답한다. "오늘은 수요일이네."

리샤르의 입이 벌어지며 담배가 바닥에 떨어진다. 몸을 숙여 담

뱃재를 치우는 손짓이 무척 서툴다. 선생님이 리샤르의 팔을 잡는다. "이리 와보게. 모드를 소개해주지. 아주 훌륭한 연주자이고 게다가 예쁘기까지 하다네……" 내 얼굴이 리샤르의 목도리만큼 빨개진다. 나는 리샤르가 스물다섯 살이고, 콘트라베이스와 솔페지오를 배우기 시작했다는 사실을 알게 된다. "스물다섯 살에 새로 악기를 배우고 싶어하고 정말로 배우겠다는 용기를 낼 수 있다는 게 얼마나 좋은 일인가. 대견스러워." 선생님의 말에 마르고 무표정한 리샤르의 얼굴이 환해진다. 그의 두 눈이 마치 메시아를 바라보듯 몰랭 선생님을 향한다.

나는 숫기 없고 허술해 보이는 키 큰 남자에게 곧바로 공감을 느낀다. 그는 악기점에 가끔 와서 악기의 줄과 악보를 사 간다. 리샤르는 거리에서 귀찮게 뒤를 따라오며 허튼소리를 지껄이는 선원들과 전혀 다르다. 나를 향해 미소만 겨우 지을 뿐이다. 그도 나만큼이나 삶에 미숙하고 어쩔 줄 몰라하는 것이다.

저녁에 집으로 돌아오면, 아버지와 어머니는 아침에 내가 나갈 때 앉아 있던 자리에 그대로 앉아 있다. 온종일 이 20제곱미터 공간에 아버지와 함께 갇혀 지낸 거냐고 어머니에게 묻고 싶지만, 차마 입이 떨어지지 않는다. 아버지는 이제 집 안에는 있으려 하지 않는다. 아침 시중이 끝나면 곧바로 우리의 부축을 받으며 내려와 정원으로 나서면서 안도의 한숨을 내쉬고, 밤에 잘 시간이 되어서야 겨우 돌아온다. 이제 이 큰 집이 무서워진 걸까? 아무도 발을 들여놓지 않는 일층의 방들은 죽음의 기운에 잠겨 있다. 아마도 아버지는 내가 악기점에서 일하고 콘트라베이스 수업을 듣는 게 그저 '체험'일 뿐이라고, 자기가 마음만 먹으면 언제든 취소시킬 수 있는 일이라고 생각할 것이다. 제대로 벗어날 방법을 찾아야 한다.

일단은 콩세르바투아르의 기말 평가 때문에 정신이 없다. 정말 피하고 싶은 일이지만, 몰랭 선생님은 어떤 일이 있어도 치러야 한다고 주장한다. 바칼로레아의 트라우마가 남아 있는 나는 선생님이 한참 동안 용기를 북돋아준 뒤에야 겨우 받아들인다. 리샤르도 와서 응원해주겠다고 한다. 그날이 오고, 나는 바흐의 〈샤콘〉을 연주한다. 두 손이 파르르 떨리고, 활이 기름칠한 것처럼 매끄럽다. 나는 아버지가 시키는 술 훈련을 버틸 때처럼 악착같이 매달린다. 연주가 끝날 무렵에는 온몸이 흠뻑 젖고, 이상한 비현실적 감각에 휩싸인다. 다른 학생들은 자식의 이마에, 심지어 머리카락에 입을 맞추며 격려해주는 부모님과 함께 차례를 기다리고 있다. 얼마나 좋을까! 고아인 나는, 사랑해줄 어머니를 갖기에는 너무 '별종'인 나는 활을 쥔 손에 힘을 꽉 준다.

거의 무아지경의 상태에 빠진 나를 몰랭 선생님이 깨워낸다. "모드! 심사위원들이 난리가 났구나! 우리 콩세르바투아르 전체에서 네가 대상이야! 축하한다! 정말 수고했어." 나는 빙그레 웃는다. 기분이 좋다. 하지만 정말로 이런 상을 받을 만큼 잘한 건지 어리둥절하다. '훌륭한 연주자'는 자연스럽게 연주해야 하는데. 데콩브 선생님과 몰랭 선생님 덕분에, 그리고 이제는 마음껏 들을 수 있게 된 음반들 덕분에 나는 하늘로 올라가는 듯한 음악이 진정한 음악임을 알게 되었다. 하지만 나에게 음악은 괴로움, 고통, 수없이 이어지는 힘든 연습과 동의어다. 나에게는 자발성이 없다. "왜 그래? 무슨 일이야?" 몰랭 선생님이 묻는다. "전 즉흥연주도 못하는걸요……" "이런, 네가 무슨 생각을 하는지 알겠다. 하지만 즉흥연주도 배워 익히는 거란다. 언젠가 재즈밴드의 연주를 보면 알게 될 거다. 그래, 내가 속한 산티나스 재즈밴드에 한번 와보렴."

어머니는 내 외출이 너무 잦다고 걱정한다. 분명 내가 '만나는 사람들'이 있다고, 누구든 다가오기만 하면 넘어갈 거라고, 큰일이라고 불안해한다. 아마도 그래서 내 결혼을 서두르는 것이리라. 대중교통이 파업하는 날, 리샤르가 나를 데리러 온다. 어머니는 리샤르에게 들어오라고 한 뒤 아버지가 왕좌를 지키듯 버티고 앉아 있는 별채로 데려간다. 아버지는 리샤르에게 위스키를 큰 잔 가득 따라주고 몇 살인지, 어떤 일을 하는지 묻는다. 잠시 후 어머니와 나에게 나가 있으라고 한다. 그렇게 한참 동안 리샤르와 독대를 한 뒤 아버지가 나를 다시 부른다. 그러곤 나와 리샤르가 삼 주 뒤에 결혼한다고 선언한다. 삼 주는 혼인공시를 위한 시간이다. 나는 놀라서 아무말도 하지 못한다.

결혼식은 7월 24일 토요일이다. 저녁에 침대에 눕자 이 집을 정말로 떠난다는 사실이, 앞으로는 잘생기고 내성적인 남자 리샤르와

완벽한 아이

함께 살게 된다는 사실이 믿기지 않는다. 꿈이 아닐까?

결혼식을 앞둔 일요일에 아버지는 어머니와 나에게 무표정 훈련을 시킨다. 마음이 터질 듯한 상태인 나에게는 그 어느 때보다 힘겹다. 이어 아버지가 어머니를 내보낸다. 그러고서 나에게 말한다. "난 너를 만드느라 오랜 세월을 바쳤다. 이제 너는 진짜 중요한 단계에 발을 내디뎌야 하고, 그러자면 결혼을 해야 한다. 그 젊은이와 결혼하되, 육체관계는 피하거라. 걱정할 건 전혀 없다. 여섯 달 후에 내가 이혼 합의금을 지불할 거고, 넌 다시 이곳으로 돌아와 네 임무를 완수하면 된다." 나는 전율을 억누르면서 아버지의 입에서 나오는 한 단어 한 단어에 귀를 기울인다. 아버지의 어조가 더 엄숙해진다. "내가 널 이곳에서 내보내주기를 바란다면, 여섯 달 후에 돌아오겠다고 약속하거라. 그게 싫다면 갈 수 없다." 아버지는 나에게 오른손을 들고 세 번 맹세하라고 한다.

나는 오른손을 들고 세 번 맹세한다. 분명 어기게 될 맹세를 하느라 가슴이 아프다. 나는 여섯 달 후에 절대 이혼하지 않을 것이다. 다시 아버지와 살러 오지 않을 것이고, 아버지가 말하는 위대한 '임무'를 맡지 않을 것이다. 반대로 내 결혼이 이어질 수 있도록, 자유를 쟁취할 수 있도록 무슨 일이든 다 할 것이다.

토요일 오전에 어머니와 나는 조용히 아버지의 시중을 든다. 나에게는 오늘이 마지막이다. 어머니는 말이 없다. 앞으로 어머니가 아버지의 요강을 들고 있게 되리라는, 어머니 혼자 다 떠맡게 되리라는 생각을 하니 괴롭다. 나는 미리 싸놓은 작은 가방을 집어든다. 잠옷 한 벌과 앙젤의 가게에서 산 원피스 두 벌을 넣어두었다. 찢어진 조각들을 셀로판테이프로 붙인 〈헝가리 랩소디〉 악보와 삼층의 종이상자에서 몰래 꺼내온 『지하로부터의 수기』도 집어넣는다. 이집에서 그토록 오랜 시간을 보냈는데 내가 가져가고 싶은 것은 그게 전부다.

8시 40분이다. 결혼식은 10시에 됭케르크 시청에서 열리고, 아버지와 어머니는 참석하지 않을 것이다. 어머니가 나를 리샤르가 차를 세워둔 정원 쪽 철책 문까지 배웅할 뿐이다. 말 한마디 없고 입맞춤도 없다. 차라리 다행이다. 혹시라도 어머니가 나를 안으려고 두 팔을 벌리면 나도 모르게 그 품으로 달려들지 모르니까. 이 집을 떠나고 싶어 죽을 지경이지만, 동시에 두려워서 떨리기도 한다. 아버지 방의 덧창이 조금 열려 있고, 커튼이 움직인다. 아버지는 나한테 작별인사도 하지 않았다. 숨어서 내가 떠나는 걸 지켜볼 뿐이다. 가슴이 죄어온다. 나는 아버지를 사랑하고, 벌써 아버지가 그립다. 나는 아버지를 증오하고, 어서 도망치고 싶다. 철책이 다시 닫히는 순간 내가 한 가짜 맹세의 기억이 가슴을 찌른다. 어머니 말이 맞는다. 나한테 기대해봐야 헛일이다. 나는 도둑처럼, 배신자처럼 이 집을 떠난다. 좌초하는 배를 두고 떠나는 쥐떼다. 수치스럽다. 하지만 나는 곧바로 리샤르의 차에 오르고, 십오 년 전 처음 집 안에 들어서던 날 내 머리 위로 철책 문이 닫히던 그 소리를 지워버리려는 듯, 힘차

완벽한 아이

게 차의 문을 닫는다.

나는 생계를 위해 몰랭 선생님의 악기점에서 하루종일 일한다. 곤란한 상황이 발생하면, 예를 들어 까다로운 손님이 힘들게 하거나 고장난 피아노가 잘 안 고쳐지면 몰랭 선생님은 이렇게 말한다. "우리 둘이서 훨씬 더 복잡한 상황도 헤쳐나왔잖니. 안 그래? 이 정도 문제가 우릴 멈춰세울 순 없지." 오래전부터 선생님은 나에게 산티나스 재즈밴드는 멤버들이 아무 악기나 돌아가며 맡는다고 연습 때 한번 와보라고 한다. "이제 결혼도 했으니 저녁 늦게 연습하는 것도 가능하잖니." 나는 산티나스 재즈밴드의 멤버 네 명을 진심으로 사랑하게 된다. 나는 트럼펫 혹은 콘트라베이스를 맡고, 피아노를 치기도 한다. 그런데 이상하게도 동료들과 같이 있을 때와 달리 관객들 앞에서는 연주를 할 수 없다. 왠지 모르지만, 관객들 앞에서 연주했다가는 큰 위험에 빠질 것만 같다. 아버지가 여러 번 들려준 얘기들에 나오는 이들, 늘 잡아먹을 기세로 달려들고 예를 들어 위대한 오페라 테너들에게 상한 토마토를 마구 던진다는 관중 때문일까?

마침내 디데이가 오고, 나는 신경이 곤두선 탓에 속이 쓰려서 아무것도 먹지 못한다. 토마토 폭탄에 대비해 옷까지 짙은 색으로 골라 입는다. 무대에서 나는 콘트라베이스에 열중한다. 몰랭 선생님은 밴조를 연주하고, 나머지 세 명도 아주 즐거워 보인다. 우리의 연주가 끝난다. 우리는 박수를 받으며 무대를 떠난다. 휴, 토마토는 피했다! 그런데 이게 무슨 일이지? 박수 소리가 점점 커지고 사람들이 외친다. "앙코르!" 몰랭 선생님이 나를 툭 치면서 말한다. "자, 다시 무대로 가자." 나는 겁을 먹는다. 어떤 곡을 연주하는지도 모른다. 악보도 없다. 몰랭 선생님이 큰 소리로 말한다. "자, 여러분! 관객들께 〈성자들의 행진〉을 들려드립시다!" 관객들은 모두 일어서서 박수를 친다. 우리는 무대로 돌아가 스스로를 내려놓고 광대처럼 신나게 연주한다. 어떤 일을 하면서 동시에 신나게 즐기는 게 가능하다니…… 나는 서서히 달아오른다. 태어나서 처음 느껴보는 감정이다. 현에 닿는 손가락이 부드러워지고, 몸에서는 뻣뻣함이 사라지고, 얼굴에 활기가 돌며 저절로 미소가 지어진다. 나는 트럼펫 연주자에게 윙크까지 하고, 그도 나에게 윙크로 화답한다!

나는 경이로울 만큼 행복하다.

내가 있는 곳은 수용소가 아니다. 나는 살아남기 위해서 연주하지 않는다. 나는 살아 있다. 사람들과 함께하기 위해, 다른 연주자들, 그리고 다른 인간들과 함께 흥에 젖기 위해 연주한다.

나는 내 부모의 집을 나왔다. 정말로 나왔다.

완벽한 아이

에필로그

어릴 적 나 자신에게 되풀이하던 약속이 있다. 그 약속에는 기도가 따라온다. "언젠가 밖으로 나가게 된다면 눈에 보이는 모든 것에 감탄하리라. 아버지의 목소리는 그만 이 집에 파묻혀버리기를, 나를 따라오지 않기를."

약속은 지킨 것 같다. 하지만 기도까지 이루어졌는지는 단언하기 힘든 순간들도 있다. 나는 오스트레일리아 북쪽의 아른헴*에 자주 간다. 그곳에서 원주민들과 덤불숲으로 들어가고, 그 천상의 땅에서 야영장을 관리하는 맥스 데이비슨을 만난다. 지난번에 그곳에 묵을 때 꿈을 꾸었다. 꿈속에서 나는 자유의 강렬한 기운을 불어넣어주는 그 아름다운 풍경 속에 맥스와 함께 있었다. 그런데 한순간 풍경이 작아지면서, 현기증을 일으킬 정도로 순식간에, 광활한 자연이 우리 집 베란다 테이블 위의 작은 모형으로 변한다. 그 앞에서 아버지가

* 로퍼강과 빅토리아강 사이의 열대성 고원지대로, 원주민 보호구역이 있다.

선언한다. "아무렴! 저 아이는 지난 세월 동안 자기가 이 집을 떠나 있은 줄 알지만, 사실은 단 한 번도 집을 나선 적이 없어……" 그 순간 나는 겁에 질려 온몸이 뻣뻣해진다. 나는 맥스를 쳐다보고, 그러는 나에게 맥스가 고개를 끄덕이며 말한다. "맞아. 나도 이 모든 게 진짜인 줄 알았는데, 사실은 모형일 뿐이었어." 나는 소스라치며 잠에서 깨어난다.

다행히 자주 꾸는 꿈은 아니다. 하지만 그 꿈은 나에게 아직 방심하지 말라고 말해준다. 결혼과 함께 유년기의 집을 떠난 게 삼십팔 년 전이다. 그 뒤로 나는 정신적 독립을 쟁취하기 위해 힘겨운 전투를 치러야 했다. 오랫동안 나는 과거에 대해 아무에게도 말할 수 없었다. 남편이나 친구들에게도 하지 못했다. 심지어 나의 정신 치료를 담당한 의사들한테도 그랬다. 어쩌다 얘기가 나와도 분명히 말하지 못하고 암시에 그칠 뿐이었다. 누가 관심을 갖겠는가? 내 이야기는 수치스러운 비밀로 숨겨두었다. 사람들이 알면 내 몸의 흉터를 처음 본 레미의 얼굴에 번졌던 것 같은 혐오의 표정으로 날 외면할까봐 두려웠다. 다시 혼자 남게 될까봐 두려웠다.

무엇보다 갇혀 있던 그 집을 벗어났다는 사실이 너무 행복해서, 설사 생각만으로라도 그때로 돌아가고 싶지 않았다. 주말마다 아버지 어머니를 보러 가는 일도 점점 더 불편해졌다. 난파하는 배에서 혼자 도망쳐나왔다는 죄책감도 컸다. 어쨌든 아버지는 결국 리샤르를 받아들였고, 더이상 이혼을 요구하지 않았다. 그래도 집을 나설

완벽한 아이

때마다 나는 곧장 두 발을 모아 진짜 사람과 진짜 관계들이 있는 진짜 삶 쪽으로 힘껏 건너뛰었다. 나에게는 과거를 돌아볼 시간이 없었고, 되풀이할 시간은 더더욱 없었다. 하지만 한참이 지난 뒤, 내 안에 남아 있던 두려움들이 결국 나를 장악해버렸다. 더이상 유년기의 상처를 외면할 수 없게 된 것이다.

그때까지는 하고 싶은 일들과 당장 실행에 옮겨야 하는 멋진 계획들이 있었다. 철책에 가로막히지 않고 몇 시간이든 걷고 싶었고, 수평선까지 이어지는 해변을 뛰어다니고 싶었고, 동료들과 일하면서 내 힘으로 살아내고 싶었다. 여행도 하고, 가구 배치도 바꾸고, 서점에 들어가서 책을 사고, 비틀스의 음악도 듣고, 극장에도 가고 싶었다. 자지러지게 웃고도, 마음껏 울고도 싶었다.

우선 사회 속에서 살아가기 위한 가장 기본적인 규칙들부터 익혀야 했다. 모르는 사람에게 말 붙이기, 개방된 공간에서도 허둥대지 않기, 친구들과 레스토랑에서 식사하기…… 저절로 알게 되는 당연한 일들이지만, 나에게는 너무도 어려운 일이었다. 먹기와 떠들기와 마시기와 듣기와 씹기와 대답하기와 살피기, 이 모든 것을 동시에, 그것도 침을 흘리거나 목이 막히지 않으면서 어떻게 할 수 있는 거지? 거리 맞은편에서 사람들이 다가오고 있을 때 다른 누군가를 앞질러 가려면 어떻게 해야 하지? 싫다고 말할 때는 어떻게 해야 하지? 좋다고는? 이 모든 걸 익히느라 전력을 쏟아야 했기에 뒤돌아볼 겨를이 없었다.

1979년 12월에 아버지가 세상을 떠난 뒤, 그동안 내가 억눌러온 고통들이 비로소 몸 밖으로 드러나기 시작했다. 직장생활을 별다른 문제없이 순조롭게 이어가다가도, 거기서 벗어나는 순간 근육의 발작적 경련과 함께 정신을 잃고 쓰러졌다. 지금이라면 '범불안장애'의 전형적 증상임을 금방 알았을 테지만, 그때는 천식 증상이라고 생각했다. 나는 이를 악물고 아버지의 가르침대로 '있는 힘을 다해' 버텨내려 애썼다. 초록빛 눈을 가진 예쁜 딸을 낳은 지 얼마 되지 않은 시기였기에 더더욱 내 마음의 소리에 귀기울이고 싶지 않았다. 나는 주문을 외우듯 혼자 중얼거렸다. "빠져나왔어. 넌 이제 자유야."

하지만 감옥 같던 집을 벗어난 것만으로는 완전히 자유로워질 수 없었다. 나는 여전히 유년기의 나를 '조건화'한 철책 안에 갇혀 있었다. 겨우 이 분만 가만히 있어도 곧바로 죄책감이 밀려왔고, 여전히 자명종 소리가 울리기도 전에 눈이 떠졌고, 기지개를 켜며 늦장 피우는 일 한 번 없이 용수철 튀어오르듯 단번에 일어났고, 약속을 앞두고는 정확하게 제시간에 도착하기 위해 꼼꼼히 챙겼다. 유년기라는 어두운 숲속에 소리 없이 웅크린 두려움이 나를 갈가리 찢어버릴 순간을 기다리고 있는 것 같았다.

그러다 마침내 그것이 내 목구멍으로 솟구쳐나왔다. 이제는 내 삶을 바꾸어야겠다고, 지금까지 살아온 지역을 떠남으로써 아버지의 집과 완전히 멀어지겠다고 결심한 바로 그날이었다. 나는 스물

　　　　　　　　완벽한 아이

다섯 살이었다. 파리를 향해 운전해 가던 중, 자칫 딸과 나의 목숨을 앗아갈 뻔한 공황발작이 일어났다. 그날을 시작으로 같은 증상이 오랫동안 이어졌다. 겉으로는 건설 및 토목 사업 분야의 유능한 법무사였지만, 한 꺼풀만 들춰보면 공황장애의 끔찍한 고통에서 허우적대고 있었다. 죽은 자들을 만나기 위해 다시금 쥐가 득실대는 지하실에 들어가는 악몽이 반복되었다. 공포증 때문에 가장 일상적인 행위들조차 해낼 수 없었다. 숫자 3을 피하기 위한 '의식' 같은 강박증까지 있었다. 몸이 아팠고, 기절과 공황발작이 이어졌다. 온몸의 감각이 끊임없이 격심한 혼란으로 빠져들었다. 가려움, 현기증, 호흡곤란, 당장이라도 죽을 듯한 느낌이 이어졌다. 마치 아버지의 집에서 도망치다가 유년기의 공포라는 사냥개들을 잘못 풀어놓은 것 같았다. 그 사냥개 무리가 나를 향해 맹렬히 짖어댔다.

그와 동시에 신체적인 후유증들까지 발현되기 시작했고, 때로는 증상이 아주 심각했다. 열여덟 살이 될 때까지 치과에 가본 적이 없던 탓에 내 치아는 약해져 잘 부서지고 잇몸도 곪아버렸다. 공중제비를 연습하느라 맨바닥에 수없이 나자빠진 탓에 내 굽은 등은 자칫 근육이 찢어질 수 있는 상태가 되어 있었다. 술을 너무 많이 마신 탓에 간이 상해버려서 파라세타몰 같은 일반적인 진통제 성분만으로도 곧바로 담관 효소와 아미노기 전이효소 수치가 치솟았다. 의사들마다 내 양쪽 옆구리에 남아 있는 흉터를 보고 놀랐고, 엑스레이 촬영 자국이라는 가설도 추락으로 생긴 흉터라는 가설도 맞지 않는다고 했다. 결국 나는 내 몸에 흉터가 생긴 이유를 여전히 알지 못한다.

모든 게 엉망진창이었기에 내 상태를 되돌려놓기 위한 치료를 받아들일 수밖에 없었다. 그렇게 긴 심리치료가 시작되었고, 그 치료가 끝날 즈음에는 나 역시 심리치료사가 되었다. 물론 그 과정에서 다시 구렁텅이에 빠질 위험도 겪었다. 예를 들어, 프로이트식 치료를 하는 어느 의사를 만나러 다니던 일 년 동안, 그 의사는 내내 나에게 한 마디도 하지 않았다. 이미 침묵 때문에 너무도 큰 고통을 겪었던 나는 다시 한 번 내쳐지는 상처를 겪어야 했다. 반대로 또다른 정신분석가는 말하기를 너무 좋아했고, 심지어 첫 면담 치료에서 나를 보자마자 이런 말을 하기도 했다. "모드! 오! 모디트의 M이로군요!"• 지나치게 예민했던 또다른 정신과의사는 내 이야기를 들으며 경악을 금치 못했다. 그는 내가 조만간 자살을 시도할 거라고, 내가 그런 시도에 절대 실패하지 않을 부류의 사람이라고 확신했다.

이런 과정을 모두 겪은 뒤에야 나는 따뜻한 열정으로 맞아주는 정신과의사를 만났고 마침내 그녀와 신뢰 관계를 형성할 수 있었다. 하지만 그전까지는 다시 책을 통해 '삶의 수단'을 익히는 수밖에 없었다. 무엇보다 인류학이나 사회학 같은 다른 접근법을 접목함으로

• '모드'와 발음이 비슷한 '모디트(Maudite)'는 프랑스어로 '저주받은 여자'라는 뜻이다.

완벽한 아이

써 기존의 심리학과 정신의학에 큰 변화를 가져온 '팰로앨토 학파'●의 연구가 내게 길을 열어주었다. 그 책들을 읽는 시간이 나에게는 진정한 치료였다. 그 과정이 교묘하게 덮어버린 상처들을 다시 열어볼 수 있는, 바이월의 정신병원에 갇힌 내 모습을 떠올리지 않으면서 차분하게 상처들을 돌아볼 수 있는 용기를 주었다. 어린 시절 읽었던 책 속의 주인공들처럼, 팰로앨토의 연구자들은 나에게 새로운 벗이 되어주었다.

둘째 딸의 탄생 또한 나의 인생에서 중대한 전환점이 되었다. 나는 다시 공부를 시작해 심리치료사가 되겠다고, 나도 이제는 다른 사람들이 자유를 찾는 길을 도와줘야겠다고 마음먹었다. 결국 샛길을 통해 유년기의 꿈을, '머리 고치는 외과의사'가 되겠다는 꿈을 따라가게 된 셈이다. 그렇게 나는 미국과 캐나다, 이어 파리의 대학에서 공부하며 다양한 치료법들을 접했고, 정신병리학과 인지과학 그리고 최면 기제를 익혔다. 아버지가 알았으면 못마땅해했을 것이다. 나의 심리 유형은 현재 처한 자리에서 '주어진 구멍'을 파는 대신 여기저기 계속 돌아다니는 '나쁜 나사송곳' 쪽이 틀림없으니까.

그런 공부를 통해 나는 공황발작과 불안, 공포증을 다스리는 법을 배웠다. 하지만 밤이면 여전히 아버지의 집이 불청객처럼 나를

● 1950년대부터 캘리포니아 팰로앨토의 '정신건강연구소(MRI)'를 중심으로 활동한 연구자들.

찾아왔다. 꿈에서 나는 아무런 맥락도 없이 당구실을 지나 어머니의 방을 노크한다. 혹은 별채로 들어간다. 꿈에 자꾸 끼어드는 기억을 끊어내기 위해 나는 별채가 달린 나만의 성을 지어본다. 나는 더이상 죄수가 아니고 그 성의 주인이다. 방 하나하나를 머릿속에 그려가면서 내가 느끼는 욕구들을 충족하려 해보고, 혹은 나를 괴롭히는 심리적 거부반응을 해결해보려 한다. 이런 방식으로 문제 하나하나에 가장 적합한 수단을 찾아낸 뒤 그것을 치료제 삼아 문제의 한가운데 투여한다. 서로 다른 문제들을 방화벽을 세운 양 분리된 방들에 집어넣음으로써 서로 나쁜 영향을 끼치지 못하게 한다.

　내가 '성城의 연대기'라고 이름 붙인 이 방법은 나중에 나처럼 타인에 의한 정서적 '지배'라는 끔찍한 함정에 빠졌던 사람들을 도울 때 큰 역할을 했다. 그런 식의 지배에는 우선 포식자가 있다. 포식자는 오로지 자신의 정신세계, 믿음, 욕구, 욕망만이 중요하다. 말하자면 식인귀와 같다. 그에게 다른 사람들은 모두 수단이거나 장애물일 뿐이다. 포식자가 먹잇감을 만나면 우선 지배를 위한 함정을 만든다. 무엇보다 상대에게 자신과의 관계가 절대적 사랑이라고 믿게 만든다. 그런 뒤 상대를 자신을 통하지 않고는 아무런 가치를 가질 수 없는 보잘것없는 존재로 다루면서 서서히 소유하는 것이다. 피해자가 스스로를 포식자가 말하는 존재로 인지하게 되는 순간 함정을 벗어나는 것은 더이상 불가능하다. 그때부터는 희생자의 파괴가 순식간에 진행된다. 포식자는 육체적인 면과 지적인 면에서, 인

　　　　　　　　　　　　　　완벽한 아이

간관계에 있어서, 그리고 사회적인 면에서, 그야말로 모든 측면에서 철저하게 희생자를 파괴한다.

회사에서도 포식자가 위계를 악용해 먹잇감을 지배할 수 있다. 불행히도 정신의학자나 자기계발 교육자들 중에도 식인귀들이 있다. 그들은 강력한 치료의 도구를 사용해 환자를 복종시킬 수 있다는 점에서 더욱 파괴적이다. 그런 치료 도구로 대표적인 것이 바로 아버지가 악용한 최면이다.

유사종교야말로 정서적 지배의 완벽한 예라 할 수 있다. 하지만 그런 관계가 언제나 영적 지도자 한 명이 제자들을 이끄는 사교邪教 집단의 모델로 이루어지지는 않는다. 부부관계에서 한 명이 다른 한 명을 삼켜버리는 '2인 사교'도 있고, 아버지나 어머니, 혹은 할아버지나 할머니가 영적 지도자의 역할을 하는 '가족 사교'도 있다.

나의 진료실에는 인간을 노예로 만드는 그런 식의 관계에 희생된 사람들이 자주 온다. 옆에서 지켜보며 불안함을 느낀 주변 사람이 보내는 경우도 있고, 의사의 소개를 받아 오는 경우도 있다. 그 중에는 가망이 없어 보이는 사람들도 있다. 하지만 나는 안다. 가능한 방법은 언제나 있다. 내가 환자들에게 자주 말하듯이, "자유는 무엇이든 가능하게 한다". 정말로, 무엇이든 가능하다. 대수롭지 않아 보이는 행동들, 굳이 의미를 붙일 수 없는 만남들, 어리석어 보이는 생각들, 더없이 사소한 반항들, 나아졌다고 말하기도 힘든 아주 조금의 진척…… 모든 게 정서적 지배력을 무너뜨리는 데 기여할 수 있다.

나는 '3인 가족 사교'의 일원이었고, 이 역시 다른 사교 집단의 특징을 거의 그대로 지니고 있었다. 아버지는 바깥세상의 '영적 지도자'들을 조심하라고 누누이 말했지만 사실 자신이 바로 그런 존재였다. 비교의 교리를 받아들이고 영적 능력을 믿게 된 아버지는 타인을 지배하는 일에 매혹되었고, 자신은 선택받은 영혼이라 믿으며 세상의 규칙들을 멋대로 저버렸다. 삶에 실망한 뒤 타락한 세상을 멀리하고 자신의 유토피아를 세우려 했고, 그 유토피아는 점점 더 광적으로 변해갔다. 어머니가 아버지의 첫 먹잇감이었다. 어머니는 아버지에게 모든 것을 내맡긴 채 절대 저항할 수 없게 되었다. 어머니는 결코 아버지와 같은 권리를 가질 수 없었다. 아버지의 눈에 어머니는 원대한 계획을 실현하기 위한 수단일 뿐이었으니, 바로 나를 낳고 가르친다는 계획이었다. 어머니의 마음속에도 이따금 반항의 욕구가 솟기는 했지만, 끝내 자신의 '보호자'에 맞설 용기를 내지 못했다.

아버지가 만들어낸 빈틈없는 체계는 반항의 싹이 돋아날 가능성 자체를 잘라버렸다. 하지만 나는 결국 자유의 길을 찾아냈다. 우선 나에게는 생명 넷으로부터 조건 없는 사랑과 애정을 받을 기회가 있었다. 개 한 마리, 조랑말 둘, 그리고 오리다. 나에게 우정을 베풀어준 사람들도 있었다. 엄격했던 피아노 선생님, 겁에 질려 있던 미용사, 바칼로레아에 떨어진 여고생 말이다. 무엇보다 아버지의 가르

완벽한 아이

침에 도전하는 길을 생각과 감정과 상상력으로 열어준 책과 음악이 있었다. 그렇게 나는 아주 조금씩 용기를 냈고, 돌을 하나씩 옮겨가며 나의 정신을 쌓아올릴 수 있었다. 나는 가능한 모든 수단을 동원했다. 상상의 대화 상대를 만들었고, 비밀 창고를 팠고, 금지된 이야기들을 글로 썼고, 나 스스로의 생각을 지닐 권리를 확인하기 위해 거짓말을 했다. 그렇게 운명이 나에게 구세주를 보냈을 때, 나는 그의 손을 잡을 준비가 되어 있었다. 몰랭 선생님은 어디서나 아름다움을 찾고 삶 앞에서 늘 경이를 느끼는, 무한한 선의를 지닌 분이었다. 선생님은 내 아버지와 정반대편에 선, 아버지가 틀렸음을 말해주는 증거였다. 인간들은 훌륭하다.

감사의 말

이 책을 쓰기 위해 어릴 때 살던 집을 서른 해 만에 찾아갔다. 그곳이 여자아이들을 위한 교화소, 즉 비행청소년을 교육하는 시설이 된 것을 알고 나는 무척 혼란스러웠다. 청소년 캠프 시설이나 휴양소 같은 것이면 더 좋을 것 같았다. 하지만 그곳에서 자신들의 일을 해내는, 교육적인 측면뿐 아니라 인간적인 측면에서 너무도 훌륭한 교사들을 만난 뒤 나는 가슴이 뭉클했다. 나를 맞아주고 자신들의 경험담을 들려준 그곳의 교사들에게, 특히 마르크와 세브린에게 감사한다. 짧게나마 나와 같이 시간을 보내준 아름답고 호기심 많은 그곳의 소녀들, 세상일에 감탄할 줄 아는 능력으로 나에게 깊은 인상을 남겨준 그 아이들에게도 감사하다.

내가 살아가는 길에 만났던 모든 이들에게 깊은 감사를 전한다. 그중에는 미소 혹은 친절한 눈길로 어려움에 빠진 나에게 다시 일어설 용기를 준, 그러나 내가 이름조차 모르는 이들도 있다. 그저 한 번의 미소가 누군가의 삶을 바꿀 수 있음을, 공격적인 말 혹은 눈길이 한 사람의 세상을 어둡게 할 수 있음을 모두 알게 되기를.

나의 치유 과정을 함께해준, 그리고 지금도 함께해주는 이들에게 감사한다. 여기에 그 이름을 전부 열거할 수는 없지만, 그들이 나에게 보여준 배려와 연대의 손짓을 나는 단 하나도 잊지 않았다.

앙드레와 준비에브 몰랭, 나를 위해 철책 문을 열어주고 빠져나올 수 있게 해준 그분들을 영원히 잊지 않을 것이다. 앙리 이바르와 소피 리케바에르트, 세상일에 완전히 낙오된 소녀였던 내가 직업을 가질 수 있게 해주고, 나를 처음으로 미술 전시회에 데려가주고, 레스토랑에서 나이프와 포크 사용법을 가르쳐준 이들이다. 그리고 나를 일원으로 받아준 산티나스 재즈밴드의 연주자들도 있다. 또한 나는 마르크 쥘리앵과 함께 만화를 처음 접했고 처음으로 극장에서 영화를 보았다. 그리고 몇 년 동안 모든 것을 그와 함께하며 눈부시게 아름다운 시간을 보냈다. 처음으로 모성의 팔로 나를 안아준 마리잔은 내가 꼼짝없이 갇혀버렸다고 믿고 있던 빙산을 단번에 녹여주었다. 그리고 장, 세상의 선함을 송두리째 가슴과 두 눈에 담고 있는 사람이다.

내 말을 들어주고 날 위해 나서주고 나에게 마음을 나누어준 의사와 치료사 들에게도 감사한다. 오늘 나를 살아 있게 만든 이들이다. "달려요. 살아야 할 삶이 있잖아요." 도미니크 베르에게가 해준 말이다. 자크 피에리는 내 육체의 고통 뒤에 숨어 있던 진짜 상처를 찾아주었고, 마르틴 부비에는 처음으로 내 입을 열고 마음속 감옥의 문을 열게 해준 정신과의사였다. 프랑수아 티올리는 또다른 정신적

완벽한 아이

지배에 빠지지 않는 법을 가르쳐주었다. 그리고 파트리시아와 파비엥 샤르브뢰유는 심리치료 공부를 처음 가르쳐준 선생님들이다.

강의를 듣게 해준, 나를 신뢰하고 연구진으로 받아준 선생님들에게도 감사한다. 최면을 통해 지배를 벗어날 수 있음을, 더 나은 상태가 되기 위해서 매 순간 애써야 함을 가르쳐준 제프리 자이그, 심리생물학에 입문시켜준 어니스트 로시, 음악과 감정과 치료법을 연결 지을 수 있음을 알려준 스티브 드 셰이저, 신경언어학의 윤리적 차원에 대해 알려준 스티브 안드레아스, '커플 테라피'에 어느 정도 유머가 필요하다는 사실을 가르쳐준 존 그레이에게도 감사한다. 로저 솔로몬, 그는 지치지 않고 가르침을 주었고, EMDR* 요법에 대해 알려주었으며, 나의 친구가 되어주었다. 필립 뒤베르제에게서는 사춘기에 대해 많은 것을 배웠다. 십오 년 전부터 정신병리학과 심리치료 분야에 대해 많은 것을 가르쳐준 마리모즈 모로도 빼놓을 수 없다. 그녀는 마음속에서 단호함과 올바름과 열정을 만들어내는 연금술사요, 일에 있어서도 삶에 있어서도 나의 롤모델이다.

파리 8대학 의학부, 코챙 병원, 청소년 치료센터, 솔렌 센터**의 연구진이 나에게 큰 힘이 되어주었다. 아비센 병의 민족정신의학 교

•　안구운동을 통해 외상후스트레스장애 등을 치료하는 안구운동 둔감화 및 재처리 요법(Eye Movement Desensitization and Reprocessing).
••　프랑스의 기자 파트리크 푸아브르 다르보르 부부가 열아홉 살에 거식증으로 자살한 딸 솔렌을 기리기 위해 코챙 병원에 세운 청소년 전문 치료센터.

수진과 피닉스 밀튼에릭슨 연구소에도 감사를 전한다.

조지 키르슈너와 마조리는 나와 함께 공부한, 미국에서 포기하고 싶어질 때마다 내게 다시금 용기를 불어넣어준 동료들이다.

수없이 많은 열정적 토론을 함께한 이들도 있다. 말을 제대로 하지 못하는 나에게 핸디캡은 오히려 재능이 될 수 있다고 얘기해준 론 데이비스, 우정을 나누어주고 신경과학 연구를 함께해준 아니 뒤몽, 내가 다 이해하지는 못했지만 우주의 신비에 눈뜨게 해준 쩐 쑤언 투언에게도 감사한다. 늘 열정적인 마릴리어 베이커, 그리고 엘리자베스 무어 에릭슨과 함께했던 시간도 소중하다. 데이비드 서번슈라이버, 그의 우정이, 그와의 대화가 그립다.

나의 오스트레일리아 친구들에게도 감사한다. 데버라 로크와 리스 존스는 원주민들의 투쟁에 대해 들려주었다. 원주민들을 가두려는 자들에 맞서 싸우는 맥스 데이비슨도 있다. 더비, 티치캘러, 아른헴드, 보러데일산의 원주민 공동체들에도 감사드린다. 그중 나와 생사고락을 함께한 찰리, 그리고 "전투는 믿을 수 없는 것을 믿는 것이다"라는 말을 입에 달고 사는, 나와 마찬가지로 "삶은 무엇이든 이겨낸다"고 믿는 알렉시스 라이트는 잊을 수 없을 것이다.

나의 환자들, 매번 자신들의 마음속에 들어 있는 가장 소중한 것을 나에게 들려주는 그들에게도 감사한다.

그리고 위르쉴라 고티에, 그녀는 내 기억의 미로를 함께 탐사해주었고, 나 스스로 영원히 봉인되었다고 믿어온 문들을 열어주었다.

나를 가족처럼 받아준 출판사 사람들에게도 감사한다. 이 책을 기획한 실비 들라쉬는 늘 곁에서 나를 지지해주었다. 마뉘엘 카르카손의 열의, 친절하고 유능한 스토크 출판사의 모든 이들에게 감사한다.

'밖으로' 나온 내가 열심히 들락거렸던 곳, 아쉽게도 이제는 없어진 '아 라레트르'를 포함해서 나에게 조언을 아끼지 않으며 자유롭게 나를 세워나가도록 도움을 준 서점들도 고맙기 그지없다.

나를 어머니로 태어나게 해준, 절대 포기하지 않을 힘을 갖게 해준 나의 딸들에게 감사한다. 딸들 덕분에 나의 세상은 매일매일 더 아름답다.

그리고 충실한 동반자인 남편은 내가 글을 쓰는 과정에 과거의 불안이 되살아나 힘들어할 때마다 나의 손을 잡아주며 행복하게 살고 있는 지금의 순간을 일깨워주었다.

마지막으로 나의 유년기를 함께해준 동물들에게, 그리고 지금 나와 함께하는 네발의 동반자들, 이 책을 쓰는 내내 옆에 있어준 트위스터와 트레조르에게 특별한 감사를 바친다.

폭압적 남성성을 무너뜨린 작지만 강한 힘

정희진(『아주 친밀한 폭력』 저자)

작가作家란 무엇인가. 글자 그대로, '집을 짓는 사람'이다. 『완벽한 아이』는 튼튼한 집이다. 지은 이는 자기 집을 만듦으로써 아버지가 지은 아니, 짓고자 한 집을 좌절시킨다.

이 책의 아버지 유형은 우리 주변에 많다. 공포 영화의 단골 소재이기도 하다. 사회를 비롯, 자신 외의 모든 공간을 적으로 상정하고, 더 융성하고 완전히 통제된 자기만의 왕국을 짓고자 하는 남성들이 있다. 여기서 가족은 친밀한 관계가 아니라 물화된 욕망(건물)이기 때문에, 여성과 아이는 재료가 된다. 이 책의 주인공이 아들이 아닌 딸인 이유도, 여성이 좀더 '유연한 자재'로 간주되기 때문이다. 아들이라면 건축주와 재료의 관계가 아니라 아버지에 맞서는 또다른 군주가 될 수도 있으니까.

『완벽한 아이』는 아버지가 조각彫刻하는 딸이 만들어지는 과정이다. 정말, 실제로, 아버지와 어쩔 수 없는 부역자인 어머니는 아이의 살을 발라내고 뼈를 깎는다. 독자는 사람이 사람을 만들 수 있다는 환상이 실현되는 과정, 부모가 자녀를 자신이 원하는 인간으로 만드는 지옥을 만날 수 있다.

이 책은 일종의 성경의 외전이다. 읽는 방식을 열 가지 정도로 제안하고 싶을 정도다. 아버지의 집과 여성의 집, 그리고 이 두 개의 '집'을 어느 시점에서 볼 것인가. 일단, 집 안팎에서의 관점이 있을 것이다. 정신분석, 맑스주의, 페미니즘, 국가론, 통제와 보호를 둘러싼 윤리, 신학, 전시戰時 가장에 의한 가족 몰살…… 이 책은 태초의 이야기이자 현대 사회로까지 이어진 남성의 자아에 대한 보고서이다. 타인과 협력과 공감을 거부하고 각자의 성城을 짓고자 했던 남성 자아는 지금 신자유주의의 체제에서 자원을 잃어가고 있다.

『완벽한 아이』는 구체적 묘사가 뛰어난 작품인데도, 모든 문장이 비유로 가득차 있다. 시詩의 집적, 오랫동안 내 몸에 기거할 글을 만났다.

완벽한 아이

스스로를 구해낸 어린 소녀의 용기

김소영(『어린이라는 세계』 저자)

어떻게 이럴 수가 있을까? 모든 것이 아이를 위한 것이라고 믿으면서 아이를 세상으로부터 고립시키고 육체적 정신적 학대를 가하는 모드의 부모는 당연히 충격적이다. 그러나 나를 더욱 놀라게 한 것은 폭력과 공포에 끝내 패배하지 않고 자신을 구해낸 어린 모드였다. 우리는 모드가 겪는 가혹한 시련보다도, 그가 어떻게 자신을 지키고 세상을 향해 뛰쳐나왔는지를 보아야 한다.

아이에게, 그것도 세상과 단절된 가정의 아이에게 부모가 미치는 힘은 너무나 절대적이다. 아이를 고통에 익숙해지게 만들려는 아버지와, 아이를 자신의 족쇄로 여기는 어머니로부터 모드는 말 그대로 벗어날 곳이 없다. 그래서 모드는 아이답게 겁먹고 자신을 의심하고 때로는 스스로를 학대한다. 우연한 순간에 부모가 얼핏 보여주는 아주 작은 사랑의 가능성에 매달리기도 한다. 물론 기대는 늘 몇 배의 실망으로 돌아온다. 그런데도 모드는 삶을 포기하지 않는다. 모드는 개와 말과 오리와 비둘기에게 마음을 쏟는다. 책을 읽고 글을 쓰고 상상을 한다. 아이의 몸은 작고 약하지만 삶에 대한 의지는 그런 것과 상관없다. 아무리 막으려 해도 아이는 자유와 생명 쪽으로 간다. 기어서, 걸어서, 달려서 간다. 그런 장면에는 언제나 경탄할 수밖에 없다.

이 책은 모드의 개인적인 기록이지만, 모드가 겪는 폭압은 어른들이 지배하는 세상의 폭력을 연상하게 한다. 우리가 어렸을 때 경험했고, 어쩌면 이제는 우리 자신이 행하고 있을지도 모르는 '어른의 권력'을. 과거에 갇히지 않으려면 우리는 필사적으로 좋은 어른이 되어야 한다. 모드의 이야기를 읽으면 그럴 용기가 솟는다. 우리는 아이들과 함께 밝은 쪽으로 나아갈 것이다. 누구도 다시는 그 집으로 돌아가지 않을 것이다.

완벽한 아이

'아버지-괴물'에 맞선 소녀의 작고 위대한 무기, '삶'

윤진

　　모드 쥘리앵은 1957년에 프랑스 북부의 릴에서 태어났고, 독학으로 법학을 공부해 건설 분야 법무사로 일했다. 이후 행동·인지·정서 치료법, 최면 치료 등을 익힌 뒤 이십여 년 전부터 심리치료사로 활동하고 있다. 심리치료사로서 그녀의 주된 관심은 정서적 지배가 남긴 트라우마이다. 자신이 유년기에 아버지의 절대적 지배 상태를 겪었고, 오랫동안 그 심리적 상처와 싸워야 했기 때문이다. 이 책은 모드 쥘리앵이 릴과 됭케르크 사이의 어느 시골 마을에서 외부와 단절된 채 살아가야 했던 십오 년 동안을 이야기한 회고록이다. 아버지 루이 디디에는 "인간은 더없이 사악하고, 세상은 더없이 위험하다"는 믿음으로 자발적 유폐를 선택했고, 그렇게 아내와 네 살 난 딸을 데리고 철책 담으로 세상과 분리된, 성城처럼 넓은 집에 갇혀 살아가기 시작했다. 모드는 열아홉 살이 되어서야 그곳에서 벗어날 수 있었고, 이 책을 쓴 것은 다시 오랜 시간이 흐른 뒤인 쉰여섯 살 때였다. 자신의 과거를 글로 남길 수 있게 되기까지 자그마치 사십 년 가까운 시간이 지난 것이다. 저자가 에필로그에 남긴 고백에 따르면, 자유(물론 몸만 풀려난 물리적 자유다)를 얻은 열아홉 살의 모드는 첫발을 디딘 세상에서 살아남기 위해 내면의 상처를 의도적으로 외면했다. 하지만 몇 년 후 세상을 떠난 아버지의 부재가 오히려 그동안 묻혀 있던 모든 것을 표면 위로 끌어올린 기폭제가 되었다. 결국 정신과의사와 심리치료사들의 도움을 받아가며 과거를 직시하는 길고 긴 치유의 과정이 시작되었고, 그 길 중에 모드 쥘리앵은 자기처럼 지배의 트라우마로 고통받는 사람들을 이끌어주는 심리치료 전문가가 되었다. 그리고 기자이자 작가인 위르쉴라 고티에와 함께한 이 년 동안의 집필 끝에 2014년 『철책 뒤에서』라는 제목으로 이 책을 세상에 내놓았다.

사실 이 책 속에 이야기된 내용은 쉽게 믿기 어렵다. 모든 일화가 실제 일어난 일이라는 전제가 없었다면, 어쩌자고 작가가 이런 말도 안 되는 얘기를 늘어놓았을까 한탄하며 책장을 덮어버릴 법하다. 아리스토텔레스가 『시학』에서 말한 역사와 허구의 차이를 굳이 들먹이지 않더라도, 모름지기 소설은 '있을 법한' 이야기여야 독자의 공감을 얻어내지 않겠는가. 하지만 놀랍게도 '식인귀'와 '초인'과 '선지자'가 등장하는 이 이야기는 실제로 일어난 일이다. 하물며 20세기의 프랑스에서 일어났다. 오염된 세상의 기운이 닿지 않는 곳에서 후계자를 키워내 언젠가 세상을 구원할 존재로 만들겠다는 어처구니없는 아버지의 계획 앞에서 어린 딸이 겪어야 했던 일들은 샤를 페로나 그림 형제의 잔혹 동화 못지않게 끔찍하다. 그런데 그 모든

완벽한 아이

일을 돌아보는 어조는 놀랍도록 담담하고, 그래서 어린 모드가 겪어낸 비극만으로도 이미 곤혹스러운 독자들을 더 고통스럽게 만든다. 현재형의 간결한 문장들로 주어지는 모드의 목소리가 절제될수록 독자들은 더 깊이 분노하게 된다. 이 책의 회고는 완전히 아문 상처를 되살리는 회고가 아니고, 반대로 여전히 벌어져 있는 상처를 들쑤시는 회고도 아니다. 거리를 두고 담담하게, 그러나 절대 멀어지지는 않으면서, 조심스럽게 되짚어나갈 뿐이다. 그리고 독자는 마치 최면으로 불러낸 모드의 과거에 발을 들여놓은 사람처럼 숨죽인 채로 따라갈 뿐이다.

철책 담 너머의 세계를 지배하던 폭군(사실 이런 표현으로는 부족하다. 딸이 붙인 명칭은 '식인귀'였다) 루이 디디에는 누구인가. 전적으로 모드의 시선으로 이어지는 이 이야기에서 아버지에 관한 정보는 대부분 그의 '말'을 통해 주어지기 때문에(그중 상당수는 헛소리다) 진위를 확인하기 어렵다. 심지어 그의 사상의 기반이 되는 높은 직급의 프리메이슨이라는 지위 역시 어디까지 환상이고 어디서부터 사실인지 알 수 없다. 책 속에 주어진 내용들을 바탕으로 그 인물의 삶의 궤적을 대략적으로 재구성해보면, 루이 디디에는 1902년에 태어났고 몰인정한 아버지 밑에서 자라났다(아들이 사랑하는 토끼를 잡아 식탁에 올려버린 가혹한 아버지였다). 그는 열두 살에 닥친 1차 세계대전 동안에 폭격의 두려움과 굶주림을 겪었고, 이후에는 자동차 대리점 사업에 성공해서 큰돈을 벌었지만 지난 전쟁의 후유증을 미처 소화할 틈도 없이 다시 닥친 2차 세계대전의 참화가 불안정한 그의 내면을 큰 혼란에 빠트린 것 같다. 무엇보다 세상을 폭력으로 지배하던 나치 독일의 힘 앞에서 심한 공포를 느꼈을 테고, 분명 직접 겪지는 않았을 나치 수용소의 비극으로 지우기 힘든 심리적 상처를 지니게 되었을 것이다. 그렇게 루이 디디에에게 삶은 '살기'가 아니라 '살아남기'의 자리가 되었으며, 그는 공포의 기억을 왜곡한 뒤틀린 신념들을 품고 세상과 단절된 삶으로 향했다.

타락한 세상, 그리고 그 세상을 구원할 빛의 존재들에 대한 루이 디디에의 믿음은 프리메이슨 비교의 교리와 신비주의 기독교인 카타리파의 교리, 그리고 니체의 '초인' 사상을 기반으로 한다. 하지만 어린 딸에게 강요하는 도서 목록에서 알 수 있듯이 이는 제대로 된 사상 체계라기보다 모두가 뒤죽박죽인 일종의 망상이다. 여러 번의 환생을 언급하며 자신이 "영적 존재로서 시간과 공간을 벗어나 영원히 산다"는 선언에 이르면, 그는 병든 광기에 사로잡힌 환자일 뿐이다. 그런 루이 디디에가 자기의 후손을 진정한 '초인'으로 길러내기로 결심하면서 이 책에 이야기된 비극이 시작된다. 그는 우선 후계자를 낳아줄 여자를 고르기 시작하고, 자신이 지닌 재력을 바탕으로 가난한 광부의 여섯 살짜리 막내딸 자닌을 데려온다. 그리고 훗날 태어날 후계자를 바깥세상의 학교에 보내지 않고 집 안에서 가르칠 교사로 만들기 위해 그는 장래의 아내를 기숙학교부터 대학까

완벽한 아이

지 공부시킨다. 마침내 자닌을 아내로 맞고 딸 모드가 태어나면서, 환갑을 앞둔 아버지와 이십대 후반의 어머니 그리고 갓 태어난 딸이라는, 부모와 자식이라기보다는 사실상 삼대三代에 해당하는 기이한 가족의 이야기가 시작된다. 보다 정확히 말하면, 나이 구성으로는 삼대에 가까운 이 가족은 사실상 아버지 하나와 그가 거느린 두 딸로 이루어진 셈이다. 어머니 자닌 디디에는 루이 디디에의 또다른 딸, 어린 모드만큼도 자라지 못한 어린아이이기 때문이다.

어린 모드에게 가해진 폭력은 나치 수용소에서 살아남아야 한다는 어처구니없는 목표에서 비롯한다. 군인들도 감내하기 힘들 만한 '일과표'를 통해 통제되는 삶, 끝없이 쏟아지는 허무맹랑한 '가르침'들. 가혹하기 이를 데 없는 기이한 '훈련'들, 이 모든 것은 흔히 말하는 아동학대를 넘어선다. 더구나 무슨 일이든 다 알고 있다고 자부하는 아버지는 어이없이 허술해서, 딸을 세상의 악으로부터 보호해주기는커녕 정작 딸을 학대하는 공격들조차 막아주지 못한다. 심지어 어린 딸을 성적으로 유린하는 나쁜 어른의 품에 자기 손으로 직접 밀어넣기까지 한다. 어린 모드에게 아버지는 두려움의 대상이자 숭배의 대상, 더하여 증오의 대상이지만, 문제는 태어나서부터 그 속에서 살아온 아이에게는 그런 아버지도 세상의 전부라는 사실이다. 그래서 어린 모드는 아버지를 수치스러워하고 증오하면서 동시에 그 수치심과 증오심에 죄의식을 느낀다.

프로이트가 말하는 유년기의 초자아 형성을 언급하지 않더라도 강한 죄의식이 우리의 영혼을 얼마나 갉아먹는지는 말할 필요가 없으리라. 어린아이에게 있어 세상의 전부인 아버지에 대한 증오와 수치심은 결국 자기 자신을 공격할 수밖에 없다. 모드가 결혼과 함께 (그 결혼은 또 얼마나 허무맹랑한가!) 아버지의 집을 떠난 뒤에도 여전히 불안에 시달리고, 이후 아버지의 부재 속에서 오히려 "유년기의 공포라는 사냥개"들에 쫓긴 것은 바로 그 시기 무의식 속에 새겨진 자기혐오 때문이었다.

어머니 자닌은 아버지와 다른 종류의 고통을 딸에게 안긴다. 아버지 앞에서 늘 공포를 느끼던 딸은 어머니 앞에서는 적인지 동지인지 알 수 없는 "고통스러운 분열"에 시달린다. 어린 모드는 오랫동안 어머니와 함께 아버지에 맞서는 공모를 꿈꾸지만 지하실에서 자신의 절망을 외면하는 어머니와 마주하면서 모든 기대를 접게 되고, 결국 "난파하는 배"에 어머니를 버려둔 채 혼자 집을 떠난다. 이런 점에서 자닌 디디에는 아주 나쁜 어머니이고, 분명 모드에게 가해진 아동학대의 공범이다. 하지만 "어른들이 한 번 묻지도 않고 마음대로 운명을 결정해버린" 삶을 받아들여야 했던 여섯 살의 자닌은 또 다른 모드일 뿐이다.

모드가 딸을 위대한 인간으로 만들겠다는 아버지의 망상과 폭력의 희생자였다면, 자닌의 감정의 밑바닥에는 부모에게 버림받았다는 유년기의 슬픔이 자리잡고 있었을 테고(그래서 자닌은 진짜 가

완벽한 아이

족에 대한 그리움조차 외면한다), 그런 상태로 덜 폭력적이지만 훨씬 더 지속적인 학대를 감내해야 했다. 어른이 된 자닌은 나쁜 엄마이지만, 사실상 그녀는 어른이 될 수 없었던 아이다. 더구나 자닌은 아동학대의 피해자인 동시에 포식자 남편의 덫에 걸린 여성 혐오의 희생자이기도 하다.

18세기 영국의 사상가 토머스 데이가 고아 소녀를 입양해서 자기에게 맞춰 키워내려는 이른바 '완벽한 아내 만들기'를 실험했다는 유명한 이야기처럼, 그녀는 전적으로 루이 디디에에게 내맡겨진 먹잇감이었다. 자닌은 자기를 버린 아버지를 대신해준 남편을 숭배하면서 증오했고, 그녀에게 딸 모드는 아버지의 사랑을 나누어야 하는 경쟁자였다. 그러나 어린 모드는 뒤틀렸을지언정 아버지의 사랑을 독점한, 이길 수 없는 경쟁자였다. 모드 쥘리앵이 이 책에 "식인귀의 첫 희생자였던 나의 어머니에게"라는 헌사를 붙인 것은 끝내 포식자의 손아귀를 벗어나지 못한 어머니를 향한 아마도 불가능할 화해의 기원이었을 터다.

어떻게 이런 일이 있을 수 있었는지, 어떻게 어린아이가 이 모든 일을 겪어냈는지, 이런 질문들 뒤에 한 가지 질문이 더 남는다. 인생에서 가장 생기 넘치는 시기여야 할 십오 년 동안에 외부 세계와 단절된 상태로 '아버지-괴물'의 정신적·육체적 학대 속에 살아온 아이가 어떻게 이후에 세상 속으로 제대로 들어올 수 있었을까? 다행

옮긴이의 말

히도 모드에게는 유년기를 함께한 동물들이 베푼 조건 없는 사랑과 애정이 있었다. 그리고 음악과 문학이 있었다. 음악을 통해 모드는 작게는 현실을 벗어나는 도피의 시간부터 마지막에는 스스로를 벗어나는 환희의 순간까지 경험했고, 문학 속의 수많은 인물들은 모드의 감옥을 같이 채워주었다. 그렇게 힘을 얻으며 어린 모드는 아버지에 맞서 자유를 꿈꿀 수 있었고(몽상은 현실을 바꾸는 출발점이다!) 자유를 얻기 위해 반항할 수 있었다. 심지어 자해마저도 "원할 때 스스로 멈출 수 있는" 고통이기에 자유를 향한 길에 놓였다.

사실 모드의 탈출은 극적인 한 번의 사건이 아니라 사소한 의혹이 벌려놓은 틈 속에 차곡차곡 쌓인 작은 노력들의 결실이다. 그녀 인생의 여정에서 행운처럼 다가온 이들, "미소 혹은 친절한 눈길"을 건네준 사람들은 그런 작은 노력들에 대한 응답이다. 영혼의 자유를 얻는 과정에서 "대수롭지 않아 보이는 행동들, 굳이 의미를 붙일 수 없는 만남들, 어리석어 보이는 생각들, 더없이 사소한 반항들, 나아졌다고 말하기도 힘든 아주 조금의 진척"이 큰 의미를 갖는 이유다. 그 하나하나가 삶을 이루기 때문이고, '삶은 무엇이든 이겨낸다'라는 저자의 믿음처럼, 삶은 세상 그 어떤 것보다 강한 무기이기 때문이다. 마지막으로, 노년에 다가서는 저자가 내놓은 이 책 또한 그녀를 완전한 치유에 한 걸음 더 다가가게 해주었기를! 모든 슬픔은 이야기될 수 있을 때 견딜 수 있다는 유명한 말처럼, 내면 깊숙이 눌려 있던 고통을 말로 이야기하는 것은 자기 자신과 가장 깊이 화해하는

완벽한 아이

방법이고, 그것을 책으로 내어놓는 것은 그동안 온전히 안에 들어가 머물 수 없었던 세상과 화해하는 방법 아닌가. 용기를 낸 모드 쥘리 앵의 목소리가 많은 독자들에게 이르기를, 그리고 독자들의 응답이 세상 어딘가에 웅크리고 있을 모든 어린 모드와 자닌에게 가닿기를!

완벽한 아이

무엇으로도 가둘 수 없었던 소녀의 이야기

1판 1쇄 2020년 12월 4일
1판 6쇄 2021년 1월 13일

지은이 모드 쥘리앵
옮긴이 윤진
펴낸이 장은수

책임편집 박주희
편집 홍상희
디자인 김이정 최미영
마케팅 정민호 이숙재 우상욱 정경주
홍보 김희숙 김상만 함유지 김현지 이소정 이미희 박지원
제작 강신은 김동욱 임현식
제작처 영신사

펴낸곳 복복서가(주)
출판등록 2019년 11월 12일 제2019-000101호
주소 03707 서울특별시 서대문구 연희로11다길 41
전자우편 edit@bokbokseoga.com
문의전화 031) 955-3576(마케팅) 031) 955-7973(편집)

ISBN 979-11-9114-05-8 03860